DROEMER

Über die Autorin:

Karin Kalisa, geboren 1965, lebt nach Stationen in Bremerhaven, Hamburg, Tokio und Wien seit einigen Jahren im Osten Berlins. Sowohl als Wissenschaftlerin als auch mit dem Blick einer Literatin forscht sie in den Feldern asiatischer Sprachen, philosophischer Denkfiguren und ethnologischer Beschreibungen. »Sungs Laden« ist ihr erster Roman.

Karin Kalisa

SUNGS LADEN

Roman

Besuchen Sie uns im Internet:
www.droemer.de

Vollständige Taschenbuchausgabe Januar 2017
Droemer Taschenbuch
© 2015 Verlag C.H.Beck oHG, München 2015
Ein Imprint der Verlagsgruppe
Droemer Knaur GmbH & Co. KG, München
Alle Rechte vorbehalten. Das Werk darf – auch teilweise –
nur mit Genehmigung des Verlags wiedergegeben werden.
Covergestaltung: NETWORK! Werbeagentur, München
nach einer Vorlage von Geviert, Grafik & Typografie
Coverabbildung: shutterstock / linerpics
Satz: Sandra Hacke
Druck und Bindung: CPI books GmbH, Leck
ISBN 978-3-426-30566-9

8 10 9

Erfundenes und Nicht-Erfundenes,
Wirkliches und zugleich Nicht-Wirkliches –
in diesem Zwischenraum lebt das Spiel.

Chikamatsu Monzaemon

Doch das Paradies ist verriegelt
und der Cherub steht hinter uns;
wir müssen die Reise um die Welt machen,
und sehen, ob es vielleicht von hinten
irgendwo wieder offen ist.

Heinrich von Kleist

1

Im Dezember hatte es angefangen. Der erste Schnee war schon gefallen und wieder weggetaut, als die Grundschule des kleinen Viertels im Prenzlauer Berg eine »weltoffene Woche« ausrief. Es war ein denkbar ungünstiger Zeitpunkt, weil die Vorbereitungen zur Weltoffenheit mitten in die Weihnachtsbasteleien und Adventsfeiern fielen. Der Direktor hatte ein Händchen für Verwaltungsarithmetik und legte Wert darauf, dass es vor Feiertagen und Ferien nicht zu Terminchaos und Last-Minute-Aktionen kam. Kontrollierte Normalverteilung auch in Krisenzeiten war die Maxime seines Handelns. Und nun das. Rechtzeitig, wie immer, hatte er mit den Arbeiten zum Jahresabschluss begonnen, da war ihm dieses Schreiben wieder in die Hände gefallen. Vom Schulamtsleiter persönlich. Er solle die Schule in Sachen Völkerverständigung nach vorn bringen, hieß es dort. Sicherlich wegen dieser Geschichte damals, als ein paar Sechstklässler den Zweitklässler aus Gambia drangsaliert hatten. Er habe den Tischtennisball verschleppt, den einzigen, hieß es. Die Wut darüber war verständlich, aber die Jungs hatten den Bogen überspannt. Folglich hatten die Horterzieherinnen der 6b und der 2a so lange so deutliche

Worte verteilt, bis die Sechstklässler dem Kleinen die Hand gereicht und auf die Schulter geklopft hatten, und kurz darauf war der Tischtennisball wieder im Spiel gewesen. In den Augen der Beteiligten war das Ganze damit erledigt. Doch bald darauf verließ der Kleine die Schule, und dem Schulamtsleiter musste irgendetwas zu Ohren gekommen sein. Das Schreiben war vom Februar des Jahres. Dem Direktor traten die Schweißperlen auf die Stirn, als er sich vorstellte, wie sein Vorgesetzter, der gern drei Stufen auf einmal nahm und unverkennbar noch anderes im Sinn hatte als das Schulamt, die Augenbrauen hochziehen würde, wenn er ihm zum Ende des Jahres nichts würde vorweisen können, noch nicht einmal einen Plan, oder wenigstens die Skizze zu einem Plan oder ein Gespräch oder zumindest einen Termin für ein Gespräch – nichts, rein gar nichts.

»Sie müssen expeditiver sein, mein Guter«, hatte der Schulamtsleiter bei der letzten Begehung gesagt, und seitdem sann der Direktor öfter darüber nach, wie unkündbar er eigentlich war, wenn es hart auf hart käme. Denn obwohl das Wort »expeditiv« weder zu seinem aktiven noch zu seinem passiven Wortschatz gehörte, hatte er diesen Satz zweifelsfrei als Drohung verstanden. Er hatte den Duden befragt und den Kopf geschüttelt. Er war Schuldirektor, kein Forschungsreisender; Mathematiker, kein Abenteurer. Er setzte auf Solides und Altbewährtes und hielt die Bälle gern flach. Die meisten Aufgeregtheiten erledigten sich mit der Zeit von selbst – das war seine langjährige Erfahrung. Dem neuen Schulamtsleiter aber konnte man mit flachen Bällen nicht kommen – das war seine letztjährige Erfahrung. Also sah sich der Direktor, den noch genau sechseinhalb Jahre von seinem Pensionseintritt trennten, gezwungen, auf jenen Dreischritt zurückzugreifen, mit dem er schon früher gute Erfolge erzielt hatte, wenn er hier und dort einmal in Bedrängnis geraten war. Seine magischen drei A: Anpacken, Abwälzen, Ad-acta-Legen. Er ging die Liste der Schüler durch, überschlug die Anzahl der Nationalitäten – einundzwanzig!, hätte er gar nicht gedacht – und überraschte am nächsten Morgen in einer kurzfristig anberaumten Pausenkonferenz die Kolleginnen, die im Spagat zwischen Lehrplan und Adventsrummel bereits an den Rand ihrer Kräfte gekommen waren, mit der Anweisung, zwischen dem zweiten und dritten Advent eine »weltoffene Woche« zu gestalten. Sie starrten ihn entsetzt an und zweifelten an seinem Verstand. Der Direktor hatte damit gerechnet und strahlte Ruhe ab: keine Panik. Wenn all die Kinder, die ganz, halb oder viertel ausländisch seien, das heißt, einen Migrationshintergrund hätten, verbesserte sich der Direktor schnell, der die gelenkigen Augenbrauen des Schulamtsleiters schon wieder vor sich sah, wenn also all diese Kinder etwas aus ihrer Hintergrundkultur mitbringen und in einem kleinen Festakt in der Aula präsentieren würden, wäre die Sache im Nu erledigt.

»Danach wieder Weihnachtsvorbereitung«, sagte er und wechselte in einen zackigen Ton, den er irgendwie mit dem Wort expeditiv verband, »und dann: Gänsebraten und Urlaub. Sie schaffen das!« Er zwinkerte aufmunternd in die Runde und ließ mit dem Klingeln, das das Ende der Pause ankündigte, ein Kollegium zurück, das zu keinem Protest mehr fähig war.

»Vielleicht gar kein schlechter Zeitpunkt, die Kinder, bei denen Weihnachten nicht gefeiert wird, gerade jetzt einzubinden«, sagte eine junge Kollegin, die vor Kurzem ihr

Referendariat absolviert hatte, »das kann am Ende eine gute Erfahrung für alle werden.« Der Direktor hörte es im Hinausgehen, drehte sich zu ihr um, nickte anerkennend und protokollierte innerlich für seinen Bericht. Die Lehrerinnen schauten ihre neue Kollegin nur an – resigniert und ein bisschen mitleidig. Aber später würde die eine oder andere sich an diesen Satz erinnern.

2

Sung hatte seinen Sohn zur Großmutter geschickt, als der ihn fragte, was er denn aus Vietnam zur weltoffenen Woche mitbringen könne. Zuvor hatte er einen flüchtigen Blick auf die goldenen und die silbernen Winkekatzen in seinem Laden geworfen, sämtlich *made in China*. Er hatte die Hand schon nach den bunten Plastikwindrädern ausgestreckt, die vom Sommer übrig geblieben waren und die zwar wenigstens *made in Vietnam* waren, aber wahrscheinlich nicht sehr vietnamesisch. So ließ er sie sinken und seufzte. Um halb fünf Uhr morgens war er aufgestanden. Er war auf dem Großmarkt gewesen, hatte Früchte und Gemüse ausgelegt, Brötchen verkauft, Kartons mit Lebkuchenherzen aufgestapelt, hatte mittags im Stehen neben der kleinen Kochplatte im Hinterzimmer des Ladens eine Nudelsuppe gegessen und kämpfte gerade gegen sein Nachmittagstief an, als Minh aus der Schule kam und ihn nach einem »Kulturgut aus Vietnam« fragte. Er solle unbedingt eines mitbringen zur Feier in der Aula. Schon morgen. Sechzehn vietnamesische Kinder gebe es, aber das Los sei auf ihn gefallen.

»Ein Kulturgut?« Sung schaute Minh fragend an.

»Na, eben ein Ding, irgendetwas, das aus Vietnam kommt. Alles, nur nichts zu essen.«

»Warum nicht?«, fragte Sung zurück, leicht verärgert darüber, dass diese Lösung, die so wunderbar leicht gewesen wäre, keine sein durfte.

»Der Direktor hat Angst vor Durchfall. Wegen dem ganzen fremden Essen. Dass dann das Gesundheitsamt in die Schule kommt, und alles vor Weihnachten«, antwortete Minh. So jedenfalls habe die Lehrerin es ihnen heute erklärt.

Ein Kulturgut aus Vietnam. Minh hatte diese Hausaufgabe wie einen Fremdkörper aus seinem Mund befördert. Als hätte Vietnam so wenig mit seinem Leben zu tun wie das Wort Kulturgut mit seiner Alltagssprache. Sung sah seinen Sohn, der hibbelig vor ihm stand und auf eine Lösung drängte, nachdenklich an. Minh war in Deutschland geboren, genau wie er selbst. Er wuchs hier auf, genau wie er selbst hier aufgewachsen war. Aber beide hatten sie dunkle schrägstehende Augen und schwarze Haare. Sie hatten vietnamesische Namen und sie aßen vietnamesische Gerichte. Und nun war Minh Kulturgutbeauftragter seines Landes geworden. Seines Landes? Sung war zu müde, um solchen weitreichenden Fragen nachzuhängen. Ihm war eine Tasse Kaffee gerade sehr viel näher als sämtliche Kulturgüter Vietnams.

»Geh zu deiner Großmutter«, sagte er. »Vielleicht hat sie eine Idee.« Minh stibitzte einen Schokoriegel aus dem Regal und zuckelte vom Laden ins Hinterzimmer zu Hiền, Sungs Mutter, seiner Großmutter.

Später hat sich Sung öfter gefragt, ob er nicht eine Ahnung, eine winzige Ahnung gehabt hatte, dass etwas ins

Rollen kommen würde, als er seinem Sohn keine Winkekatze und kein Plastikwindrad in die Hand gedrückt, sondern ihn zur Großmutter geschickt hatte, die als einziges Mitglied seines Haushalts in Vietnam aufgewachsen war und eines von diesen Kulturgütern zur Hand haben mochte. Oder wenigstens eine Idee. Sie hatte. Sie hatte ein Kulturgut, und sie hatte eine Idee. Eigentlich war es mehr eine Eingebung als eine Idee, oder besser noch: ein Coup. Obwohl auch sie nicht wissen konnte, dass sie damit zwar nicht die Welt, aber immerhin einen beachtlich großen Stadtteil in Berlin so verändern würde, dass er sich auf einmal selbst wiedererkannte.

Als am nächsten Morgen ein kleiner vietnamesischer Junge von knapp acht Jahren und eine kleine vietnamesische Frau von knapp sechzig Jahren eine große hölzerne Puppe von mehr als achtzig Jahren zwischen sich den Gehweg zur Schule entlanghievten, fand dies in der allgemeinen Morgenhektik kaum Beachtung. Noch nicht einmal Sung bekam etwas davon mit, denn er lud gerade Ware aus, und Mây, seine Frau, lag noch bei Minhs Schwester Sương, die erst wenige Wochen alt war. Und selbst Lan, Sungs Schwägerin, die den Laden aufschloss und den Backofen für die Morgenbrötchen anstellte, bemerkte nichts. Denn Großmutter und Enkelsohn nahmen ihren Weg nicht durch den Laden, sondern über den Hinterhof.

3

Es waren nur ein paar Zweitklässlerinnen, die die Köpfe zusammensteckten und tuschelten, als Minh mit seiner Großmutter und der Puppe den Gang entlang zur Aula eilte. Nicht wegen Minh, den sie ja vom Pausenhof kannten, nicht wegen der Puppe, die beim flüchtigen Hinsehen eigentlich nur wie ein großer langer Holzklotz aussah, nein, es war Hiềns knöchellanges, meergrünes Seidenkleid über einem breiten silbernen Saum, das ihre Aufmerksamkeit fesselte. Mit dem Expertinnenblick siebenjähriger Mädchen erkannten sie sofort, dass es sich hierbei nicht um Kaufhausware, sondern um ein echtes Prinzessinnenkleid handelte. Aber auch die Zweitklässlerinnen konnten sich nicht lange in diesem Staunen aufhalten, denn sie wurden mitgeschwemmt in dem lauten, unaufhaltsamen Menschenfluss, der dem Auladelta entgegenströmte. Tatsächlich waren alle, Lehrer wie Schüler und ein paar mittreibende Eltern, viel zu beschäftigt, um ihre Blicke bei dem seltsamen Trio verweilen zu lassen. Außerdem waren die meisten Kinder hier mit allen Wassern der großstädtischen Ereigniskultur gewaschen und nicht eben leicht zu beeindrucken. Sie hatten gerade die 1200 Veranstaltungen der Berliner

Märchentage im Angebot gehabt, verteilt auf 350 Orte. Zusätzlich waren sie im Monatsschnitt auf je zwei Kindergeburtstagsfeiern gesehen worden, also bei der Schatzsuche, im Mitmach-Museum oder in einer schaumstoffgepolsterten Tobewelt, Zauberer inklusive. Fürs Wochenende ließen sich ihre Eltern ohnehin etwas Besonderes einfallen: Brunch im Planetarium, Beachvolleyball in beheizter Halle mit Hotdog-Stand oder Filmtheater mit Popcorn. Und tatsächlich rechneten die Cineasten unter den Kindern am allerwenigsten damit, dass es zwischen den vergilbten Wänden ihrer Schule einmal richtig großes Kino geben könnte, schon gar nicht mit Helden aus Holz und grüner Seide. Also nahmen Minh und Hiền weitgehend unbeachtet in der vierten Reihe Platz – ganz außen, auf drei Stühlen, denn die Puppe setzten sie zwischen sich. Sie hielten sie an ihren Holzhänden fest und schauten konzentriert nach vorn.

Als die letzten Nachzügler keuchend die Treppen der vier Stockwerke hochgehetzt kamen und gerade noch durch die Tür geschlüpft waren, hefteten sich die Blicke der Kinder auf die großen Buchstaben über der Bühne, die der Hausmeister unter lautstarkem Protest, dass schwindelerregende Aufgaben dieser Art nicht in seiner Stellenbeschreibung stünden, am Vortag angebracht hatte: *Dinge der Welt*. In diese ebenso schlichte wie nichtssagende Formel waren ehrgeizigere Vorschläge wie »Das ist ihr Ding. Länder stellen sich vor« und »Dinge, die die Welt bedeuten« eingedampft worden. Die Lehrerinnen hatten sich an die östliche Aulawand gelehnt, nahmen ihren Morgenkaffee in kleinen Schlucken und stellten die Tassen zwischendurch auf der Fensterbank ab. Sie freuten sich auf ihre dreistündige Sendepause – den Lohn einer zehntägigen Vorbereitungszeit, die unter der Überschrift »Vermittlung interkultureller Kompetenzen« in den Lehrbericht eingehen würde. Jetzt waren die Schüler dran. Der Direktor lehnte an der Wand gegenüber und dachte intensiv an seine Pensionierung und an seine Angelhütte am Templiner See. Er lächelte versonnen, und die Worte der kleinen Eröffnungsrede, die die stellvertretende Direktorin sprach, rauschten ungehört an ihm vorüber.

Die Schweiz machte einen sehr ordentlichen Auftakt – mit einem winzigen, dafür reichlich verzierten Akkordeon, auf dem ein Drittklässler, herausgeputzt mit Bortenhemd und Hirtenhut, ziemlich verlegen eine kleine Melodie spielte, nachdem er das schmucke Ding als ein »original Schwyzer Handörgeli« vorgestellt hatte. Neben ihm stand seine kleine Schwester aus der ersten Klasse und schwenkte mit selbstvergessen offenem Mund eine Schweizer Fahne. Sichtlich erleichtert sprangen beide wieder hinab, um Platz für einen riesigen Samowar zu machen, den ein Fünftklässler stolz auf die Bühne verfrachtete und ans Stromnetz anschloss. Die gute Stimmung drohte zu kippen, als im Publikum die Frage laut wurde, ob etwas zu trinken nicht irgendwie auch etwas zu essen sei und also der dampfende Tee, der da oben gerade produziert wurde, nicht gegen die Regeln verstoße. Der hoch aufgeschossene Junge, halb russisch, halb deutsch, der einen recht weiten Weg an den südwestlichen Stadtrand und einen äußerst unliebsamen Tantenbesuch hingenommen hatte, um den rotgolden funkelnden Prachtsamowar auszuleihen, war den Tränen nahe. Der Direktor hob beschwichtigend die Hände und rief durch den Saal, dass der Tee hier nur das gewissermaßen unvermeidliche Produkt eines Dings sei, und ein Ding wie dieser wirklich wunderbare Samowar entspreche durchaus den Regeln der Veranstaltung.

Als anschließend ein Mädchen aus Bulgarien mit einem großen Rosenstrauß im Arm ein sehr langes Gedicht sehr leise vorgetragen hatte, begann die Konzentration für die Dinge dieser Welt zu sinken und der Lärmpegel zu steigen. Nun kletterte Minh mit Großmutter und Puppe auf die Bühne. Die Unruhe im Saal blieb. Hiền ließ ihre Augen über die Stuhlreihen schweifen. Mach doch, dachte der Direktor, der keine Lust hatte, schon wieder einzugreifen.

Da straffte sich Hiềns kleiner Körper und ohne Vorwarnung gellte ihre durchdringende, ein bisschen raue Stimme durch den Raum:

»Good Morning, Vietnaaaaaaam!«

Die Kinderköpfe drehten sich blitzschnell zur Bühne. Der Direktor nahm Haltung an, an der östlichen Aulawand schwappte eine Kaffeetasse über. Die Kinder, nach kurzem Schrecken über die unerwartete Lautstärke, die aus diesem schmalen, in schimmernde Seide gehüllten Frauenkörper gekommen war, besannen sich blitzschnell auf die Gesprächsregeln des Puppentheaters, erworben und geschärft in durchschnittlich fünf Kita-Jahren: »Good Morning, Vietnaaaam!«, echoten sie, sparten dabei nicht mit Lungenkraft und hatten ihre Freude an der fremden Sprache, an der Lautstärke und am langen Bogen des aaaaa. Jetzt waren sie wieder wach. Hellwach. Wie auch ihre Lehrerinnen, ihr Schuldirektor und dessen Stellvertreterin.

In der erwartungsvollen Stille, die diesem morgendlichen Urschrei folgte, einer Stille, während derer in die unvorbereiteten Erwachsenenhirne Bilder eines fernen Krieges einzogen, holte Hiền aus ihrem weiten meergrünen

Ärmel ein langes Tuch von gleicher Farbe. Es sah aus, als wickle sie ihren Ärmel ab, aber der Ärmel blieb, wie er war. Sie schlang das Tuch um die Puppe und fing an zu sprechen, mit einer vollkommen veränderten, einer sanften und ruhigen Stimme. Als hätte sie alle Zeit dieser Welt und nicht nur die vom Schuldirektor penibel errechneten und streng überwachten sieben Minuten (einundzwanzig Nationen, geteilt durch drei Schulstunden plus zwanzig Pausenminuten).

4

Trăm năm – bald hundert Jahre ist Thủy alt.« Hiền schob die Puppe vor sich, um sie den Kindern vorzustellen. »Sie kommt aus einem Land, das halb dem Meer gehört und halb der Erde. Es ist ein schönes Land. Es ist ein armes Land. Ein schönes armes Land.«

Ein tiefer Seufzer aus Hiềns Brust schüttelte die Puppe. Hiềns und Thủys Blicke wanderten an den Gesichtern entlang und blieben am geschmückten Baum hängen, der schon für die Weihnachtsfeier in ein paar Tagen bereitstand.

»Bald ist Weihnachten, oder?«, fragte Hiền in das Publikum hinein. Die Kinder nickten eifrig: »Ja!«

Hiền schaute nachdenklich. »Weihnachten bedeutet Frieden, oder?«, fragte sie weiter.

Wieder nickten die Kinder.

»Das ist gut«, sagte Hiền, »Thủy freut sich über den Frieden, denn Thủy hat den Krieg gesehen. Der Krieg hat ihr Land zerschnitten, ihr Zuhause – ritsch, ratsch!«

Hiền zog das Seidentuch in der Taille der Puppe straff nach zwei Seiten. Die Holzpuppe schwankte. »Der Süden kämpft gegen den Norden, der Norden gegen den Süden.«

Hiền schüttelte sorgenvoll den Kopf und ließ Thủy erzittern.

»Die Leute im Süden denken, dass im Norden ein großes Gespenst den Menschen die Köpfe verdreht. Denn die Leute im Norden wollen auf einmal die Maschinen, an denen sie arbeiten, selbst besitzen, und den Acker, auf dem sie Gemüse und Reis anpflanzen, auch. Sie wollen die Maschinen und das Land nicht mehr den Reichen überlassen, die ihnen keine Freiheit geben und kein Recht. Die Leute im Süden aber denken, das war schon immer so und soll auch so bleiben, also müssen sie dieses Gespenst jagen und hetzen, bis ihm die Luft ausgeht.«

Um Thủys Gurgel wurde es eng zwischen Hiềns Händen. »Und die Leute im Norden finden, dass der Süden, der an Gespenster glaubt, selbst ein Hexenmeister ist, der die Reichen immer reicher macht und die Armen immer ärmer und mit diesem Hexen gar nicht mehr aufhören kann. Er wird noch die ganze Welt verhexen, wenn man ihn nicht verjagt, sagen sie. Also jagen sie ihn.«

Thủys Arme schnellten nach vorn.

Die Kinder saßen mit geraden Rücken auf ihren Stühlen und lauschten Hiềns Stimme. Sie waren für den Norden, keine Frage. Dies war ein Märchen, und sie kannten die Logik von Märchen sehr gut. Erst würde es schwer werden für den Norden, dann würde er siegen. Die Blicke der Lehrerinnen wanderten unauffällig an die gegenüberliegende Aulawand. Wie viel Kommunismus durfte in dieses Haus wieder einziehen, vorweihnachtlich und multikulturell? Der Direktor schaute angestrengt nach vorn zur Bühne. Sie muss die Kurve kriegen, dachte er, sie muss. Der Hausmeister war hinzugekommen. Im Blaumann stand er neben der großen Flügeltür, hörte zu und lächelte. Die Aufhängung hatte er zu verantworten und die Beleuchtung; nicht, was darunter geschah. Und das gefiel ihm gut.

»Ein mächtiger Herrscher mit vielen Soldaten half denen, die für die Reichen waren«, fuhr Hiền fort. »Sie wüteten schrecklich, aber der Norden war stärker, und sie vertrieben die Soldaten, die von weit her gekommen waren, mit Schiffen, Flugzeugen und Hubschraubern. Und dann wurde das Land wieder eins, und man lebte so, wie der Norden es gewollt hatte.«

Na also. Man sah den Kindern an, dass sie jetzt jubeln wollten, aber Thủy da vorne auf der Bühne sah gar nicht aus wie eine Siegerin, sondern wendete den Kopf in tiefer Sorge hin und her.

»Der Krieg war zu Ende«, hob Hiềns Stimme wieder an. »Doch das Land war wüst und leer. Keine Blume wagte zu blühen, die Bäume trugen keine Blätter mehr. Traurig waren die Menschen vom Krieg und noch immer voller Angst und arm, bitterarm …« Die Stimme brach.

Die Augen der Kinder hingen an der Puppe. Sie wussten nicht, wie es sein konnte, aber die Gestalt da oben schien dünner zu werden, hohlwangig. Ihre Gesichter wurden ernst und aufmerksam. Es war sehr still. Hiền sprach weiter.

»Da machte sich eine junge Frau, zusammen mit vielen anderen Männern und Frauen, auf in ein fremdes Land. Ein Land, in dem die Bäume noch Laub trugen und die Fabriken heil waren. Die Menschen dort seien Freunde, hatte man ihnen gesagt, denn sie hatten ihnen sogar ein bisschen geholfen im Kampf gegen den Hexenmeister. Dort wollte die Frau Geld verdienen und das Geld nach Hause senden zu ihrer Familie, damit sie sich Reis kaufen konnten und

Schuhe.« Jetzt flatterte der meergrüne Schal der Puppe im Wind der langen Reise.

»Tagein, tagaus steckte sie in einer großen Fabrik Röhrchen zusammen und schickte so viel wie möglich von ihrem Lohn nach Hause. Dann traf sie«, jetzt flüsterte Hiền und lächelte verschwörerisch, »ganz heimlich, einen Mann aus ihrer Heimat, der tagein, tagaus Kisten mit Schrauben stapelte. Wenn sie zusammen waren, vergaßen sie die Röhrchen und die Schraubenkisten und erzählten einander von den Booten auf den Flüssen daheim. Wie sie aussahen, wenn die Sonne unterging, und wie sie aussahen, wenn die Sonne aufging. Sie liebten sich sehr.« Hiền umschlang die Puppe und drückte ihr einen kräftigen Kuss auf die Holzwange.

Die Kinder kicherten.

»Dann wurde ihr Bauch runder und runder, obwohl sie gar nicht viel aß«, fuhr Hiền fort.

Die Kinder nickten verständig. Dieses Phänomen war am Prenzlauer Berg weit verbreitet.

»Sie war schwanger.« Hiền sagte es mit tonlos-trauriger Stimme.

Die Kinder lächelten unverdrossen. War doch toll. Kinder konnte es schließlich nicht genug geben. Doch die Puppe, die auf einmal einen grünseidenen Bauch trug, ließ traurig den Kopf hängen.

»Aber es gab für sie und ihren Mann und ihr Baby keinen Ort, an dem sie bleiben konnten. Sie durften in diesem Land arbeiten, aber ein Kind haben, das durften sie nicht«, fuhr Hiền fort. »Es gab noch nicht einmal ein Eckchen mit Stroh in einem Stall für die Nacht, in der das Kind geboren werden sollte. Sie hätten nur einen winzigen Stall gebraucht.

24

Aber die kleinen Ställe waren abgeschafft worden. Es gab nur große, und die waren alle voll. ›Wir haben hier keinen Platz für ein Kind, das so aussieht wie du‹, sagten sie. ›Wenn du dieses Kind haben willst, geh zurück in Dein Land.‹«

Wie von Zauberhand bauschte sich die grüne Seide vor Thủys Bauch.

»Also flog sie in das Land zurück, das halb dem Meer gehört. Dort brachte sie ihr Kind zur Welt, legte es in die Arme ihrer Schwester und flog zurück, um weiter Röhrchen zusammenzustecken und Geld nach Hause zu schicken. Aber seitdem schmerzt es sie hier, an einem Punkt ganz nah unter ihrem Herzen.«

Thủys linke Hand hob sich sacht, um die Stelle zu beschreiben. »Traurig ist sie auch. Vor allem an Weihnachten. Und immer wenn sie einen Stall sieht.«

Die Lehrerinnen waren überarbeitet, aber nicht begriffsstutzig. Sie hatten verstanden. Keine von ihnen hatte je eine Vertragsarbeiterin aus Vietnam mit Namen gekannt, aber sie alle wussten sofort, dass die Frau dort oben neben dem kleinen Minh eine war, eine gewesen war, besser gesagt, denn den Vertragspartner DDR gab es schon lange nicht mehr. War die Geschichte mit dem Kind wahr? Konnte doch nicht sein, oder? Es rumorte in ihren Köpfen. Sie wussten nicht, wohin mit ihrer Unruhe, und griffen wieder zur Kaffeetasse.

Hinter seinem angestrengt unbewegten Gesicht erinnerte sich der Direktor an die süße Kleine aus Vietnam, die ihm, in seinem ersten Studentensommer im Glühbirnen-Kombinat, die Glaskolben an den Arbeitstisch geliefert und ihn ins Träumen gebracht hatte. Von ihr unter Palmen, von ihm am

Strand. Von ihm und ihr unter einer fernen Sonne. Eines Tages war sie einfach verschwunden gewesen. Er hatte nachgefragt. Sein Kollege an der Bank nebenan zuckte die Achseln, »Morgen soll 'ne Neue kommen«, hatte er bloß gesagt. Aber der Vorarbeiter feixte. »Die hat wohl noch was anderes im Kopf gehabt als arbeiten«, hatte er geantwortet und vielsagend die Hand über seinem Bauch gewölbt, der selbst so stattliche Ausmaße hatte, dass darüber nicht mehr viel zu wölben war. »Passiert immer wieder, aber diese hier will das Balg ja unbedingt behalten. Also: Ab nach Hause.«

Zwei Tage später kam tatsächlich eine neue Arbeiterin aus Vietnam, und der Werkstudent, der einmal Schuldirektor werden würde, hatte ihre Vorgängerin bald vergessen. Aber jetzt stand sie ihm plötzlich wieder ganz deutlich vor Augen. Und er fühlte dabei sogar die leichte Übelkeit, die in ihm aufgestiegen war, als die belegte Stimme des Vorarbeiters so schmierig gelacht hatte, damals.

Die Kinder waren mitten im Verarbeitungsmodus und versuchten, die Sache mit Thủy irgendwo zwischen dem Weihnachtsevangelium, der Kleinen Meerjungfrau und Kapitän Nemo einzuordnen. Hiền schwieg. Sie schwieg so lange, bis ein Kind zu ihr hochrief: »Wo ist denn dieses Land, in dem sie jetzt immer so traurig ist?«

Hiền lachte leise. Dann sagte sie: »Es ist untergegangen. Dabei gehörte es gar nicht halb dem Meer, wie Vietnam. Trotzdem: Es ist untergegangen.«

»Dann ist sie doch ertrunken!«, rief ein dünnes Stimmchen, sorgenvoll.

»O nein«, antwortete Hiền, brachte die Puppe mit Schwung auf ihren und Minhs Unterarmen in die Waagerechte und wiegte sie sanft hin und her. Grünseidige Meerespflanzen wogten mit. »Sie kann doch schwimmen! Sie schwimmt und schwimmt, und ab und zu taucht sie auf und schaut sich ein bisschen um, ob ein neues Land in Sicht ist. Denkt ihr, sie sollte sich dann an Land trauen?«

»Ja!« Jetzt waren auch die Kinder wieder auf vertrautem Terrain. Eines rief aufmunternd: »Dann wird alles gut!« Andere stimmten mit ein: »Ja, vielleicht kann sie dann ihr Kind holen!«

»Danke, Kinder«, antwortete Hiền und brachte Thủy wieder in die Senkrechte, »danke für dieses schöne Ende der Geschichte!«

Minh sah seine Großmutter von der Seite an. War sie fertig? Sie nickte ihm zu. Also verbeugte Minh sich zusammen mit Hiền und Thủy. »Vielen Dank«, sagte er, genauso wie er es sich vorgenommen hatte: »Das war ein Ding aus Vietnam.«

Es gab begeisterten Applaus. Für das Kleid, für die Puppe, für Hiền, für die Geschichte, für Minh.

Der Direktor atmete erleichtert aus, während seine Hände klatschten. Ein Ding aus Vietnam. Konnte man wohl sagen. Aber sie hatte die Kurve gekriegt. Er hatte nicht eingreifen müssen. Ein Brief vom Schulamtsleiter wegen kommunistischer Umtriebe war nicht zu erwarten. Dem Himmel sei Dank.

Minh stieg mit Hiền und Thủy die Bühne hinunter. »Thủy muss sich jetzt erholen«, flüsterte Hiền ihrem Enkelsohn zu. Also strebten sie mit der Puppe in ihrer Mitte dem Ausgang zu. Der Hausmeister öffnete ihnen mit einer vorauseilenden Freundlichkeit, wie sie ihn seit Jahrzehnten nicht mehr heimgesucht hatte, die Tür. Die stellvertretende Direktorin drehte noch immer selbstvergessen am Band ihrer

Spiegelreflex, die sie um den Hals gehängt hatte. Sie hatte dem seltsamen Monolog auf der Bühne gelauscht und den Blick nicht von den anmutigen Bewegungen der Puppe lösen können. Als die drei den Raum fast verlassen hatten, erinnerte sie sich an den Apparat und versuchte, noch schnell ein Bild zu machen, aber sie erwischte nur noch einen meergrünen Kleidersaum mit silbernem Schimmer zwischen Türrahmen und Schwelle.

Inzwischen war ein großes rotblondes Mädchen auf die Bühne geklettert. Sie breitete ein silbernes Teegeschirr aus und berichtete mit energischer Stimme und leichtem Akzent von den Vorzügen des Fünfuhrtees für den Zusammenhalt einer Familie im Speziellen und der Gesellschaft im Allgemeinen. Schon wieder Tee. Diesmal mit moralischem Mehrwert. Bestimmt waren ihre Eltern Lehrer, dachte der Direktor, der auf Elternkollegen grundsätzlich nicht gut zu sprechen war. Aber diese Lehrereltern hatten vergessen, ihr Töchterchen darauf hinzuweisen, dass der Tee nicht auf den grünen Hügeln Englands wächst, sondern anderswo gepflückt wurde, in harter, schlecht bezahlter Arbeit und pestizidverseuchter Luft. Zum Beispiel in Vietnam, dachte der Direktor in plötzlicher solidarisch-sozialistischer Aufwallung, die auf einmal Platz hatte in seiner Brust, weil da oben auf der Bühne alles gut gegangen und diese unwägbare Puppe friedfertig abgezogen war. Schließlich war er dabei gewesen, damals, als sie in der Polytechnischen Oberschule mit übelriechender Farbe Plakate geschrieben hatten gegen die amerikanischen Aggressoren.

Der Direktor hing seinen Erinnerungen nach und verpasste den Rest der kulturgeschichtlichen Ausführungen zum englischen Teegebrauch. Aber am Abend, nach den

Nachrichten, hatte er – die Brille auf der Nase und einen Sudoku-Block auf den hochgelegten Beinen – den Tee und Vietnam und den Sozialismus schon wieder ad acta gelegt. Wie damals diese süße Kleine, die eines Tages nicht mehr an seine Werkbank kam, weil ihr ein Bauch wuchs, obwohl sie kaum etwas aß, und sie mit diesem Bauch in ein Flugzeug nach Hanoi steigen musste.

Und auch die Eltern, denen die Kinder am Abend von dem Ding aus Vietnam erzählten, das, abgesehen von der Ferrari-Nachbildung 1:20, die ein italienischer Junge mit seinen zwei Onkeln unter großem Hallo auf die Bühne bugsiert hatte, die Sensation des Aulafestes gewesen war, nickten abwesend in ihrem Vorweihnachtsstress: »Vietnam? Ach ja? Mhm. Schön. Eine Puppe, sagst du? Kannst du bitte schon mal rasch den Tisch decken?«

Doch einige wenige legten das Bügeleisen, den Stift, das Brotschneidemesser und das Schleifpapier kurz ab, hielten inne und schauten nachdenklich aus dem Fenster. Sie erinnerten sich an die Bummi-Heftchen mit dem Bastelbogen in fremdartigen Mustern und an die beiden Worte, die damit verbunden waren. »Solidarität«, das war ihnen ja schon als Krippenkindern ganz gut über die Lippen gegangen. Und »Vietnam«, das hatten ihre Eltern ihnen im Atlas und auf dem Globus gezeigt. Es war weit weg gewesen, sehr weit weg. Sie hingen ihren Gedanken nach, sie fragten nicht weiter und ihre Blicke trafen sich nicht, denn immer noch war Vietnam weit weg. Aber es rückte näher.

5

Die Puppe und die Großmutter hatten eines gemeinsam:
Sie waren lange nicht mehr rausgekommen. Sie hatten
sich im Hinterzimmer eingerichtet. Haut und Holz waren
trocken geworden. Aber in den tieferen Fasern waren ihre
Geschichten bewahrt. Und heute hatten sie sie aus diesen
Tiefen geholt. Sieben Minuten lang.

Hiền strich der Puppe über das Gesicht, in dem die Farben fahl geworden waren. »Wir sind alt«, flüsterte sie ihr
zu, »aber wir sind noch nicht tot.« Sie wickelte sie in eine
weiche Decke und verfrachtete sie hinter einen Vorhang,
wo ihr gesamtes Hab und Gut verstaut war. Es passte auf
drei Regalbretter. Etwas Kleidung, Schuhe, Spiegel, Käm-
me und Haarspangen. Ein Bündel Briefe, ein Kasten mit
Fotos, ein Hefter mit Dokumenten. Fünf schmale Bücher
des kleinen Verlags für politische Schriften in Hanoi, der
ihr Arbeit in der Druckerei gegeben hatte, bis eine Bombe
die Druckerei traf und weder an den Druck noch an die Ver-
breitung von Büchern mehr zu denken gewesen war.

Leichtes Gepäck, alles in allem. Nur die Puppe war
schwer. Aber sie war es, die sie nicht verlassen konnte. Wer
weiß, wo Hiền mit ihrem leichten Gepäck hin wäre, wenn

es die Puppe nicht gegeben hätte. Feigenholz, nahezu anderthalb Meter hoch, fünfzehn Kilogramm schwer. In ihrem Sockel war eine Mechanik aus Rollen und Schnüren verborgen, mit der sie sich unter Wasser an langen Stangen führen ließ – zu nichts nütze in dieser Stadt, die auf Sand gebaut war. Also hatte sie die Stangen und das Ruder abgeschraubt und beiseite gestellt.

Als Kind hatte Hiền neben ihrem Großvater und den anderen Puppenspielern des Dorfes im Deltawasser des Roten Flusses gestanden. Sie fast bis zu den Schultern, der Großvater nur bis zur Hüfte. Atemlos hatte sie die feinen konzentrierten Handbewegungen beobachtet, mit denen er seine Puppe unter dem Bambusvorhang hindurch in Bewegung brachte. Auf den Einwand einiger Spieler, dass das Wassertheater eine Kunst sei, die von Vätern auf Söhne übergehe, hatte der Großvater gar nicht geantwortet. Er war ein Puppenspieler wie kein anderer und er war gewillt, seine Kunst an die weiterzugeben, die er dafür geeignet hielt: Hiền, die Tochter seiner Tochter.

An der Seite ihres Großvaters konnte Hiền die Puppe im Wasser hinter dem Vorhang nicht sehen. Aber sie lernte, sich durch seine Arm- und Handbewegungen hindurch jede einzelne Bewegung genau vorzustellen. Dazu hörte sie seine Stimme, die er der Puppe lieh, wenn der Rezitator mit der Laute fehlte, wie so oft. Und sie hörte das Publikum am Ufer, das über die Handlungen auf dem See lachte und weinte, das dazwischenrief und klatschte. Sie liebte diese Aufführungen mehr als alles andere, und nichts anderes konnte sie sich vorstellen, als eines Tages selbst die Puppe zu führen und die alten Geschichten ihres Landes lebendig werden zu lassen. Eines Landes, das vor tausend Jahren aus der Überschwemmung eine Kunst gemacht hatte. Einen Tanz der Puppen.

Das war vor den Kriegen gewesen. Oder besser gesagt, zwischen den Kriegen. Oder noch besser gesagt: zwischen den großen Kriegen. Denn Krieg gab es in ihrem Land, solange sie denken konnte. Mal mehr, mal weniger. Je weiter der Erste Große Krieg zurücklag, der kurz vor ihrer Geburt zu Ende gegangen war, und je näher der Zweite Große Krieg rückte, desto seltener wurden diese Aufführungen im Wasser, und desto größer wurde die Angst der Leute, sich zu einer Aufführung am Ufer zu versammeln, und desto trauriger wurde ihr Großvater. Er starb im ersten Jahr dieses Krieges. Da war Hiền gerade zehn Jahre alt geworden. Er hatte ihr die Puppe vermacht. »Pass gut auf sie auf«, hatte er gesagt, »lass sie nicht allein. Sie braucht Hände, die ihr helfen, dann hilft sie dir.« Mit seinen dünnen schwachen Fingern hatte er über das Holz gestrichen und seine Augen hatten sich mit Tränen gefüllt. Hiền hatte die Puppe umschlungen und ihre Tränen an dem hölzernen Hals herabrinnen lassen. Daran erinnerte sie sich nun, viele Jahrzehnte später, als ihre eigene alternde Hand den Puppenkörper streichelte, der seit damals seine Kunst nicht mehr gezeigt hatte – bis heute. Heute ohne Wasser. Dafür vor leuchtenden Kinderaugen, blauen, braunen, grünen und grauen.

»Das haben wir gut gemacht«, flüsterte sie ihr zu, überprüfte noch einmal, ob die Decke sie gut bedeckte, und zog den Vorhang wieder vor das Regal.

6

Die Beamten am Flughafen in Berlin-Schönefeld hatten damals höchst skeptisch auf das große und schwere Bündel geschaut, das Hiền sich auf den Rücken geschnürt hatte, als sie 1980 als eine der ersten Vertragsarbeiterinnen in die DDR einreiste. Sie musste es abnehmen, die Decke abwickeln und die Puppe den finster blickenden Männern übergeben. Sie ließ sie nicht aus den Augen und war fest entschlossen, dieses Land mit dem nächsten Flugzeug wieder zu verlassen, wenn man sie ihr nehmen würde. Die Männer fingerten zwischen den Gelenken der Puppe herum. Sie ließen Hiền den Sockel öffnen, schoben die Schnüre zur Seite, fanden außer dem feinen Gefüge von Stangen und Rollen nichts und zogen sich mit diesem Nichts zu einer langen Beratung zurück. Die Gruppe der Vertragsarbeiter, mit der sie gereist war, musste auf sie warten, und Hiền, die während dieses langen Wartens ihre Puppe wieder einwickelte und auf den Rücken schnallte, zog unwillige Blicke auf sich. Schließlich kam einer der Beamten zurück und winkte sie mit einer einzigen unfreundlichen Kopfbewegung durch.

Als sie das nächste Mal in diesem Flughafen stand, wartete sie auf ein Flugzeug in die Gegenrichtung. Zurück nach Hanoi. Diesmal hatte sie kein Bündel auf dem Rücken, dafür ein Baby im Bauch. Die Puppe hatte sie Gẩm gegeben, als Pfand. Er hatte mit vor Verzweiflung grauem Gesicht an der Pforte seines Wohnheims gestanden und ihre Hand nicht loslassen wollen, selbst dann nicht, als der misslaunige Hausmeister sich schon anschickte, aus seinem kleinen Wachhäuschen zu kommen, um mal nachzufragen. Sie hatte seine Hand mühsam aus der ihren lösen müssen und sie auf die Puppe gelegt. »Ich komme wieder«, hatte sie gesagt, sich umgedreht und war fortgelaufen.

Hiền hatte Wort gehalten. In einem kleinen Dorf bei Hanoi hatte sie ihr Kind bekommen. Ein Mädchen. Sie hatte ihm einen Namen ins Ohr geflüstert und es ihrer Schwester gegeben, die ihre Milch nun zwischen ihrem halbjährigen Sohn und ihrer neugeborenen Nichte aufteilte. Auf dem Weg nach Hanoi zum Flughafen und von dort nach Ostberlin schmerzten Hiềns Brüste, in denen sich die ungetrunkene Milch staute, so sehr, dass sie kaum gehen, stehen, sitzen und sprechen konnte, obwohl sie im Bus stehen, in den Korridoren gehen, im Flugzeug sitzen und an den Schaltern sprechen musste. Aber Hiền war dankbar dafür. Der Schmerz in ihrer Seele hätte sie umgebracht, wäre nicht ein Teil davon in ihre Brüste geflossen. Die Brüste ließen sich einbinden. Das Fieber ließ sich senken. Und nach ein paar Tagen war die Milch versiegt. Da war ihre Seele noch immer randvoll mit Schmerz, aber eben nur noch randvoll. In Berlin wurde sie einem anderen Betrieb und einem anderen Wohnheim zugeteilt. Weiter draußen, am Stadtrand. Gẩm wartete vor dem Werktor am Abend ihres zweiten Tages. Wie hatte er es bloß geschafft, sie zu finden? Sie sprachen nicht über das Kind. Sie sprachen auch sonst nahezu nicht. Aber sie trafen einander sooft es ging, um sich zu spüren. Denn ohne einander spürten sie sich nicht. Wenn sie einander spürten, spürten sie auch ihren Schmerz. Aber es war besser, sich im Schmerz zu spüren, als sich nicht zu spüren.

7

Drei Jahre später starb Hiềns Mutter und Hiền flog zurück in ihr Land, um an der Totenfeier teilzunehmen. Dort sah sie ihr Kind. Es hatte Gẩms störrische Haare und seine schmalen Hände. Es tollte mit anderen Kindern herum, ritt auf den Schultern seines Onkels, den es Vater nannte, und kletterte schnell auf den Schoß seiner Mutter, als Hiền es begrüßen wollte. Hiền lächelte in die heranrollende Woge des Schmerzes hinein und streichelte vorsichtig die Hand ihres Kindes. Die Kleine ließ es geschehen und sah sie mit großen Augen an. Hiền kehrte nach Berlin zurück und sah diese Augen, sobald sie die ihren abends schloss.

Es war in dieser Zeit, als sich Hiền das Geld für eine kleine gebrauchte Nähmaschine vom Mund absparte, mit dieser Nähmaschine nach Feierabend Geld verdiente und von diesem Geld drei deutsche Sprachlehrbücher kaufte. Denn sie hatte gemerkt, dass sich ein Teil ihrer Traurigkeit in Wut umwandelte und dass diese Wut Worte brauchte. Worte, die in diesem Land verstanden werden sollten – eines Tages. Sie war auf den ersten Seiten des zweiten Sprachlehrbuchs angelangt, als sie gegen ihren Willen begann, die Worte des fremden Landes zu mögen. Die langen

Wörter, die mit einem Hauch begannen: Herzallerliebst. Himmelhochjauchzend. Hochwohlgeboren.

Im letzten Drittel des dritten Bandes begann sie auch das Land zu mögen. Erst den feinen Sand auf dem kiefernbestandenen Platz vor der Fabrik, den sie in den Arbeitspausen durch die Finger und bloßen Zehen rieseln ließ. Dann den weiten Himmel, den die helle Trockenheit des Sandes ins Schimmern brachte. Sie lehnte sich zurück, die Augen aufwärts gewandt, die Füße im Sand vergraben, und ließ sich dörren. Dieses Dörren zwischen Boden und Horizont tat ihr gut. Dann merkte sie, dass die Leute in diesem Land zwar oft ruppig und unfreundlich waren, aber plötzlich in ein herzliches Lachen ausbrechen konnten und ihr mit ein paar Handgriffen die Arbeit erleichterten oder frisches Gemüse aus ihrem Garten in Hiềns Tasche gleiten ließen. Sie lobten ihr immer besser werdendes Deutsch. Sie steckten ihr mit den Geldscheinen und Münzen für die Näharbeiten manchmal etwas Schokolade zu, und sogar Kaffee. Das tröstete über die hinweg, die beim Einkaufen in ihren Korb sahen und über die Fidschis schimpften, die den Einheimischen hier alles wegkauften. Die, die so ungeniert daherredeten, gingen nicht davon aus, dass die, die sie meinten, ihr Gerede verstanden. Aber Hiền verstand, sie verstand immer besser. Die, die ihr Schokolade und Kaffee zusteckten oder ihr in der Werkgarderobe ein Stück Stoff gaben, aus dem sie einen von diesen Röcken genäht haben wollten, für die Hiền es in der Fabrik, in der man eigentlich für Landmaschinen zuständig war, zu einer gewissen heimlichen Berühmtheit gebracht hatte, flüsterten ihr manchmal zu: »Westware«. Mit der Zeit begriff Hiền, dass hier, wo sie einen anderen großen Krieg gehabt hatten, der das Land auseinandergerissen hatte, schon so viel Zeit vergangen war, dass Angst und Schrecken aus den Gesichtern der Menschen gewichen waren. Der Westen, also der Süden in Hiềns Weltachse, war für die Leute im Osten, im Norden also, ein Sehnsuchtsort geworden. Eine Mauer trennte sie von feinen Stoffen, leckerer Schokolade, frischen Südfrüchten und der Freiheit, nach Paris zu reisen.

»Vielleicht kommt der Westen ja wieder zu euch, wie der Süden zu uns in den Norden«, sagte Hiền in der Kaffeepause und bohrte die Füße in den Sand. Sie erntete schallendes Gelächter.

»Nee, nee, das wird wohl eher andersrum ausgehen, hoffe ich«, rief ein Vorarbeiter ihr zu. Da wurde es plötzlich still, eine Kollegin sah den Mann erschrocken an und legte den Finger an die Lippen. Der blickte sich verstohlen um. Da wusste Hiền, dass die Sache mit dem Osten und dem Westen doch noch eine gewisse Ähnlichkeit mit dem Norden und dem Süden hatte, bevor auch der Süden wieder ganz Norden geworden war.

»Schade«, sagte Hiền in die angespannte Stille hinein. Da sahen ihre Arbeitskolleginnen sie lange an und bliesen mit ihrem Zigarettenrauch große Kringel in die Luft.

8

Als Hiền wieder schwanger wurde, trotz aller Vorsicht, war sie wie versteinert. Die Wochen vergingen, sie arbeitete und schlief wie ein Automat. Sie konnte es Gấm nicht sagen. Aber Gấm fragte. Sie nickte. Gấm versank in Grübelei, nahezu einen Monat lang. Dann sagte er zu ihr: »Ich werde es wenigstens versuchen.« Sie hatte nicht die geringste Ahnung, was er versuchen wollte. Und es war ihr gleichgültig.

Ein paar Tage später stand er abends am Werktor, und sie sah schon von Weitem, an den schnellen Schritten, mit denen er auf und ab ging, und an seinem Winken, dass sein Versuch, worin auch immer er bestanden haben mochte, geglückt sein musste.

»Du kannst hierbleiben«, sagte er, als sie bei ihm war. Sie antwortete nicht, weil sie es nicht glaubte.

»Du kannst hierbleiben! Du darfst das Kind hier bekommen. Du musst nur gleich wieder arbeiten gehen, nach ein paar Wochen.«

Hiền nickte. Immer noch ungläubig.

»Ist das nicht wunderbar?«, fragte Gấm und sah sie besorgt an. Er war so aufgeregt und voller Freude, und sie konnte nur dastehen und nicken. Ihr wurde schwindelig, und sie setzte sich an den Wegrand und bohrte ihre Füße in den Sand, bis ihre Zehen den Widerstand einer harten feuchten Erde spürten.

Das Leben seines Kindes hatte Gấm mit zwei Werkskollegen in die Hand genommen. Die Kollegen waren in der Partei und wussten, dass sich die Dinge in diesem Land schneller änderten, als man gucken konnte. Da durfte man schon mal was riskieren. Wer wusste, wozu es gut war. Einer der beiden war vor nicht so langer Zeit Vater geworden, und wenn er an sein Kind dachte, das zu Hause die Ärmchen nach ihm ausstreckte, stiegen ihm vor Freude die Tränen in die Augen. Ihm, der sich an sein letztes Weinen gar nicht erinnern konnte. Warum sollte eigentlich der nette Kerl aus dem sozialistischen Bruderland nicht auch so eine zum Heulen schöne Freude haben dürfen, dachte er bei sich. Schließlich war der es gewesen, der so manches Mal für ihn mit rangeklotzt hatte, wenn er todmüde an der Bank stand und nur in Zeitlupe arbeiten konnte, weil das Baby nachts gezahnt oder Bauchweh gehabt hatte. Nun war er bereit, für Gấm zu kämpfen, und wiegelte seinen Kumpel auf. Der war ihm sowieso einen Gefallen schuldig. Im Anschluss an die nächste Gewerkschaftssitzung, zu der ein hohes Tier aus der Partei geladen worden war, nahmen sie ihren Mut zusammen, sagten »Auf ein Wort, Genosse Parteisekretär« und blieben mit ihm Runde um Runde im Hinterzimmer der Kneipe, während die anderen schon an der Theke laut wurden. Es wurde lange geredet, hin und her, über internationale Solidarität, Zusammenhalt im Betrieb, Familienfreuden, Völkerfreundschaft und die Arbeitskräfte der nächsten Generation. Irgendwann holte einer den draußen wartenden Gấm herein. Es wurde Schnaps getrunken, es wurde auf die Schulter geschlagen. Hoffentlich wird es ein Junge. Wir werden das Kind schon schaukeln, wa? Wir sind ja keine Unmenschen, hm? Und wenn es Schwierigkeiten gibt, kommt ihr zu mir … Damit war der Boden bereitet für eines der ersten vietnamesischen Kinder, die in Ostberlin das Licht dieser Welt erblicken sollten.

Hiền blieb vorsichtig und verlor die Furcht nicht, dass die Genossen es sich bei Tageslicht und nüchterner Betrachtung noch anders überlegen würden. Aber ganz langsam stieg im Rücken von Vorsicht und Furcht Freude auf das Kind in ihr auf, eine unbeirrbare, eine unabweisliche Freude, die sie in ihrem Gesicht nicht zu zeigen wagte, genauso wie sie ihren runder werdenden Bauch unter weiten Hemden zu verbergen wusste. Bis auf einige kluge Frauen bekam niemand im Betrieb etwas mit. Und eben weil diese Frauen klug waren, blieb es auch dabei. Eine von ihnen steckte Hiền in der Pause einen Zettel mit einem Namen und einer Adresse zu. Dete Schultz, Am Friedrichshain 7. Dahinter in Großbuchstaben und unterstrichen das Wort »Hebamme«, das Hiền zu Hause erst in ihrem Wörterbuch nachschlagen musste. Am nächsten Tag lächelte sie der Kollegin dankbar zu. Die zwinkerte verschwörerisch zurück.

9

Als es so weit war, klingelte Gấm bei Schultz und half Hiền, der die Schweißperlen auf die Stirn getreten waren, vier Treppen hoch. Hinter der Schultz'schen Tür ging es laut und lustig zu. Gấm klopfte. Eine große junge Frau mit rotblonden Kräusellocken öffnete schwungvoll die Tür und erfasste mit einem Blick die Situation. Sie drückte am Türpfosten die Zigarette aus, die ihr locker im Mundwinkel gehangen hatte, und leerte ihre Wohnung mit zwei kurzen Worten, die sie rückwärts über die Schulter rief, während sie Hiền schon rasch den Mantel abstreifte und mit dem Fuß die Tür zu ihrem kleinen Schlafzimmer aufstieß. Die Gäste parierten. Sie schienen daran gewöhnt zu sein. Der Letzte zog, zwei halb geleerte Bierflaschen zwischen den Fingern, mit geübtem Ellenbogen so leise und rücksichtsvoll die Tür zu, als sei das Baby schon da.

»Erstes?«, hatte Dete gefragt.

Hiền schüttelte den Kopf und hob zwei Finger, während sie in einer Presswehe um Atem rang.

»Dann geht's schnell«, sagte Dete, schob Hiền ein dickes Laken unter den Po und öffnete ihr Köfferchen. Gấm stand hilflos dabei. »Setz dich«, sagte Dete zu ihm. Er setzte sich auf den Boden, zählte die winzigen Kästchen in dem senfgelben Teppichmuster und versuchte, seinen schnellen Atem in den Bauch hinabsinken zu lassen, um seine Herzschläge zu beruhigen.

»Kannst ruhig schreien«, sagte Dete einmal, als sich in Hiềns Keuchen qualvolle Laute mischten. »Ist eh gleich vorbei. Ich seh schon das schwarze Köpfchen.« Und zu Gấm gewandt: »Hol mal Handtücher aus dem Badezimmer.«

Gấm war froh, dass er irgendetwas tun konnte, und ging in das winzige Badezimmer nebenan, wo Hunderte von Handtüchern aller Farben, Größen und Qualitäten an den Wänden hochgestapelt waren, sorgfältig gefaltet. Vom schnellen Aufstehen war ihm schwindelig geworden, und die bunten Stoffe der Handtücher tanzten vor seinen Augen. Er lehnte sich eine Weile gegen die Tür und hielt sich am Waschbecken fest. Als er sich wieder gefangen hatte, zog er einen Stapel Handtücher aus dem langen hölzernen Regal über der Badewanne heraus. Noch bevor er wieder ins Zimmer trat, hörte er den zaghaften Schrei eines Kindes – seines Kindes!

»Kannst reinkommen«, sagte Dete, »er ist hübsch.« Gấm verharrte auf der Schwelle, den Handtuchstapel wie eine Geburtstagstorte auf seinen ausgestreckten Händen balancierend, und lachte übers ganze Gesicht. So hatte Hiền ihn noch nie lachen gesehen. Dete lachte mit.

»Her mit den Handtüchern«, sagte sie, »oder soll dein Kindchen hier erfrieren?« Gấm stolperte ins Zimmer, zu Hiền und zu seinem Sohn, der erschöpft auf Hiềns Brust ruhte, bedeckt von dem dünnen blau-weißen Tuch, das eben noch um Detes Hals gelegen hatte.

Als Hiền den warmen, glitschigen kleinen Körper auf dem ihren spürte, ging ihr das Herz über vor Liebe. Zu diesem Kind, das ihrem ausgedörrten Körper und ihrer vertrocknenden Seele das Leben abgerungen hatte. Zu Gấm, der mit dem Bonzen Schnaps getrunken hatte. Zu diesem Land, das sich ändern konnte. Zu dieser jungen schönen Frau, die sich ihren Schal abgewickelt hatte, um das Baby darin zu bergen. Zu ihrer Tochter, die Tausende Kilometer entfernt war und dies nie erfahren würde. Mit einem rauen Schluchzer bahnte sich ein Weinen den Weg, das sie nicht mehr aufhalten und nicht mehr anhalten konnte. Gấm hielt ihre Hand, und Dete wischte ihr dann und wann mit einem Handtuchzipfel das tränennasse Gesicht ab.

»Nu is aber jut«, sagte sie nach einer Weile, »wat soll denn det Kindchen von uns denken? Is doch hier keen Jammertal nich. Sacht mir mal lieber, wie sollet denn heeßen?« Hiền sah Gấm an.

»Dũng«, sagte er, »das heißt mutig und stark. Trần – Nachname, Văn – Zwischenname, Dũng – Vorname.«

»Sehr schön«, antwortete Dete und begann einen Amtszettel auszufüllen, »mal wat anderet.« Sie schrieb, wie sie es gehört hatte: Tran van Sung.

»Sung«, sagte sie leise und blickte zufrieden auf den Zettel, »klingt doch wie ein warmer Sommerwind. Und dit könn wa hier jut jebrauchen.«

10

Dass ein warmer Wind durchs Land wehte, immer stärker, immer hitziger, merkten Hiền und Gấm sehr wohl, aber sie hielten sich im Schatten dieses Windes. Sie sprachen leise, senkten den Blick, brachten Sung, den winzigen Fremdling, in die Krippe, huschten von der Straßenbahn in die Fabrik und zurück, holten Sung wieder ab. Sie schlichen die Treppe hinauf zu ihrer Einraumwohnung im vierten Stock eines Hauses, das, wäre es ein Schiff gewesen, nur Todesmutige zum Anheuern gebracht hätte. Die Fenster der Wohnung waren so undicht und der Ofen so klein und altersschwach, dass ihnen schon beim Aufkommen des ersten Herbstnebels die Kälte in die Körper kroch und die klamme Wäsche tagelang nicht trocknete. In dicken Jacken saßen sie abends am Tisch, um mit heißer Suppe etwas Wärme in ihre Körper zu löffeln. Zwischen den Holzbalken hindurch, die die Glastür zum bröckelnden Balkon versperrten, blickten sie sorgenvoll auf die täglich dichter werdenden Menschenansammlungen, die aufmarschierende Polizei und die Kerzen in den Fenstern. Schnell steckten sie Sung einen Schnuller in den Mund, wenn er nachts aufwachte und schrie. Die Erinnerung an den Krieg kehrte zurück und die Angst vor einem neuen. Nord gegen Süd oder Ost gegen West – sie wussten, dass Himmelsrichtungen gleichgültig sind, wenn erst der Rauch der Bomben aufsteigt.

Dete hatte Sung nicht nur mit auf die Welt gebracht und seinen Namen in weiser Voraussicht dem Lautrepertoire seines Geburtslandes anverwandelt, sondern sie wirkte auch erheblich daran mit, dass er den Laden bekam, der ihn ernährte.

Wenige Wochen nachdem der Osten zum Westen gekommen war, ganz wie Hiềns Arbeitskollege es damals gesagt hatte, und zwar ganz ohne Krieg, sprang Dete in voller Fahrt vom Rad, um neben Gấm zu landen, der gerade von der Arbeit kam und schon wusste, dass er nicht mehr oft von der Arbeit kommen würde, weil er nicht mehr oft würde hingehen dürfen. Die Kündigungen würden ihn und seine vietnamesischen Kollegen zuerst treffen.

Dete hatte die Trầns nicht aus den Augen verloren. Man könnte auch sagen, sie hatte sie nicht aus den Augen gelassen. Sie kam ab und zu vorbei, brachte abgelegte Strampler, schäkerte mit Sung, ließ Creme für seinen wunden Po da und selbstgemixten Kräutertee. Hiền nahm mit den unauffälligen Blicken einer erfahrenen Schneiderin an ihr Maß und nähte ihr einen Seidenrock in der Farbe ihrer Haare. Er passte wie angegossen. Dete stieg auf einen Stuhl, um sich im abendlichen Gegenlicht des Fensters zu spiegeln. In heller Freude drehte sie sich hin und her. Hiền und Gấm stürzten hinzu, um den Stuhl an beiden Seiten festzuhalten. Sung gluckste.

»Hör mal«, sagte Dete jetzt zu Gấm, »habt ihr nicht Lust auf einen kleinen Laden? Mein Onkel ist nach drüben, mit

Sack und Pack. Und jetzt macht keiner den Laden hier vorne an der Ecke, dabei ist sogar noch Ware drin. Ostware und Westware, stell dir das mal vor. Und wir stehen hier auf dem Schlauch und müssen wer weiß wohin, um einzukaufen. Dieser miese kleine Verräter«, sagte sie. Sie sagte es wie im Scherz und lachte, aber das wütende Funkeln in ihren Augen zeigte Gấm, dass es ihr ernst war – sowohl mit dem Urteil über ihren Onkel als auch mit ihrem Vorschlag, den Laden zu übernehmen.

»Wie kann das gehen?«, fragte Gấm.

»Wollt ihr?«, fragte Dete zurück.

Gấm nickte. Da nickte auch Dete zufrieden und schwang sich eilig wieder auf ihr Rad. »Muss halt günstig sein und möglichst lange offen, auch sonntags!«, rief sie Gấm noch zu, während sie schon davonkurvte.

Dete ließ ihre Kontakte spielen. Es mussten bemerkenswerte Kontakte sein, denn dass eine kleine vietnamesische Familie, deren staatsbürgerliche Verhältnisse völlig im Unklaren lagen, einen Laden übernehmen konnte, grenzte an ein Wunder. Aber dieses Wunder geschah. Es geschah ganz einfach: Nicht lange nach dem Gespräch holte Dete die Trầns ab, sperrte den Laden auf, der tatsächlich so aussah, als sei der Besitzer nur mal eben für fünf Minuten weggegangen, und klimperte mit dem Schlüsselbund vor Sungs Nase herum, der ihn sich freudequietschend aus ihren Händen angelte. »Deiner«, sagte Dete zu ihm und dann zu Gấm und Hiền: »Na, denn haut ma rin! Morjen früh will ick hier Schrippen koofen.«

Ganz so schnell ging es nicht, aber Dete bekam am nächsten Morgen immerhin Knäckebrot mit Marmelade und eine Tasse löslichen Kaffee. Danach zog sie mit Hiền durch die Stadt, von Großmarkt zu Großhändler, unterschrieb und ließ unterschreiben. Gâm improvisierte ein kleines Laufgitter für Sung, machte den Laden sauber und ordnete die verbliebene Ware in den Regalen. Nach und nach kamen die Lieferungen, und irgendwann hatte Dete morgens ihre frischen Schrippen und abends eine Flasche Wein, hatten die Mütterchen mittags ihre Kartoffeln und ein Stück Sellerie und die Kinder ihre Süßigkeiten, wenn sie aus der Schule kamen. Es war die wilde Zeit, in der alles ging. Ein Wort wie Ladenschlussgesetz hatte nichts zu sagen, und die Trâns hätten es ohnehin nicht verstanden und hielten ihren Laden fast rund um die Uhr offen. Die Leute des Viertels kamen bei Tag und Nacht und erstanden dort alles, was sie brauchten. Und weil es nicht teuer war, weil die Frau so gut Deutsch sprach und der Mann so freundlich lächelte und immer einen Apfel extra gab, weil ein so süßes Kind mit dunkel schimmernden Augen dort auf dem Boden herumkrabbelte und sich gern über die seidigen Haare streicheln ließ, war das Ganze auch nicht mehr rückgängig zu machen. Die Leute hier wären glatt wieder auf die Straße gegangen und hätten Plakate hochgehalten, wenn irgendein Amt versucht hätte, ihnen ihre tägliche Nahversorgung wegzunehmen. Der Laden der Trâns war eine vollendete Tatsache, als man noch mit Ostmark bezahlte.

Sein Sortiment wuchs und veränderte sich, und mit ihm veränderten sich die Trâns. Gâm wurde ein strahlender Ladenbesitzer. Das Graue verschwand aus seinem Gesicht, er lachte und scherzte. Hiêns Augen leuchteten. Sie ließ sich die Haare wachsen und fühlte sich wie ein junges Mädchen. Sung lernte laufen, lernte sprechen. An anderen Orten in diesem neuen Staat, von dem man noch nicht so genau wissen konnte, was er eigentlich war und werden konnte, ging es ihren Landsleuten nicht so gut. Sie hörten davon im Radio. Im Fernsehen sahen sie Bilder, die sie nicht fassen konnten. Ein brennendes Wohnheim und Leute, die zusahen, gern zusahen. Aber die Kunden der Tråns standen vor ihrem Laden und sagten »unglaublich« und »diese Schweine«. Sie sagten es so laut und drohend, dass jeder es hören konnte und dass die, die es verstehen sollten, es jedenfalls auch verstehen konnten. Das tat den Tråns gut. Dennoch war die Angst eine Zeit lang wieder ihr Begleiter. Und oft stand Gåm nachts am Fenster und sah hinaus. Aber von diesem Fenster aus sah er nur Leute, die vom Schichtdienst kamen oder dorthin gingen. Leute, die vom Feiern kamen oder zum Feiern gingen. Darunter, abwechselnd in jede dieser Gruppen gehörend, immer wieder Dete, die nie vergaß, kurz hochzublicken und zu winken, wenn sie am Laden vorüberradelte. Ihre persönliche Schutzpatronin.

Die Zeit der Angst ging vorbei, aber das Viertel hörte nicht auf, sich zu verwandeln. Etliche zogen weg, erst weg von der Ofenheizung, dann weg vom Zuzug, der ihr Viertel veränderte. Es kamen immer mehr junge Leute, die in die alten Häuser zogen, die andere verlassen hatten. Die, die wegzogen, waren von hier gewesen, die die herzogen, kamen von überall her. Die Tråns sahen zu, staunten über dieses Wechselspiel und versuchten, die neue Kundschaft zu gewinnen und die alte nicht zu verlieren. Die neuen Leute kauften nicht mehr »bei den Tråns«, sondern »beim Vietnamesen«. Dann wurde »beim Vietnamesen« zunehmend unspezifisch, weil es nicht mehr nur die Tråns gab, sondern immer mehr kleine vietnamesische Läden, Obst und Gemüse, Blumen; Nähstuben und Imbisse, dann die ersten Restaurants. Aber die Trâns hatten immer genug Kunden und mehr zu tun, als sie schaffen konnten.

Sung ging zur Schule und half nachmittags im Laden. Sung machte Abitur und half abends im Laden. Sung begann, Archäologie zu studieren, und half frühmorgens im Laden. Die Tage der Trâns waren immer gleich, aber in dieser immer gleichen Arbeit von früh bis spät konnten sie das Glück ihrer Zufriedenheit spüren – wenn sie mit den Kunden scherzten, wenn sie Ananas und Mangos schälten, um sie mundgerecht zerlegt in kleine Schälchen zu schichten, wenn sie sich gemeinsam über neue Produkte beugten und herauszufinden versuchten, welche Erstaunlichkeit sie nun wieder anbieten konnten, wenn die Sonne es im Frühling endlich schon morgens über die Dächer schaffte, um das Ladenschild anzuleuchten, oder wenn im Winter der erste Schnee fiel und die Eltern mit ihrem schnupfnäsigen Nachwuchs ihnen die Holzschlitten vom letzten Jahr aus den Händen rissen.

11

Dann starb Gẩm. Nach einem Unfall mit seinem Transporter, früh am Morgen auf glatter Straße. Hiền und Sung gingen ins Krankenhaus. Gẩm war bewusstlos. Hiền sah, dass sie ihn verlieren würde, und wollte ihn nach Hause holen, ins Bett über seinem Laden. Sung sprach mit der Schwester. Die Schwester holte den Arzt. Sung fragte. Der Arzt schüttelte den Kopf. Er schüttelte so energisch den Kopf, dass er gar nicht mehr damit aufhören konnte. Er schüttelte den Kopf, während er die Apparate überprüfte, schüttelte den Kopf, während er sich die Hände wusch, schüttelte den Kopf, während er der Krankenschwester Anweisungen gab, und schüttelte noch den Kopf, als er wieder zur Tür hinausging, ohne zurückzusehen. »Es tut mir so leid«, flüsterte die Krankenschwester mit Tränen in den Augen und zog die Decke über Gẩms Körper wieder fest. Er starb noch am selben Abend. In seinem Gesicht suchte Hiền das Lächeln, mit dem er sie damals am Werktor empfangen hatte. Sie fand es und hielt es fest, bis er den letzten Atemzug getan hatte. Arm in Arm verließen Hiền und Sung das Krankenhaus. Sung war gerade zwanzig Jahre alt geworden. Als er am nächsten Morgen den Laden aufschloss und ein Bild seines Vaters neben die Kasse stellte, fragte Hiền ihn leise nach seinem Studium und meinte damit seinen Traum, unter glühender Sonne nach Scherben von Vasen zu scharren, nach jahrtausendealten Mosaiken. »Später vielleicht«, sagte Sung und verbarg sein Gesicht vor ihr. Hiền nickte und begann Obst und Gemüse zu sortieren, während ihr die Tränen über die Wangen liefen.

Sie versuchten, den Laden zu zweit zu führen. Erst ließ der Laden das nicht zu. Als wollte auch er seine Trauer kundtun, stellte er seine leeren Fächer aus, wenn eine Bestellung in Vergessenheit geraten oder ein Lieferant nicht auszumachen war. Wo hatte Gấm die XXL-Streichhölzer mit den Sternbildern auf der Packung bestellt? Und wie war er an die leicht gesalzene Butter aus der Bretagne gekommen? Weil Gấms Stimme im Laden fehlte, fehlte eine Stimme, die alles verband, und aus der vertrauten Melodie des Ladens wurde eine zerhackte Geräuschkulisse, die Hiền und Sung quälte. Weil keiner von beiden das diffizile Schaltsystem durchschaute, mit dem Gấm den Laden ausgeleuchtet hatte, standen sie nach einem Kurzschluss im Dunkeln und mussten schon am Nachmittag zumachen. Nach und nach aber fanden sie sich auch in den Bereichen des Ladens zurecht, die Gấm versorgt hatte. Der Laden lief wieder. Aber er lieferte keine Geschichten mehr, die man sich am Abend beim Essen erzählen konnte, über die man gemeinsam lachen oder sich aufregen und sich wieder beruhigen konnte.

Der Laden brauchte eine richtige Familie. Als die Trauerzeit vorüber war, fragte Sung das Mädchen aus der Schneiderei ein paar Häuser weiter, ob sie diese Familie mit ihm gründen wolle. Sie wollte. Sie bauten die kleine Wohnung über dem Laden um. Hiền zog mit ihrer Handvoll Sachen und Thủy ins Hinterzimmer neben den Lagerraum. Ein knappes Jahr später kam Minh zur Welt. Als er in ihrem Arm lag und sich die Freude über dieses Kind mit der Trauer darüber verband, dass Gấm es nicht sah, begannen ihre alten Narben wieder zu schmerzen. Sie zog öfter den Vorhang zur Seite und sah lange ins Gesicht der Puppe, blies den Staub von den Deutschlehrbüchern und blätterte darin, bis sie etwas gefunden hatte, das sie noch nicht beherrschte und üben konnte. Zum Beispiel die Feinheiten des Zukünftigen, einfaches Futur und vorzeitiges, modales Futur und konjunktivisches: Es wird sein, es wird gewesen sein, es würde gewesen sein, es werde sein – können …

Bis eines Nachmittags Minh, seinen Schulranzen noch auf dem Rücken, zu ihr kam und nach einem Kulturgut aus Vietnam fragte. Er brauche es für die Schule, hatte er gesagt. Schon morgen.

12

In der Nacht nach Thůys Auftritt hatte die Kunstlehrerin Jana Kripke, Klassenleiterin der 4c, von ihr geträumt und am nächsten Morgen wusste sie, dass sie erstens solche Puppen mit den Kindern bauen, und zweitens diese Puppen zur Protestaktion gegen die Raumknappheit der Kiezschulen einsetzen wollte. Den vierten Klassen hatte man die Horträume gerade ersatzlos gestrichen und dies Doppelnutzung genannt. 30 Kinder auf 30 Quadratmetern, von 8 bis 16 Uhr, mit Schultaschen, Turnbeuteln, Büchern, Heften und Spielzeug. Im Winter kamen die dicken Jacken hinzu, oft nass, mit Mützen und Handschuhen und Stiefeln. Hundertundzwanzig Dezibel, Sauerstoff unter der Nachweisgrenze. Stinkende Toiletten, marode Fenster, bröckelnder Putz, fehlende Garderobenhaken und Vorhänge. Geldmangel, sagte der Direktor, sagte das Schulamt, sagte die Schulstadträtin, sagte die Senatsverwaltung. Das ließ Jana Kripke nicht gelten. Für sie war das Willensmangel. Und Phantasiemangel. Und Druckmangel. Und Informationsmangel. Sollten die Zeitungsschreiber doch lieber mal über die Schulen am Prenzlauer Berg berichten, dachte sie, und nicht nur über Kinderwägen und Milchkaffee und die

Luxuswohnungen einer Handvoll Kinder reicher Eltern aus Düsseldorf, Stuttgart und Hamburg. Die Puppe war so schön massiv gewesen. »Mit Holz gegen Betonköpfe.« Im Geiste entwarf sie die Schlagzeilen für ihre Aktion. »Puppen tanzen lassen gegen die Unbeweglichkeit der Schulverwaltung.« Ja, sie würde es hinkriegen, dass diese Puppen auch die Herren Politiker in die Träume hinein verfolgten. Sie hatte schon ziemlich genaue Vorstellungen. Vergnügt wie lange nicht mehr sprang sie die Treppen des teilrenovierten WBS 70 hinunter, den neuesten Ohrwurm aus dem Morgenradio auf ihren Lippen. Die Erdgeschossbewohnerin des Plattenbaus, frühverrentet wegen der physischen Folgen chronischer Missgunst, horchte auf. »Die von oben hat wieder 'nen neuen Kerl«, rief sie ihrem Mann zu. Aber damit lag sie falsch. Die von oben hatte einfach nur wieder Schwung. Und daran war kein neuer Kerl aus Pankow schuld, sondern eine alte Puppe aus Vietnam.

Nach Schulschluss ging Jana Kripke in Sungs Laden, kaufte Tee und Kekse und fragte an der Kasse halb beiläufig nach Minhs Großmutter. Sung war erstaunt, ließ es sich aber nicht anmerken und führte sie in den hinteren Raum, wo Hiền die kleinen Weihnachtsgestecke band, die vor dem Laden ausgelegt wurden. Dort ließ er die beiden allein. Mehr als eine Stunde später sah Sung, der auf der Straße gerade einen Lieferanten in eine Parklücke dirigierte, die Lehrerin den Laden verlassen. Sie hatte einen Zettel in der Hand und winkte ihm fröhlich zu. Sung winkte höflich zurück. Er verstand das alles nicht, aber ein guter Kontakt der Familie zur Schule konnte nicht schaden. Dann grübelte er nicht weiter darüber nach, denn er hatte zu tun.

Erst als sich ihm wenige Tage später die Klassenlehrerin

der 4a vorstellte und ebenfalls nach seiner Mutter fragte, begann er ernsthaft nachzudenken. Er zählte eins und eins zusammen und fragte seinen Sohn, was eigentlich aus diesem Kulturgut geworden sei. Minh berichtete in sachlicher Kurzprosa, dass die Großmutter mit der Holzpuppe, die hinter dem Vorhang stand, so eine Art vietnamesische Weihnachtsgeschichte erzählt habe, die allen gefiel, denn es habe großen Applaus gegeben. Sung nickte erleichtert, da er darin weder Mysteriöses noch Besorgniserregendes erkennen konnte, strich Minh über die Haare und widmete sich wieder der Obstkontrolle.

Die Klassenlehrerin der 4a blieb nicht ganz so lange wie die Klassenlehrerin der 4c, aber auch sie verließ Sungs Laden in allerbester Laune. Sie hatte sich in die meergrüne Seide verliebt und in fünf einschlägigen Hauptstadtgeschäften bis tief in den Westen hinein nichts auch nur annähernd Vergleichbares finden können. Im Hinterzimmer von Sungs Laden hatte sie nun nicht nur ein Stück solchen Stoffs geschenkt bekommen, das für ein Sommerkleid in gerade richtiger Länge reichen würde, sondern auch noch ein Schnittmuster. Sie sah das Kleid schon vor sich. Sie sah sich vor sich. Sie hieß mit Vornamen Undine und es schien ihr, als hätte sie ihr Leben lang auf diese meergrüne Seide gewartet – ihr vorbestimmt durch die Namensweihe auf einen Wassergeist vor 36 Jahren. Dass sie als Zeichen des Dankes ein wenig in dem Laden hätte einkaufen können, fiel ihr erst ein, als sie ihre Wohnungstür aufschloss und an ihren leeren Kühlschrank dachte. Da Undine zwar eitel und kokett war, aber kein schlechter Mensch, beschloss sie, gleich morgen ihren Wocheneinkauf in Sungs Laden zu erledigen. Vielleicht gab es dort ja auch meergrüne Nähseide …

13

Natürlich gab es dort meergrüne Nähseide – wie auch moosgrüne, maigrüne, tannengrüne, olivgrüne, lindgrüne, smaragdgrüne und flaschengrüne. In Sungs Laden gab es so ziemlich alles. Nicht nur, weil Sung so vielfältig bestellte, sondern auch, weil immer etwas übrig blieb aus vorangegangenen Bestellungen. Remissionen empfand Sung als geradezu unehrenhaft. Sogar im Falle der Tagespresse: Man schickte doch nicht einfach die Summe eines Tages dahin zurück, woher sie gekommen war. Es konnte immer noch mal jemanden geben, der am nächsten Morgen mit dem Gestern noch nicht fertig war und Nachlese betreiben musste. Schon Gấm hatte eine bemerkenswerte Treue zu seinen Waren entwickelt, also neben den Nähseiden aller Couleur auch zu Flaschenöffnern, Schreibblöcken, Bällen, Kochlöffeln, Wachspapierdecken, Einmachgläsern, Streichholzschachteln, Luftschlangen, Babyflaschenwärmern und Eierschneidern, Reiseadaptern, Staubsaugerbeuteln, Geburtstagskerzen und Fensterledern unterschiedlichster Sorten und Fertigungen. Wenn sie nicht mehr gingen, durften sie bleiben. Als wolle er ihnen sagen: »Ihr habt den Laden hier in Gang gehalten, nun verramsche ich euch doch nicht einfach, nur weil es gerade eine neue Art von Flaschenöffnern, Schreibblöcken oder Bällen gibt.« Neues und Altes führten im Laden der Tråns eine friedliche Koexistenz. Das war noch nicht einmal unwirtschaftlich, denn gar nicht so selten kam jemand und fragte: »Da gab es doch früher diese … diese …« Dann wurden ein paar Kartons zur Seite geschoben und man konnte dem hocherfreuten Kunden das Restexemplar eines viel geliebten, lange gesuchten Produkts präsentieren. So kam es, dass noch viele Jahre nach der Wende der Laden in seinen Nischen nicht ostwarenfrei war – ein Umstand, der schon so manches sanfte Lächeln auf die Gesichter der alteingesessenen Kunden gezaubert hatte.

Auch Sung war eher ein Sammler als ein Geschäftsmann. Bei ihm jedoch bekamen die Ladenhüter nicht nur ihr Gnadenbrot, sie bekamen sogar die besseren Plätze in den Regalen. Deshalb kamen viele Leute aus dem Viertel so gern hierher: Hier gab es nicht nur was zu kaufen, sondern immer auch was zu gucken. Und so, wie die alten Waren sich hier nicht zu schämen brauchten, so brauchten es auch die Kunden nicht. Alte nicht, junge nicht und die dazwischen auch nicht. Die Alten kamen am Vormittag und konnten oft der Versuchung nicht widerstehen, eine von diesen 0,375-l-Eierlikörflaschen gleich hinter der Kasse in ihren Einkaufskorb zu legen, obwohl sie damit ein kleines Laster offenbarten, das sie sich in längst vergangener Zeit zugelegt hatten. Die Kinder des Viertels kamen am frühen Nachmittag. Mit scheuen Fingern konnten sie ein Päckchen Sammelkarten ziehen oder Süßes aus den Fächern angeln, obwohl ihnen zu Hause gepredigt worden war, wie nutzlos das eine und wie zahnschädigend das andere sei. Die dazwischen kamen nach der Arbeit am frühen Abend und konnten nicht-bio und fleischlastig einkaufen, ohne eine strenge Miene fürchten zu müssen, und genauso auch bio und vegan, ohne als Neuberliner Bohème beäugt zu werden. Ein immer freundliches, an den näheren Umständen des Einkaufs jedoch höflich desinteressiertes Lächeln an der Kasse machte jede kleine und größere Einkaufssünde möglich.

Wenn sich einmal jemand in den Laden verirrte, dem sich dessen Prinzipien nicht von selbst und auf Anhieb erschlossen, jemand, den das Leben vielleicht etwas zu sehr und vor allem an den falschen Stellen verwöhnt hatte, und der deshalb etwas loswerden musste wie »Ganz schön eng hier« oder »Gibt's hier keine zweite Kasse?«, dann entschied sich ziemlich schnell, ob ihm oder ihr zu helfen war oder nicht. Denn nie stimmte ein weiterer Kunde in ein solches Lamento ein. Hier hatte man sich schlank zu machen zwischen vollgepackten Regalen, die einem schließlich so manchen Weg in den nächsten, aber eben nicht nahe gelegenen Fachhandel ersparten. An sieben Tagen in der Woche, von früh bis spät. Und die eine Kasse war außerdem so flink, dass man am Ende dann doch kaum Zeit hatte für ein kleines Schwätzchen mit den Leuten von nebenan, die auch gerade noch das Nötigste fürs Abendessen holten. Außerdem konnte man so eine Warteschlange ja auch mal wegatmen – in sich gehen und dabei Wendungen auf kleinstem Raum üben, lächeln und sinnieren. Also bitte. Die Nörgler bekamen kein Echo ihrer aufgeblasenen Ansprüche, sondern eine Unterweisung in ziviler Unaufgeregtheit. Entweder sie verstanden, reihten sich ein und kamen wieder oder sie schüttelten den Kopf, stellten ihren Korb an die Seite und blieben weg.

So war Sungs Laden Versorgungseinrichtung, Nachbarschaftstreff, Mentaltraining und Museum in einem. Ein bunter Hund in einer Umgebung, die zunehmend Läden hervorbrachte, die dem Minimalismus anhingen. Die Töpferei mit ihren Kramkisten voller leicht angeschlagener, aber höchst brauchbarer, dabei unverwechselbarer Tassen verschwand ins Brandenburgische, und die Neuen legten ins Schaufenster mit den Ausmaßen fünf mal drei Meter nichts weiter als ein farblos-derbes Stückchen Seife von nicht einmal 150 Gramm. Es wurde auf eine Lage Stroh gebettet und mit Salzkristallen aus den Höhen des Himalaya sowie einem Preisschildchen garniert, das die Vermutung aufkommen ließ, die Seife müsse entweder ein kosmetisches Wundermittel oder eine Antiquität sein oder aus getarntem Gold. Die alte Bäckerei mit den weiß-rosa Zuckergusstorten und delirierenden Wespen verschwand, und im Schaufenster hingen jetzt, in feinster farblicher Abstufung, drei herrliche Tücher, handgewebt aus Kaschmirwolle. Ohne Preisschildchen. Es war nicht ganz klar, ob man die überhaupt kaufen durfte. Gâm und Sung wären nie auf die Idee gekommen, ein Schaufenster zu dekorieren. Sie hatten keinen Platz für Dekoration, und Werbung beschränkte sich bei ihnen darauf, die schönsten Seiten der Äpfel in den Körben vorm Laden ins Licht zu drehen und das Ladenschild sauber zu halten.

Am Prenzlauer Berg gab es noch eine Handvoll solcher Läden, in denen die Dinge mehr zu sagen hatten als der Feinsinn ihrer Inhaber. Alte Ostberliner Läden, in denen es als frivol gegolten hätte, etwas auszusortieren, um Einzelnes herauszuputzen. Man setzte eher auf die Feinmotorik der Kunden. Die mussten sich zwischen den üppig gefüllten

Regalen zu bewegen wissen und aus gewagten Stapeln das Gewünschte hervorziehen können. Aber dafür gab es eben auch nahezu alles, was es in einem Werkzeugladen oder in einem Papierladen oder einem Fahrradladen nur geben kann – und im Zweifelsfall noch etwas mehr. Im alten Papierladen, der der großen Schreibwarenkette, die sich direkt gegenüber platziert hatte, tapfer die Stirn bot, konnte man Kanzleibögen mit Rautendruck erwerben, wenn man nur ein bisschen Geduld und Geschicklichkeit beim Suchen aufbrachte. Im Schraubenladen konnte man die Schrauben noch einzeln kaufen und gleich wieder umtauschen, wenn sie nicht passten. Einmachringe und Wäscheklammern gab's in über zwanzig Farben und Formen, Ofenbleche auch im Vorkriegsformat. Und im alten Fahrradladen bekam man »Bückware«: Fußstützen aus Holland für Kinder, die im Schnelltransport zwischen Schule und Wohnung auf einem Extrasattel auf der Lenkstange hockten – praktisch, um Kopf an Köpfchen im Fahrtwind noch schnell ein paar Vokabeln abzufragen oder Sportergebnisse zu diskutieren oder dem Nachwuchs zwischendurch übers Haar zu streichen oder ein Küsschen auf die Wange zu geben –, alles, zumal ohne Helm, unzulässig nach der StVZO, der Straßenverkehrs-Zulassungs-Ordnung des wiedervereinigten Deutschland, und daher unterm Ladentresen gehortet für die, die ganz genau wussten, was sie wollten.

Genau wie Sungs Laden waren auch diese Läden Familienbetriebe und Warenarchive, Orte für Schwätzchen, Paketannahmestelle, letzte Hoffnung am Abend auf Backpulver, Ventile, Glühbirnen und Grußkarten. Eines jedoch waren sie ganz gewiss nicht: ein Geschäft. Deshalb lagen einige dieser zähen Läden schon in den letzten Zügen, als es am

Prenzlauer Berg, der erst grau, dann bunt und dann an manchen Ecken eine Spur zu reich geworden war, zu rumoren begann und manche Geschäfte wieder oder überhaupt zum ersten Mal Läden wurden: bunt und wuselig – als hätten sie es auf einen Platz in der Mã Mây oder der Hàng Bạc oder der Hàng Buồm abgesehen, den trubeligsten Straßen im alten Herzen von Hanoi.

14

Als Undine die meergrüne Nähseide und Vorräte für die nächsten drei Wochen gekauft hatte, nähte sie sich ihr Sommerkleid mit zwei mutigen seitlichen Schlitzen, unter denen sich an kühlen Tagen auch eine weite weiße Hose gut machen würde. Zufrieden hängte sie ihr Werk außen an den Schrank und fing an, sich auf den Sommer zu freuen, für den sie sich in diesem Jahr ausnehmend gut gewappnet fühlte. Sie hatte so ein schönes kribbeliges Avantgardegefühl. Aber tatsächlich kamen ihr die Mädels aus der zweiten Klasse zuvor.

In den Ferien nach den Halbjahreszeugnissen Ende Januar, als es trostlos regnete und regnete und sie sich mit ihren Barbiepuppen von Kinderzimmer zu Kinderzimmer hangelten, hatten sie reichlich Gelegenheit, sich mit der anstehenden Problematik ihrer Karnevalsverkleidung auseinanderzusetzen. Sie überprüften ihre Bestände und stellten fest, dass die Feen- und Königskinderkleider ein wenig zu eng, ein wenig zu staubig, ein wenig zu unspektakulär geworden waren. »Das Kleid von der Frau mit der Puppe war toll«, sagte eine von ihnen. »Das war Minhs Oma«, sagte eine andere. Alle nickten und waren sich schnell einig:

Ohne ein solches Kleid zum Karneval konnte man nicht weiterleben. Bitte, bitte, bitte.

Die entnervten Mütter telefonierten in Kette. Eine von ihnen hatte über eine französische Touristin, die nach dem Weg gefragt hatte, von dem vietnamesischen Großmarkt erfahren – entlegen, und doch keine zwanzig Minuten entfernt. Es wurde eine Abordnung entsandt: drei Mütter, fünf Kinder. Sie tauchten ein in die Markthallen, die ganz unglaublich waren in Ausmaß und Bestückung. Waren sie überhaupt noch in Deutschland? Es roch nach fremdartigem Gemüse, an den Wänden und Waren eine Schrift, die sie nicht lesen konnten, um sie herum eine Sprache, die sie nicht verstanden. Die Mädchen aber waren nicht zu bremsen in ihren Entdeckungszügen und fanden zwar nicht das Kleid von Minhs Großmutter, aber doch reichlich rosaseidigen Ersatz. Die Mütter nickten, zufrieden mit den erstaunlich günstigen Preisen, nochmals gesenkt durch den Mengenrabatt. Da war durchaus noch eine schöne blaue Asia-Hose und eine Seidenbluse für sie selbst drin, fanden sie. Der Ausflug sollte sich schließlich lohnen. Dann aßen sie in einem Restaurant inmitten vietnamesischer Großfamilien eine Nudelsuppe, wie sie noch nie eine gegessen hatten, und zogen glücklich, gestärkt und immer noch ein bisschen aufgeregt von ihrer Reise in eine ferne Welt, nach Hause zurück. Auf dem Weg zum Ausgang nahm eine der Mütter noch rasch so einen großen Strohhut mit, wie man ihn in den Reiseprospekten immer sah – kegelförmig mit breiten dunklen Bändern.

Der Zufall wollte es, dass in diesem Jahr der deutsche Karneval und das vietnamesische Neujahrsfest nahezu zeitgleich stattfanden. Das fiel aber niemandem auf, weil die

Vietnamesen ihr Neujahrsfest hinter verschlossenen Wohnungstüren feierten. Ihre Läden hielten sie offen, sie bedienten ihre Kunden, änderten Kleider, kochten Gerichte, lackierten Nägel und schickten ihre Kinder in die Schule, wie es der deutsche Alltag Mitte Februar erforderte. Nur Hiền, die am Tết-Tag gegen zwei Uhr nachmittags im Schneematsch vor dem Laden auf Minh wartete, blinzelte ein bisschen und lächelte verschmitzt, als sie auf der gegenüberliegenden Straßenseite eine Reihe vorwiegend blonder Prinzessinnen in vietnamesischer Tracht von der Schule nach Hause stiefeln sah.

15

In einigen vietnamesischen Ladenhinterzimmern am Prenzlauer Berg kam beim Neujahrsessen die Rede auf eine deutsche Frau – diese Lehrerin, die sich in den Kopf gesetzt hatte, Wasserpuppen zu bauen und dafür unbedingt Feigenholz haben wollte. Tatsächlich sei sie bis zum Tischler Lý Phong vorgedrungen, der in einem dritten Hinterhof nahe dem Mauerpark Möbel ausbesserte und von geradezu sprichwörtlich schlechter Laune war. Hartnäckig soll sie gewesen sein, sehr hartnäckig. Er habe den Kopf geschüttelt und abwehrend die Hände vor die Brust gehoben, aber sie habe ein Buch nach dem anderen aus ihrer Tasche gezogen und ihm darin die Holzpuppen gezeigt. Er könne das nicht, hatte Lý Phong mehr als einmal in seinem spärlichen Deutsch gesagt. Aber das komplizierte Gestänge brauche sie ja gar nicht, hatte die Lehrerin entgegnet, man sitze hier ja eh auf dem Trockenen. Doch solche Holzkörper wolle sie haben und ein bisschen Information über die Farben und Lacke, und seien da nicht auch noch verschiedene Harze im Spiel? Könne er ihr wirklich nicht helfen? Wieder hielt sie ihm eine doppelseitige Farbaufnahme des vietnamesischen Wassermarionettentheaters unter die Nase, und schließlich kapitulierte Lý Phong. Gut, er werde es versuchen. Mit Verwandten telefonieren. Sie solle wieder vorbeikommen. Nicht vor Ende nächster Woche.

Und tatsächlich habe er neulich geliefert. Fünfzehn Rohlinge und eine Auswahl von Farben und Lacken. Volle zwei Stunden habe er mit der Lehrerin zusammengesessen und währenddessen sogar ein paar Mal gelacht. Da zog man an den Tischen mit den Neujahresleckereien die Augenbrauen hoch: Lý Phong? Gelacht? Das war unglaublich. Und eines der vietnamesischen Bücher, die die Lehrerin angeschleppt hatte, habe er dabehalten. Er wolle mal was nachlesen, hatte er der Lehrerin bedeutet. Da machte sich in den Neujahrsrunden Heiterkeit breit. Mit einem Buch hatte man den bärbeißigen Mann nun wirklich noch nicht gesehen. Konnte der überhaupt lesen? Man hatte Spaß an dieser Geschichte, auch wenn keiner sie so recht verstand. Irgendwer sagte, die Mutter von Trần Văn Dũng solle etwas damit zu tun gehabt haben, aber die näheren Zusammenhänge blieben im Dunkeln. Man prostete einander zu und schüttelte noch immer kichernd den Kopf über diesen Lý Phong, der angeblich gelächelt haben und unter die Leser großformatiger Bücher gegangen sein sollte.

Derweil stand die Kunstlehrerin nach dem Unterricht im Werkkeller mit ihren fünfzehn Feigenholz-Rohlingen und den ihr verbliebenen vier Fachbüchern und legte schon mal vor, damit die Kinder nicht mehr gar so viel zu tun hatten, denn Anfang April, noch vor Ostern, sollte der Protesttag gegen die Raumnot stattfinden. Inzwischen waren sogar die Räume für den Früh- und Späthort gestrichen. Die frühen und die späten Kinder nomadisierten durch die Flure auf der Suche nach zeitweiligen Unterkünften. »Mir sind die Hände gebunden«, hatte der Direktor gesagt und wieder einmal hinzugefügt: »Sie schaffen das!« Ja, was schafften sie nicht alles. Die Lehrerin strich mit den Fingerkuppen über das Holz, das überraschend hell und leicht war und schwach duftete. Sie hatte nie mit Holz gearbeitet, immer nur mit Stein, aber auch dies würde sie schaffen. Sie lächelte in sich hinein und setzte das Messer so an, wie Lý Phong es ihr gezeigt hatte. Mit jedem Schnitt roch das Holz intensiver. Nach Süden. Und die Kunstlehrerin schnitzte weiter. Erst zögernd und zart, dann mutiger und fester, bis ein erster Kopf sichtbar wurde. Er hatte ein bisschen zu viel Ähnlichkeit mit Dschingis Khan, fand sie, aber es gab ja auch noch Pinsel und Farbe.

An den nächsten Tagen konnte sie es kaum erwarten, nach dem Unterricht in den Werkkeller abzutauchen, in ihr Puppenreich. Der Hausmeister hatte an Einbrecher geglaubt, als er so spät noch Licht im Werkkeller sah. Seine Erleichterung war riesengroß, als es doch nur Jana Kripke war. Schwer atmend ließ er sich auf einen Stuhl sinken, und während sein Herz versuchte, den normalen Takt wiederzufinden, betrachtete er die eigenartigen Figuren, die auf einmal seinen sonst so spartanischen Werkkeller bevölkerten. Saß da, schaute und schwieg. Am nächsten Abend kam er wieder, blickte lange in die fremdartigen Gesichter der Puppen und reichte der Lehrerin seine Thermoskanne. »Ganz schön kalt hier unten«, sagte er. Dann nickte er ihr zu, nahm ihr das Versprechen ab, gut abzuschließen, und ließ sie wieder allein. Tags darauf fand die Puppenschnitzerin einen Heizlüfter vor. Baujahr 1958, aber er tat seinen

Dienst. So kam die wild entschlossene Kunstlehrerin, die den griesgrämigen Lý Phong zum Lachen gebracht hatte, eine Zeit lang sehr spät nach Hause. Die Frührentnerin im Erdgeschoss schüttelte halb missbilligend, halb schadenfroh den Kopf: »Üba Nacht willa se wohl nich haben, wa?« Aber ihr Mann hatte sich längst umgedreht und schlief – oder tat so.

Dass Lý Phong eines Abends die Grundschulkellertreppe hinabgestiegen kam, um mit den Scharnieren zu helfen, hatte noch nicht einmal der Hausmeister mitbekommen. Jana und er arbeiteten Hand in Hand, nahezu ohne zu sprechen. Sie hatte einige Mühe, ihn vom Rauchen im Werkraum abzuhalten. Gemeinsam öffneten sie unter Einsatz diverser Werkzeuge die verkanteten Fenster, lehnten sich weit hinaus und rauchten schweigend jede Stunde eine Zigarette. Nach der vierten waren sie fertig. Morgen würden die Kinder hier mit den Harzen, Lacken und Farben hantieren und den Puppen Gesichter geben. Kurz bevor er ging, zog Lý Phong das geliehene Buch aus der Tasche und legte es mit einer kleinen Verbeugung auf den Werktisch. Der Kunstlehrerin fiel nichts anderes ein, als sich ebenfalls kurz zu verbeugen. Stumm gingen sie die Treppe hinauf. Jana schloss die hohe schwere Schultür auf, ließ Lý Phong den Vortritt, ging selbst hinaus in die kühle Luft und schloss die Tür sorgfältig wieder ab. Lý Phong hatte zum Abschied kurz die Hand gehoben und war schon ein paar Schritte entfernt. Jana wünschte plötzlich, sie hätten nicht alle Scharniere geschafft. Sie zögerte einen Augenblick, dann lief sie ihm rasch nach, zog einen kleinen Kalender mit Nacht- und Notdiensten der Berliner Apotheken aus ihrem Portemonnaie, umkringelte im Licht der Straßenlaterne den

11. April, schrieb »11 Uhr« daneben und deutete mit dem Zeigefinger neben sich auf den Boden. Lý Phong nahm das Kärtchen, grinste und nickte. Dann ging er in Richtung Westen und sie in Richtung Osten.

16

Am 11. April waren die Puppen fertig und die Kinder in heller Aufregung. Sie warteten im Schulhof auf den Beginn der Veranstaltung. Es war ein sonniger Tag. Man hatte den Schulamtsleiter eingeladen, und weil demnächst eine Wahl anstand, trudelten auch ein paar Lokalpolitiker ein, die ein engagiertes Gesicht in die Menge halten wollten. An der sonnenbeschienenen Wand stand ein Reporter, Abgesandter einer gar nicht so kleinen Berliner Tageszeitung. Er hatte den Fotoapparat startklar um den Hals gehängt, einen Becher Kaffee in der Hand, die Augen geschlossen und genoss die Frühlingssonne, die sich an seinem kleinen Mauerstückchen schon ganz schön sommerlich anfühlte. Er wollte schnell die paar Fotos machen und dann ab in den Park und den Wolkenschäfchen nachsehen. Vielleicht würde er seine Freundin anrufen. Ein zweites Frühstück tête-à-tête wäre nicht schlecht. Und weil er heute keine weiteren Aufträge hatte, müsste er sie nach diesem Frühstück ja auch nicht gleich wieder ziehen lassen …

Einige Schritte neben ihm stand Lý Phong, dessen Hand immer wieder gewohnheitsmäßig in die Jackentasche glitt, um das Zigarettenpäckchen rauszuholen, und dann bedauernd innehielt. In dem geschäftigen und lärmenden Schülerhaufen, in dem Plakate sortiert und probeweise hochgehalten wurden, entdeckte er einige vietnamesische Kinder, die er kannte. Aber sie bemerkten ihn nicht. Gut so. Am Ende hätte er seine Mauersteherei erklären müssen, und wie hätte er das tun sollen? Die Kunstlehrerin war noch nicht zu sehen. Jetzt begann der Direktor zu sprechen. Lý Phong verstand kein Wort. Das hatte er schon vorher gewusst. Er sah es in den Gesichtern der Menschen, ob er ihr Deutsch verstehen würde oder nicht. Und tatsächlich verstand er manchmal fast alles und manchmal nahezu nichts, je nach Gesicht. Jetzt hielten die Schüler ihre Plakate hoch. Er hatte Zeit genug, die Buchstaben der deutschen Wörter zu lesen und sie sich so lange innerlich vorzusprechen, bis sie Sinn ergaben. Mehr Raum! Wir sind keine Sardinen! In der Enge schlagen wir über die Stränge! Hort ist nicht nur ein Wort! Kinder brauchen Denkraum! Er ahnte, worum es ging. Er dachte an seine Schule in Vietnam und dass ihnen damals dieses Gebäude sehr groß vorgekommen wäre. Andererseits, gewundert hatte es ihn schon, dass hier im Viertel, wo er schon lange keine Wohnung mehr bezahlen konnte, auch nicht die allerkleinste, geschweige denn einen eigenen Werkstattraum mit Lager, die Schulgebäude derart heruntergekommen waren.

Jetzt tauchte die Lehrerin mit ihren Viert- und Fünftklässlern auf – und den Puppen! Ihre Farben leuchteten in der Sonne und zogen die Blicke auf sich. Zwei Kinder entrollten ein großes Stück Stoff: *Hier fällt was hinten runter. Ein Stück für 15 Kinder und 15 Puppen.* Die fünfzehn Kinder hatten in den letzten Wochen rasch gelernt, wie sie den

Rumpf der Puppe festhalten und Arme, Beine und Kopf in Bewegung bringen konnten. Ein paar Slapstickfilmchen hatten die Spielfreude ungeheuer angeheizt. Und den Rest gab ihnen die Mutter des kleinen Italieners aus der 3a, die den Tasten des leicht verstimmten Schulkeyboards eine furiose Tarantella abrang. Auf der improvisierten kleinen Bühne wurde im Sechsachtel-Takt gerangelt und gerumpelt, was das Zeug hielt. Puppen und Kinder fielen herunter, nacheinander, nebeneinander, übereinander, ineinander. Puppen und Kinder hievten einander wieder hoch, reichten einander Schultaschen, vertauschten sie, tauschten wieder, fanden und verloren sie in einem einzigen wilden Kreiseltanz.

Der Lehrerin, die mit Rüschenbluse und Nickelbrille auf der Nase am Rande des Geschehens saß, rutschten Bücher und Zettel vom Tisch, die, hastenichgesehen, unter Holz- und Menschenbeinen verschwanden. Während sie sich danach bückte, kugelte eine Schülerin, stolpernd über einen Turnbeutel, seitwärts über sie hinüber – nur um in einen Berg von Schultaschen zu fallen, welche wiederum eine Puppe zu Fall brachten, die gerade noch in einem Schülerarm aufgefangen wurde, aber dafür einen Stuhl von der Bühne schob, auf dem dreißig wattierte Winterjacken zwischengelagert waren. Eine Puppe fiel rückwärts auf ein Schachspiel und zerstörte eine spannende Partie kurz vor Schluss. Die Spieler standen auf, um die Puppe zu vermöbeln, verhedderten sich in den Riemen einer Schultasche und konnten nichts mehr dagegen tun, dass zwei Puppenspieler die Schachfiguren achthändig einsammelten und eine neue Partie begannen.

Der Schulamtsleiter lächelte und ließ sein übergeschlagenes Bein im Takt der Tarantella wippen. Ging doch. Not erzeugt Kreativität – sein Credo. Wenn man denen hier mehr Räume geben würde, täte man ihnen doch gar keinen Gefallen. Mal davon abgesehen, dass man es nicht bezahlen könnte. Was wussten die Leute hier davon, was es hieß, einen Altbau herzurichten: Brandschutz, neue Fenster, Sanitär … Das kostete. Vielleicht sollte er ihnen aber einen Experimentierkoffer oder neue Sitzsäcke versprechen, damit er guten Willen zeigen konnte, etwas zu tun für diese Schule. Die schien ja jetzt auch »vv« zu sein: völkerverständig, eine seiner genialen Abkürzungen. Sahen irgendwie asiatisch aus, diese Puppen, dachte er. China? Java? Singapur?

Die erste Aufforderung der Schüler, zu ihnen auf die Bühne zu kommen, nahm er gar nicht wahr, so sehr hatte es ihn gedanklich in die Ferne getrieben. Dann spürte er die vielen Blicke, direkt auf ihn gerichtet. Eine Puppe, in anmutiger Verbeugung von Kinderhand, winkte ihn herbei. Eindeutig. Unabweisbar. Das Keyboard tremolierte. Der Schulamtsleiter lächelte gequält. So etwas liebte er nun gar nicht. War aber nicht abzuwenden. Er hatte den Reporter gesehen. »Spielverderber Schulamtsleiter« wollte er nicht über sich am nächsten Morgen in der Zeitung lesen. Er versuchte, so behände wie möglich auf die Bühne zu springen, und fühlte dabei einen stechenden Schmerz im rechten Knie, das seit dem Sturz vom Rennrad im letzten Sommer nicht mehr dasselbe war. Schon hatten ihn die Kinder in ihre Mitte gezogen. Und zwischen diese Puppen. Puppen, deren Holzarme und -beine sich ihm in die Waden und Oberarme bohrten; harte Rümpfe, die seinen Rippen und Hüftknochen zusetzten. Er versuchte, sich Platz zu verschaffen, fuhr seine Ellenbogen aus. Vergeblich.

Jetzt hatten sich die Kinder noch ihre Schultaschen auf-
gesetzt – warum haben Kinder so riesige Schultaschen? –
und ihre Turnbeutel in die Hand genommen. Ihre Jacken
hatten sie den Puppen über den Kopf gehängt, die Kapuzen
verdeckten halb die starren Mienen. Fratzen, dachte er,
Fastnachtsfratzen. Sie hatten es auf ihn abgesehen. Eine
Angst, die ihm nicht ganz unbekannt war, die er bislang jedoch recht gut hatte in Schach halten können, drehte in ihm
hoch, wurde stärker als er. Zum ersten Mal. Ihm wurde
heiß, dann schwummrig. Seine Hände fühlten sich taub an,
sein Mund schmeckte bitter. Die Kinder sangen zur Tarantella. Ihre hellen lauten Stimmen gellten ihm in den Ohren
und schienen doch ganz weit weg zu sein. Er verstand nicht,
was sie sangen. Was sangen sie denn um Himmels willen?
Schwindel ergriff ihn. Gleich würde er hier hinten runter-
fallen. Es fehlte nicht mehr viel. Der Schweiß stand ihm,
dem gut rasierten, sportlichen Mittvierziger, in großen Per-
len auf der Stirn.

Der Direktor sah es und besiegte seine Schadenfreude,
weil er nicht Direktor der Schule sein wollte, in der der
Schulamtsleiter ohnmächtig von der Bühne einer Protest-
veranstaltung gefallen war. Zumal die Presse da war. Er
sprang auf, entschlossen, ihm beizustehen. Die Kinder
dachten, er wolle mitspielen, und nahmen auch ihn in ihre
Mitte, schneller, als er denken und handeln konnte. Die
Tarantella kannte kein Erbarmen. Unfähig, dem Schulamtsleiter zu helfen, der nur eine Armlänge von ihm entfernt
stand – wenn er denn seinen Arm hätte ausstrecken können
und nicht zur Bewegungslosigkeit verdammt gewesen wäre
zwischen Kindern, Jacken, Taschen – und diesen Puppen!
Vor Weihnachten war es nur eine gewesen, mit dieser Frau

aus Vietnam, nun standen hier fünfzehn und machten Ärger, Ärger, Ärger. Selbst schuld, der Mann, fuhr es ihm durch den Kopf. Der mit seiner Multikultimasche. Todsicher würde es wieder einen Brief geben. Zusätzliche Arbeit. Die Kunstlehrerin würde einen Rüffel bekommen, aber er musste den Kopf hinhalten.

Ihm wurde übel. Er versuchte, ruhig zu atmen und zu lächeln. Gleich würde es vorbei sein, gleich, gleich … Nach oben in den Himmel gucken, sagte er sich, ins Freie, in die Weite. Und ruhig ausatmen. Das Saure runterschlucken, langsam wieder einatmen. Der Reporter hatte seine Freundin und das zweite Frühstück komplett vergessen, stattdessen hochkonzentriert die ideale Position gesucht und die besten Fotos geschossen, die er seit langer Zeit gemacht hatte: Zwei blasse verzerrte Männergesichter, in denen man Anflüge von Panik erkennen konnte, über einer dichten, wogenden Kinder- und Puppenmenge. Das Ganze mit einem exotischen Anstrich, denn diese Puppen waren augenscheinlich nicht von hier.

Die Kunstlehrerin beobachtete ihn aufmerksam über die Ränder ihrer Fensterglas-Nickelbrille hinweg und ließ ihn in aller Ruhe seine Arbeit machen. Dann stand sie auf, streckte einem Kind auf der Bühne die Hand entgegen, das Kind nahm sie und zog ein weiteres nach sich. Die Puppen trugen sie zwischen sich. Eine ganz zauberhafte Schlange, fanden die klatschenden Zuschauer. Sie waren begeistert. Die keyboardende Süditalienerin hatte einen dramatischen Schlussakkord gesetzt, strich hochzufrieden ihr kurzes schwarzes Haar zurück, strahlte und winkte in die Menge. Der Direktor half dem Schulamtsleiter von der Bühne herunter. Der sagte kein Wort, humpelte zu seinem Platz und lehnte sich zurück. Den Experimentierkoffer können sie hier vergessen, dachte er, während er langsam seine Contenance wiederfand.

Wer aber Lý Phong noch nie hatte lächeln sehen, der hätte hier sein müssen. Er hätte ihn lachen sehen. Von einem Ohr zum anderen. Er hätte den unzugänglichen Lý Phong an einer sonnenbeschienenen Schulmauer sehen können, wie er nicht aufhören konnte zu lachen und eine gut gelaunte Grundschullehrerin ihm zuzwinkerte. Ihm, Lý Phong, aus dem kleinen Dorf Đường Lâm, der Wasserpuppen gebaut hatte, weil ihn die Bilder, die ihm diese wild entschlossene Frau unter die Nase gehalten hatte, an sein Dorf und seinen Bruder erinnert hatten. Und an die Feigenbäume, an denen sie als Kinder hochgeklettert waren, um einander ihre Träume zu erzählen.

17

Am nächsten Morgen hätte Hiền in einer der Berliner Tageszeitungen, die in ihrem Laden verkauft wurden, von dem Puppenprotestfest gegen die Raumnot in den Schulen ihres Viertels lesen können. Aber sie las schon lange keine Zeitung mehr. Vor ihrem dreizehnten Geburtstag hatte sie jede Zeitung, derer sie habhaft werden konnte, gelesen. Sie hatte den Geruch der Druckerschwärze geliebt und das Rascheln der großen Blätter, die Bilder, die dickbäuchigen Schlagzeilen, mit denen sie lesen gelernt hatte. Drei Tage nach ihrem dreizehnten Geburtstag hatte sie damit aufgehört und nie wieder damit angefangen, denn da hatte der Krieg ihr etwas zu sehen gegeben, das keine Zeitung der Welt zu berichten gewusst hätte. Worte dafür gab es nicht in Druckerschwärze, und selbst ein Bild hätte die Wahrheit nicht zeigen können. Hin und wieder hörte Hiền Radio, im Zimmer hinter dem Laden, und erfuhr dabei dies und das, aber meistens sah sie nur in die Gesichter der Kunden und schwatzte ein bisschen mit ihnen, wenn sie mal vorne an der Kasse stand. Mit Dete schwatzte sie immer ein bisschen länger. Mehr wollte sie nicht wissen von der Welt.

Am Morgen nach dem Puppenprotestfest, als sich die Bewohner des Viertels die Seite mit dem Bild der blassen Männer gegenseitig über Küchen- und Kaffeehaustische reichten, grinsten und beifällig nickten, denn die meisten hatten Kinder; und die meisten dieser Kinder gingen in diese oder eine andere Schule, um sich dort in Sardinen zu verwandeln – an diesem Morgen also fegte Hiền die Straße vor dem Laden, als sie eine Frau im gegenüberliegenden Café Platz nehmen sah. In der Sonne. Die Sonne konnte ihr nichts anhaben, obwohl sie ein Buch und einen Stift zückte, denn sie trug einen Hut – einen vietnamesischen Kegelhut. Und der stand ihr gut. Das fanden die Leute, die vorübergingen auch. Sie schauten sie an, sie drehten sich nach ihr um. Einige sprachen sie an, lächelten und gingen dann weiter. »Sung«, sagte Hiền, als sie wieder in den Laden zurückging und den Besen an die Seite stellte, »bring doch mal vom Großmarkt ein paar *nón lá* mit, du weißt schon, die Kegelhüte.«

Sung nickte und ließ sich das Wort von Hiền aufschreiben. »Wie viele?«, fragte er zurück. »Ich denke achtzig«, sagte Hiền.

Sung sah sie amüsiert an. »Du meinst acht«, sagte er.

»Ich meine achtzig«, antwortete Hiền, »oder besser noch hundert, wenn du so viele bekommen kannst.«

Sung schüttelte den Kopf, aber da seine Mutter sich äußerst selten in seine Einkaufspläne einmischte, wollte er es ihr recht machen und kaufte bei nächster Gelegenheit auf dem vietnamesischen Markt fünf Packen *nón lá,* je fünfundzwanzig Stück. Am nächsten Morgen legte er sie vor dem Laden neben dem Obst aus. Am Abend hatte er noch zwölf Stück. Die waren am darauffolgenden Morgen noch vor zehn Uhr verkauft, und er hatte drei Dutzend Vorbestellungen. Und am Prenzlauer Berg sah es schon ein bisschen anders aus.

Im Großmarkt telefonierte der Händler, dem Sung seinen gesamten Bestand an *nón lá* abgekauft hatte, mit Hanoi und gab eine derart große Bestellung auf, dass am anderen Ende der Leitung dreimal nachgefragt wurde.

Kurz nach Ostern sah man auch Jana Kripke mit einem *nón lá* auf ihrem Balkon sitzen. Die langen blauen Bänder flatterten sacht im Frühlingswind, während sie Arbeiten korrigierte.

»Sach bloß, der ihr Kerl is 'n Fidschi«, sagte die Frührentnerin zu ihrem Mann. »Sieht doch jut aus«, antwortete der. Und daraufhin sagte sie endlich einmal – nichts.

18

Die Puppen machten Schule. Nicht, dass sie tatsächlich mehr Platz schufen. Vorerst nicht. Aber sie zeigten Wirkung. Der Schulamtsleiter ging neuerdings jeden Mittwoch ein bisschen früher. Man munkelte, er habe eine junge Geliebte. Tatsächlich aber hatte er eine Therapeutin. Das Gefühl der Enge war nicht mehr von ihm gewichen, Herzrasen war dazugekommen, Herzrasen eines nachweislich gesunden Organs. Das Problem liegt hier, hatte der Arzt gesagt und sich dabei vielsagend gegen die Stirn getippt. Der Schulamtsleiter fand diese Geste ein bisschen despektierlich, aber weil er litt und immer mehr litt und während der Sitzungen öfter ans Fenster trat und dort mit zittrigen Fingern den Knoten seiner Krawatte löste, als es seinem Ruf im Amt guttat, ging er zu dieser Frau, deren Visitenkarte ihm sein Hausarzt über den Schreibtisch geschoben hatte. Er lernte, ihr sein nachweislich gesundes und doch aufmüpfig gewordenes Herz auszuschütten, damit es ihm weniger eng darum wurde. Er lernte langsam, sehr langsam. Aber das Gebiet war ihm ja auch völlig neu. Und die Therapeutin war von Berufs wegen geduldig.

Nein, die Puppen machten Schule, weil die Lehrer sich

anstecken ließen. Sie kreisten saisonabhängig zwischen Pappmaschee, Filz, Seide und Wachs. Jetzt sahen sie eine Chance auf etwas Handfestes, Umtriebiges, fremdartig Schönes. Die Theater-AGs, die Werklehrerinnen, die Kunstlehrerinnen und, in auffälliger Zahl, die Lebenskundelehrerinnen der benachbarten Schulen fanden Kontakt zu der Kollegin, die es geschafft hatte, ihren Direktor an der Seite des Schulamtsleiters so hübsch derangiert aussehen zu lassen. Es dauerte nicht lange, bis die Kunstlehrerin die Anfragen nicht mehr alleine bewältigen konnte. Sie ging zu Lý Phong. »Du musst mir helfen«, sagte sie, »ich schaff das nicht alleine. Alle wollen Puppen bauen und wissen nicht, wie.«

Lý Phong schaute in ihr helles offenes Gesicht, in das sich eine längst verjährte Traurigkeit gerade so tief eingegraben hatte, dass man ahnen konnte, wie es ohne diese Traurigkeit ausgesehen hatte. Er verstand, was sie sagte, und schüttelte wieder einmal heftig den Kopf.

»Ich kann nicht sagen«, brachte er heraus und hob abwehrend die Hände, »kein Deutsch.«

»Du musst doch gar nicht viel sprechen. Du sollst es ihnen *zeigen,* mit den Messerchen und den Harzen und den Scharnieren«, sagte die Kunstlehrerin.

»Nein«, antwortete Lý Phong und wandte sich wieder dem Stuhl zu, den er gerade reparierte.

»Und außerdem brauchen wir mehr Feigenholz«, sagte die Lehrerin. »Linde auch gut«, entgegnete Lý Phong. »Kein Wassertheater hier. Wenn Wasser, dann Feige, wenn kein Wasser, Linde.«

»Komm schon«, sagte Jana, »du kannst ein prima Geschäft machen. Und außerdem ist es für einen guten Zweck.

Weißt du, dass man sie die Protestpuppen nennt? Die Schüler nehmen sie, um mit ihnen gegen das matschige Schulessen zu protestieren, gegen Frontalunterricht und gegen Eltern, die gegen Unterrichtsausfall demonstrieren. Sie sind schön, sie sind witzig. Und uns hat es doch auch Spaß gemacht, oder?«

Lý Phong sah hoch. »Ja«, sagte er.

»Wunderbar!«, rief die Kunstlehrerin, stand schnell auf und ging zur Tür, denn sie wusste sehr wohl, das Lý Phongs »Ja« sich auf ihre gemeinsame Arbeit im Werkkeller bezog und keineswegs auf zukünftige Projekte. »Dann hole ich dich morgen Mittag hier ab.«

Lý Phong gab auf. Er hatte verloren. Aber den Rest des Tages konnte er seine gute Laune kaum verbergen, und seine Halbfamilie, die einen gut gelaunten Lý Phong gar nicht mehr kannte, seitdem seine Frau mit zwei der vier Kinder nach Vietnam zurückgegangen war, zeigte sich darüber geradezu beunruhigt.

Lý Phong und Jana Kripke setzten die Puppenmanufaktur in acht Kiezschulen in Gang, darunter drei Grundschulen, zwei Sekundarschulen, ein Gymnasium und zwei Werkrealschulen. In allen Klassen, die an der Fertigung beteiligt waren, gab es vietnamesische Schüler. Manchmal entspannen sich schüchterne kleine Gespräche zwischen ihnen und Lý Phong. Er weigerte sich aber strikt, Deutsch zu sprechen. Die Kunstlehrerin sah, dass er sich schämte. So lange in Deutschland und so wenig Deutsch. Während der Arbeit an einem Schultergelenk sagte sie leise zu Lý Phong:

»Ich finde, du solltest einen Sprachkurs machen.«

Das fand Lý Phong eigentlich auch, früher zumindest,

als er noch bei »Lacke und Farben« gearbeitet hatte und gern verstanden hätte, was auf den Kisten und Kästen stand und was sich die Leute zuriefen und was im Radio gesagt wurde, während der Frühstückspause. Dann, als die Leute hier zu Tausenden auf die Straße gingen und kurz darauf auch er auf der Straße stand und ihm tatsächlich nichts anderes übrig blieb, als gleich dortzubleiben und unverzollte Zigaretten an die zu verkaufen, die nie ein Wort mit ihm gewechselt hatten und auch jetzt mit den Päckchen das Wechselgeld wortlos entgegennahmen, da war die Sprache dieses Landes unwichtig geworden. Denn die geschmuggelte Ware hatte er von Leuten bekommen, die weder Deutsch noch Vietnamesisch, sondern Sprachen sprachen, die er noch nicht einmal irgendeinem Land zuzuordnen wusste. Und die Schläge gegen den Kopf und in den Bauch, die er von diesen Leuten kassierte, hatten in ihm das Vertrauen auf sprachliche Auseinandersetzung ohnehin zerstört.

Das konnte er hier nicht ausbreiten. Er zog die letzte Schraube an und ließ die Puppe mit den Schultern zucken. *Bon,* sagte er und meinte die Puppe. Und vielleicht wollte er nebenbei auch andeuten, dass Deutsch nicht seine erste und nicht die einzige Fremdsprache war, die das Leben ihm bislang abverlangt hatte.

»Kein bisschen«, antwortete Jana Kripke, die das Ablenkungsmanöver nicht gelten ließ und sich ärgerte, dass sie noch nicht einmal die allerbescheidenste Antwort auf Französisch geben konnte. »Ich lass mir was einfallen.«

Daran zweifelte Lý Phong nicht, Französisch hin, Deutsch her.

19

Jana Kripke konnte zwar nicht ahnen, auf welche Weise Lý Phong zum Sprachverächter geworden war, aber dass es für ihn leichter sein würde, die deutsche Sprache mittels seiner eigenen zu lernen, war ihr klar geworden, als die Schüler mit ihm auf Vietnamesisch gesprochen hatten und er sich sichtlich entspannte. Sie grübelte, und als sie am nächsten Tag Minh auf dem Schulhof sah, wie er recht unsanft einen Mitschüler vom Klettergerüst zog, vergaß sie, ihn zu sich zu zitieren und zu schimpfen, weil sie viel zu froh darüber war, dass sein Anblick sie auf die beste und nächstliegende Lösung für das Sprachproblem Lý Phongs gebracht hatte, ein Problem, mit dem er, wie sie sehr wohl wusste, keineswegs allein dastand.

Warum ihr Hiền nicht gleich eingefallen war, fiel ihr jetzt ein, und sie war voller Scham über ihre Treulosigkeit: Sie hatte vergessen, es einfach vergessen, Hiền zu dem Puppenspektakel einzuladen. Ausgerechnet Hiền, deren Puppe ihr des Nachts die Idee eingeflüstert, und die ihr bei Tag die Adresse vom Tischler Lý Phong gegeben hatte. Gleich nach Schulschluss ging sie zu Hiền, entschuldigte sich, hatte den Zeitungsbericht mitgebracht und erzählte von den Kindern, wie leicht sie zu begeistern gewesen waren, von dem Direktor und dem Schulamtsleiter, wie sie blass und nervös geworden waren, von der Mutter aus Bari, wie sie mit den Tasten des alten Keyboards allen Beine gemacht hatte, und von den vielen anderen Lehrern, die sie nun mit Anfragen nach den Puppen löcherten.

Hiền war voll des Lobes, lächelte und kochte Tee. Über Janas Handy, das Fotos von den Puppen während und nach der Fertigung zeigte, steckten die beiden Frauen ihre Köpfe zusammen – einer, der sich dem Grau von Tiefschwarz her näherte, und einer, der von Goldblond herkam. Einer ein kleines bisschen jünger als der andere, einer, der den Krieg mit eigenen Augen gesehen hatte, und einer, der den Krieg in den Augen der Eltern gesehen hatte. Beide Frauen hatten einen Bruder, der im Gefängnis gesessen hatte, weil er den Mund zu weit aufgetan hatte. Der eine Bruder war aus dem Gefängnis wiedergekommen und dann nicht mehr derselbe gewesen. Der andere Bruder war nicht wiedergekommen, und dann war die Schwester nicht mehr dieselbe gewesen. Aber das ahnten sie nicht voneinander. Ihre Wege kreuzten einander an einem Punkt mehr oder minder kurz nach der Mitte des Lebens; gerade dort, wo das Leben begann, etwas weniger von ihnen zu fordern, und sie spürten, dass es gar nicht so falsch wäre, den Spieß noch einmal umzudrehen und selbst ein paar kleine Forderungen zu stellen. Und nichts sprach dagegen, dabei mit einigen Angeboten in Vorleistung zu gehen. Als sie beschlossen hatten, dass Hiền den Kurs »Lerne Deutsch auf Vietnamesisch« ab der nächsten Woche am frühen Abend ehrenamtlich anbieten und die Lehrerin dafür in der Schule den Raum besorgen würde – selbst wenn sie dem Direktor ehrenamtlich wieder die Puppen auf den Hals hetzen müsste –, waren sie längst beim freundschaftlichen Du angekommen. Aber sie verabschiedeten sich voneinander mit einer kleinen, respektvollen Verbeugung.

20

Als die Kirschbäume in voller Blüte standen, gingen die Prenzlberger in ihren Kegelhüten spazieren, die jetzt nicht nur in Sungs Laden, sondern auch in anderen vietnamesischen Obst- und Gemüseläden des Viertels, sogar in den Schneidereien und den Blumenläden zu finden waren. Weil die Leute unbedingt solche *nón lás* haben wollten, und wenn sie die *nón lás* hatten, gern noch ein paar passende Zimtsandalen dazu, und warum nicht gleich ein bisschen vom eingelegten Ingwer?, gingen sie immer öfter in diese Läden mit asiatischen Namenszügen auf den Reklameschildern. Das heißt, vielleicht gingen sie gar nicht öfter hinein, denn auch sonst hatten sie ja ihr Obst und Gemüse hier zusammengesucht, hatten »beim Vietnamesen« ihre Pflanzen und Wochenendrosen gekauft und »beim Vietnamesen« ihre Röcke und Hosen zum Kürzen gegeben. Dort hatte es auch schon immer ein bisschen mehr in der Auslage gehabt als Blumen und Stoffe, aber es war den Kunden nicht weiter aufgefallen. Jetzt gingen sie neugieriger in die Läden hinein und blieben länger drin. Sie blickten sich um. Sie kamen mit Jenny und Mi Anh, mit Hương und Đức, mit Nam und Sao ins Plaudern. Und weil Jenny, Mi

Anh, Hương, Đức, Nam und Sao seit Kurzem jeden Diens-
tag und jeden Donnerstag, zumindest abwechselnd, bei
Hiền auf kleinen Stühlchen in der Schule hockten und kostenlos Deutsch lernten, wurde daraus tatsächlich immer
mehr ein Gespräch. Da wurde die eine oder andere Pflanze
gekauft, die gar nicht vorgesehen war. Wohin damit? Auf
den Balkons am Prenzlauer Berg rankte und blühte es immer üppiger. Was dort nicht mehr hinpasste, wurde kurzerhand in die grauen Höfe und auf die lieblosen Grünstreifen
gepflanzt. Dort spross und wucherte es jetzt so vielfarbig
und vielartig, als wäre ein fruchtbarer Deltaschlamm einmal über sie hinweggegangen.

Die Prenzlauer-Berg-Touristen, egal ob sie aus Karls-
ruhe, Detroit oder Neapel angereist kamen, waren wild auf
diese Puppen, die, in transportablen Maßen, in Lý Phongs
Tischlerei hergestellt und an die vietnamesischen Läden
verteilt wurden. Wegen der großen Nachfrage brannte in
Lý Phongs Werkstatt nahezu Tag und Nacht das Licht. Nur
dienstags und donnerstags legte er seine Messerchen am
frühen Abend zur Seite, um bei Hiền Deutsch zu lernen. In
den vergilbten Büchern, die sie verteilte, stand der Fernsehturm auf dem Alexanderplatz noch in der Hauptstadt
der Deutschen Demokratischen Republik und das Wort
»Genosse« kam weit häufiger vor, als es die derzeitige
Sprachpraxis erforderte. Das machte nichts, im Gegenteil:
Diese angestaubten Vokabeln führten Lý Phong und seine
Mitlernenden zurück in eine Zeit, in der sie noch jung gewesen waren, und wenn man sich jung fühlt, lernt sich's
leichter. Sie hatten Spaß an dieser Reise in die Vergangen-
heit und in eine Sprache, die sie, durch Hiềns Vietnamesisch hindurch, zum ersten Mal begriffen. Auch das Wort

Solidarität kam in etwas angegriffenen Wendungen daher und war zudem eine besondere Herausforderung für vietnamesische Zungen. Aber Hiền bestand auf einer Integration in den aktiven Wortschatz. Die Sache der Solidarität habe ja vielleicht ihre beste Zeit noch vor sich. Auch wenn sie mit der Aussprache Probleme hätten – diese Vokabel zu kennen, könne nicht schaden.

Die *nón lás* weckten Heimweh bei den einen und Fernweh bei den anderen. Das Reisebüro des Viertels, das längst eine schön lackierte Holzpuppe in seinem Schaufenster stehen hatte, registrierte einen beachtlichen Buchungsanstieg für Flüge nach Vietnam und dortige Aufenthalte. Eines Tages wartete nach Hiềns Unterricht eine Angestellte des Reisebüros vor dem Klassenzimmer. Nachdem die angegrauten vietnamesischen Schüler aufgebrochen waren, setzte sie sich mit Hiền an einen Tisch, um sie zu fragen, ob sie nicht auch Vietnamesisch für Deutsche unterrichten könne. Sie selbst zum Beispiel würde sich gern ein wenig verständigen können, wenn sie demnächst nach Vietnam fliege, und sie wisse, dass es anderen ebenso gehe. Nein, ehrenamtlich müsse das wirklich nicht sein, jeder wäre sicher bereit, einen kleinen Obolus zu bezahlen. Hiền registrierte das Wort Obolus als eine nachzuschlagende Vokabel und antwortete, dies sei eine Sache der Solidarität und selbstverständlich werde sie die Deutschen ebenso kostenlos im Vietnamesischen unterweisen wie die Vietnamesen im Deutschen.

So kam es, dass Hiền nahezu jeden Abend über die weiten Hosen ihr knöchellanges grünseidenes Kleid, ihren *áo dài,* zog, in die Grundschule ihres Enkelsohnes ging und den Klassenraum aufschloss, in dem Minh vormittags über seinen Heften brütete. Für die Dauer von zwei Stunden verwandelte sich der Raum in eine deutsch-vietnamesische Sprachschule. Er verwandelte sich tatsächlich. In Windeseile montierte Hiền wechselnde Poster, je nach Schülergruppe. Deutsches für die Vietnamesen, Vietnamesisches für die Deutschen. Die Wartburg im Herbstnebel für die vietnamesischen Schüler, die Pagode am *Hoàn-Kiếm*-See für die deutschen. Karten mit einheimischen Gemüse- und Obstsorten, die von den Vietnamesen eifrig studiert wurden. Karten mit vietnamesischen Tierkreiszeichen, von denen sich die Deutschen schwer lösen konnten. Dann schob Hiền mit rascher Hand die Tische in einen Kreis zusammen. Ans Fenster stellte sie auf ein Tischchen zwei große Thermoskannen mit Tee und Gebäck. Dies variierte nicht nach Schülergruppe, sondern je nachdem, was Sung gerade spendieren wollte. Gar nicht so selten begleitete er sie. Seiner Mutter die schweren Teekannen und die dicke Tasche mit Unterrichtsmaterialien abzunehmen, war ein nach außen hinreichender Grund.

Aber darum ging es nicht. Zumindest nicht allein darum. Sung war neugierig. Ob auf den Raum, in dem sein Sohn lernte, oder auf den Unterricht, den seine Mutter dort abhielt, oder auf die bunte Truppe der Sprachstudenten dieser ehrenamtlichen Abendgrundschule, das war schwer zu sagen. Und Hiền fragte nicht. Sie bemerkte allerdings, dass er öfter, viel öfter, bei »Vietnamesisch für Deutsche« anzutreffen war als bei »Deutsch für Vietnamesen«. Er stand neben dem Teetischchen und verteilte freundlich die Tassen, palaverte mit den Leuten aus dem Kiez, von denen die meisten bei ihm einkauften. Nach Unterrichtsbeginn blieb er am Rande hocken, blies selbstvergessen den Dampf von der Teetasse und wirkte wie ein hart arbeitender Mann und Familienvater, der inmitten eines halbvertrauten Stimmengewirrs seine Augen einmal an nichts anderes als die im Dämmerlicht leicht zitternden Äste der Schulhofbäume heften durfte, um ein paar Minuten Auszeit zu genießen. Manchmal ging er bereits, wenn die Kannen und die Kekspackungen leer waren, manchmal blieb er bis zum Schluss und half Hiền bei der Rückverwandlung ihrer Sprachschule in den Klassenraum der 3a. Es war an einem dieser Abende, als Sung, nachdem er das letzte Bild eingerollt hatte – eine Ansicht der Ostsee bei Ahrenshoop –, noch ein paar Kekskrümel in die hohle Hand gefegt und in den Abfalleimer hatte fallen lassen, seiner Mutter, ohne aufzusehen, eine Frage stellte, die sie lange erwartet hatte und die sie dennoch ins Mark traf: »Tại sao mẹ nói tiếng Đức tốt như thế?«

Hätte Sung diese Frage auf Deutsch gestellt, so, wie er in den letzten zwanzig Jahren nahezu alle Fragen an seine Mutter gerichtet hatte, wie leicht wäre es für Hiền gewesen, leichthin zu antworten. Hätte Sung gefragt: »Mutter, warum sprichst du so gut Deutsch?«, hätte Hiền sagen können: »Ich war eben fleißig.« oder »Es ist mir irgendwie zugefallen, ich habe ja auch schon das Französische so leicht gelernt.« oder »Ach, weißt du, nach fast dreißig Jahren ist das keine Kunst …«. Aber Sung hatte auf Vietnamesisch gefragt. In einem so scheuen und leisen und, wie sie sofort begriff, in diesem Raum wiedergewonnenen Vietnamesisch, dass sie nicht schweigen konnte und nicht lügen. Also begann sie, in einem Vietnamesisch zu antworten, das so einfach war wie die ersten Sätze eines Sprachlehrbuchs und so langsam wie das der uralten Volkserzählungen, die die Alten an die Jungen weitergeben. Vielleicht hatte sie die

Hoffnung, dass sich eine schwere Geschichte in einfacher Sprache leichter erzählen ließ. Dass eine langsame Sprache Sung vor schnellen Schlüssen bewahren würde. Dass ihre und seine Geschichte sich in eine Legende verwandeln und ihnen Abstand von ihrem Schicksal schenken könnten. Aber vielleicht hatte sie auch gar keine Wahl. Vielleicht gab es einfach nur diese Worte. Und diese Worte hatten nur auf die Frage gewartet. Aus Sungs Mund. Auf Vietnamesisch.

1

Sung hätte den Zeitpunkt nicht angeben können, an dem er begonnen hatte, in der deutschen Sprache zu Hause zu sein. Jedenfalls war er es, bevor er in die Schule kam. Hatte Hiền mit ihm Vietnamesisch gesprochen, als sie in jenen seltenen wunderbaren Stunden mit ihm am Rand des Spielplatzes saß, mit ihren nackten Füßen Förmchen im Sand verscharrte und ihn Schatzsuche spielen ließ? Er wusste es nicht zu sagen. Vielleicht war es Vietnamesisch gewesen, vielleicht Deutsch. Er hatte eine klare, fast überscharfe Erinnerung an ihr lächelndes Gesicht, an ihre erhobene Hand, an deren ausgestreckten Fingern er die Anzahl der von ihr versenkten und von ihm zu suchenden Förmchen ablesen konnte, und er hatte einen glückseligen Ton dazu im Ohr, aber ob dies ein vietnamesischer oder ein deutscher Ton gewesen war – er erinnerte sich nicht. Er kannte Hiềns vietnamesische Stimme, und er wusste, dass sie mit ihm Vietnamesisch gesprochen hatte, dass er es verstanden hatte und dass er hatte antworten können. Aber mit der Zeit war ihre vietnamesische Stimme seltener und ihre deutsche Stimme häufiger, war das Verstehen des Vietnamesischen dünner und löchriger geworden, bis es für ihn nichts anderes mehr war, als eine Musik im Hintergrund der deutschen Sprache. Eine Musik, die er mochte und die zu ihm gehörte, ohne dass er darin hätte einstimmen können an Stellen, die über den Refrain alltäglicher Floskeln hinausgingen. Selbst sein Vater hatte früh aufgehört, mit ihm Vietnamesisch zu sprechen. Gâm wollte mit seinen Kunden reden können und beim Großhändler ohne Dolmetscher bestellen. Also ergriff er die Gelegenheit, Deutsch aus dem Mund seines Sohnes zu lernen, der in der Krippe ein naturwüchsiges Berliner Deutsch mit dem Fläschchen einzusaugen begonnen hatte, noch bevor sein Gesichtchen zu lächeln lernte. Gâms Deutsch wurde flüssiger, Sungs Vietnamesisch begann zu versiegen. So wurde er quasi einsprachig deutsch eingeschult und hatte nicht die geringste Schwierigkeit, mittels der deutschen Sprache Lesen und Schreiben zu lernen, ja, er verfügte – dank Hiên – über einen ungewöhnlicheren und reicheren Wortschatz als viele seiner Mitschüler. Allerdings hatte er mit der Schwierigkeit zu kämpfen, dass er, wenn er in den Spiegel sah, sein Deutsch und sein Gesicht nicht gut zusammenbrachte, was wiederum die Schwierigkeiten seiner Mitmenschen mit dieser besonderen Kombination spiegelte. Jahrelang zerriss er die Klassenfotos. Es gab ohnehin keine Großeltern, an die sie hätten verschickt werden können. Und wer weiß, wie die es gefunden hätten, dass sein Gesicht nicht in die Reihen der anderen passte. Womöglich hätten sie sich mit ihm geschämt.

Zugleich mit den Fotos zerriss Sung in sich die Fragen nach diesen Großeltern, die auch asiatische Gesichter gehabt haben mussten. Dass sie nicht mehr lebten, war so ziemlich alles, was Sung damals von ihnen wusste. Er hätte gern mehr gewusst, aber mit dem untrüglichen Instinkt der

Kindesliebe schonte er seine Eltern, die, wenn die Rede auf ihre Eltern kam, traurig und unbeholfen wurden wie Kinder, die ein Geheimnis zu wahren haben, das viel zu groß und zu schwer für sie ist.

2

Weil seine Eltern im Laden waren, wenn sie nicht gerade schliefen, verbrachte auch Sung seine Zeit dort, wenn er aus der Schule kam. Er kam gut aus mit den anderen Kindern, aber keines verabredete sich mit ihm. Die Kinder sprachen nicht darüber, weil sie es gar nicht merkten. Sung war doch ihr Freund. Er war ein Schulfreund, kein Spielfreund. Was er am Nachmittag eigentlich tat, selbst diese Frage hatte keines der Kinder je an ihn gerichtet.

Im Laden half Sung beim Durchsehen von Obst und Gemüse und dem Auffüllen der Regale, und dann setzte er sich an einen kleinen Klapptisch, den Gấm für ihn gleich hinter dem Vorhang zum Lagerraum aufgestellt hatte. Diesen Vorhang schob Sung zur Seite, wenn er lernte. Er lernte Addition mit Blick auf Ananas und Melonen. Er sicherte seine Rechtschreibung mit Kochrezepten auf Grießpackungen und Produktinformationen auf Tomatenmarkdosen. Er übte lesen mit Yakari-Heften, deren Seiten er so vorsichtig umschlug, dass sie noch verkauft werden konnten. Als Englisch auf den Lehrplan trat, bestellte Gấm beim Großhändler die »Times« in zehn Exemplaren. Neun hoffte er täglich

zu verkaufen, und eine war für Sung. Sung las und lernte.
Er las viel und er lernte schnell. Er spürte, dass aus dem
friedlich-freundlichen Nebeneinander mit seinen deutschen
Mitschülern schnell ein Außerhalb werden konnte, wenn er
in seinen guten, seinen sehr guten Noten nachlassen würde.
Also ließ er nicht nach. Er wollte nicht ins Aus. Nicht dorthin, wo die Zigarettenschmuggler standen, die aus dem
Land seiner Eltern stammten und ihre Sprache sprachen. In
die kalten U-Bahn-Passagen, in Reichweite eines Gully-
deckels, unter dem die Ware auf die Käufer wartete, vor
die abgewohnten Hauseingänge nahe den Supermärkten, an
die zugigen Straßenecken zu den weitläufigen trostlosen
Wohnvierteln.

Er mochte diese Leute nicht, die ihm ähnlicher sahen, als
ihm lieb war. Er mochte auch die verkniffenen Alten nicht,
die bei ihnen kauften und denen er nicht zutraute, zwischen
Vietnamesen, die Zigaretten schmuggelten, und denen, die
das nicht taten, zu unterscheiden. Er mochte nicht, dass sein
Vater bei den Schmugglern stehen blieb und mit ihnen rede-
te, wenn er mit ihm unterwegs war. Gâm kannte viele von
ihnen, denn sie waren Kollegen im Betrieb oder Nachbarn
im Wohnheim der vietnamesischen Werktätigen gewesen.
Er war freundlich zu ihnen, steckte ihnen etwas zu, mal
Obst, mal Geld. Sung verstand nicht, was er mit ihnen be-
sprach, und er wollte es nicht verstehen. Er zog seinen Vater
am Ärmel. »Komm weiter.« Sung sah den Unterschied:
Gâms Blick war nicht stumpf. Er hatte einen Laden. Er
hatte heile Schuhe und halbwegs heile Zähne. Er hatte eine
Chance.

Aber Sung befürchtete, dass andere diese Unterschiede
nicht sahen. Also beschloss er, die Unterschiede zu verstär-

ken. Er wollte anders aussehen. Deutlich anders. Er ließ sich die Haare wachsen. Bis zum Kinn. Bis zu den Schultern. Dann noch ein Stückchen den Rücken hinab. Ein Stirnband aus geflochtenem Leder. Mit vierzehn Jahren war Sung ein anderer und auf ziemlich geradem Weg zu sich selbst.

3

Die Indianerhaare blieben. Aus seinem Gesicht verschwand die kindliche Verletzbarkeit und machte einer freundlichen Undurchdringlichkeit Platz. Seine Haut aber hatte die Farbe von hellem Sand und seine Lidfalten waren sichelförmig. Das verwirrte den ersten Blick der Leute. Amerika oder Asien? Sie schauten also zweimal hin, besonders die Mädchen und jungen Frauen. Dann sahen sie noch den schmalen, aber zum Lächeln neigenden Mund und eine lange Narbe links oben an der Stirn, zu der sich manch aufregende Geschichte denken ließ. Und auf einmal war die Frage nach Herkunftskontinenten weniger wichtig als die Frage, wie sie selbst die Aufmerksamkeit auf sich ziehen könnten. Und auf die schien es keine Antwort zu geben.

Sung wurde umschwärmt, aber aus der Ferne. Er schwärmte, ebenfalls aus der Ferne. Sung überlebte die Pubertät gewissermaßen auf Abstand. Seine sichtbare Fremdartigkeit, die er eigenwillig umgedeutet hatte, half ihm und den anderen, diesen Abstand zu wahren. Bis er, gerade volljährig, so weit war, die Quarantäne zu lockern. Dabei half ihm Mia, Detes Tochter. Sie war knapp zwei Jahre jünger als Sung, hatte von ihrer Mutter die Sommersprossen geerbt und auch die Locken, die allerdings von ihres Vaters Seite her braun eingefärbt waren. Von ihm, dessen Spuren sich längst jenseits des Urals verloren hatten, stammten auch die Augen, in denen, wie bei manchen Eulenarten, die Ränder von Pupille und Iris sich in einem einzigen tiefdunklen Schimmer auflösten und so den Anschein von Blindheit gaben. Mias Augen waren jedoch keineswegs blind, sondern sozusagen ab Werk und irreversibel auf eine endlose Weite eingestellt, die in der dichten Berliner Bebauung nicht zu haben war. Also schauten diese Augen meist mehr nach innen und suchten dort das Weite.

Mia und Sung hatten zusammen Eis gegessen, zusammen Legostädte gebaut und waren zusammen ins Kino und zum Schwimmen gegangen. Sung hatte Mia seine Fahrräder weitergereicht: das Zwölfzoller mit dem roten Elch auf der Lenkstange, das Sechzehner mit Benjamin Blümchen auf dem vorderen Schutzblech, das Achtzehner mit der durchsichtigen Klingel, das Zwanziger mit der blau-goldenen Satteltasche, das Vierundzwanziger mit dem Schmetterlingslenker und das Sechsundzwanziger mit den Lenkergriffen aus bunt besticktem Leder. Das Achtundzwanziger konnte er dann nicht mehr hergeben, also fuhr Mia länger auf dem Sechsundzwanziger, als es ihre Wachstumsschübe erlaubten. Wenn sie zu Fuß durch die Straßen zog und Sung unterwegs erwischte, schwang sie sich auf seinen Gepäckträger, denn so halb betrachtete sie auch dieses Rad als das ihre – Gewohnheitsrecht. Aber in der 28-Zoll-Phase sahen sie einander nicht mehr so oft. Sie gingen auf verschiedene Schulen, nachmittags half Sung im Laden, und Mia jobbte in der Lagerhalle einer Textilfabrik.

Als eines Abends Gâm seinen Sohn aus den Abiturvorbereitungen holte und mit zwei Kisten Himbeeren, die vom Tag übrig geblieben waren, zu Dete schickte, weil er wusste, was Dete aus weich gewordenen Beeren, die keiner mehr haben wollte, zaubern konnte, öffnete Mia die Tür. Dete war im Einsatz: Hausgeburt, erstes Kind. Das konnte dauern. Also führte Mia Sung in die Küche, an einen Ort, an dem man, vom richtigen Platz am Tisch und jedenfalls von der Spüle aus, an einer Reihe von Schornsteinen und Stromleitungen vorbei weit in den Himmel gucken konnte. Dort sortierten sie die Beeren, füllten sie in den größten Topf, den sie fanden, und weil sie vergessen hatten, die Früchte zu wiegen, befragten sie ihr Gefühl nach der erforderlichen Menge Gelierzucker. Mia schickte Sung noch einmal zum Laden zurück, für Ingwer und Limette. Derweil rührte sie und probierte und sah lange aus dem Fenster.

Als Ingwer und Limette sich mit den Himbeeren vermischt hatten, übergab sie Sung den Rührlöffel, stieg auf einen Küchenstuhl und nahm vom obersten Küchenbord eine Flasche mit Himbeergeist. Sie füllte ein Wasserglas zur Hälfte, nahm einen Schluck, ließ Sung trinken und goss den Rest in die brodelnde Marmelade. Als die zugeschraubten Gläser kopfüber auf dem Tisch standen, küssten sich Mia und Sung mit einer Selbstverständlichkeit, als sei Küssen die natürliche Folge des Himbeermarmeladekochens, unausweichlich und nicht ihrem Willen oder ihrer Entscheidung unterworfen.

Die Dielen des Küchenbodens waren sommerwarm, und Mia stellte fest, dass sie auch im Liegen durch die langen glatten Strähnen von Sungs Haar hindurch ein Stück Himmel in den Blick nehmen und eine Seelenruhe finden konnte, die sie bereit machte für die Lust, die Sungs Hände und

Lippen ihr gaben. In dem Moment, in dem sie durch einen kurzen ziehenden Schmerz hindurch, den sie in ihrer Seele lange gekannt und von dem sie nur nicht geahnt hatte, dass ihn auch ihr Körper produzieren konnte, Sung in sich spürte, wusste sie, dass auch das Ziehen in ihrer Seele nichts anderes als eine Vorbereitung für ein Glück gewesen war, von dem sie auch jetzt nicht mehr wusste, als dass es kommen würde, irgendwann, auf das sie sich jedoch noch im selben Augenblick unbändig zu freuen begann.

Sung war nicht dieses Glück, aber es war ein Glück, dass Sung, ausgerechnet Sung, ihr die Ahnung dieses Glücks schenkte. Sie schlang ihre Arme und Beine noch fester um ihn. Sungs Antwort auf ihre glückselige Hingabe ohne jede Verführung war seine eigene Hingegebenheit. Ungelenk hatte er sich gefühlt und unvorbereitet, aber nun war ihm, als würde er, einfach indem er sich mit seinen Augen in Mias weitem Blick festhielt, in einen breiten Strom von Liebeswissen aufgenommen, der ihm jede Unsicherheit nahm, weil es auf ihn, Sung, gar nicht ankam. Mia, zeit ihres Lebens amtlich gemeldet in einem soliden Altbau, keinen halben Kilometer entfernt vom Laden, Mia mit diesem unwirklichen Lackschimmer in den Augen und einer bestimmten Art, wenig Worte zu machen, wenn viel zu sagen wäre, schien ihm ein Wesen dieses Stroms zu sein. Nur ganz oberflächlich, mit dem Beerenduft in Haut und Haaren, war sie dem Hier und Jetzt verhaftet. Eigentlich war sie auf der Durchreise. Und jetzt nahm sie ihn gerade ein Stück mit. Schloss ihm eine Tür auf, im Vorübergehen. Eine lebensentscheidende Tür. Denn dass sein Leben gerade eine entscheidende, ja, eine entschieden gute Wendung nahm, spürte Sung deutlich. Dass Mia nicht bei ihm bleiben, sondern weiterziehen würde, auch das wusste er schon, noch bevor sich sein Sehnen an sie heften konnte.

Erst lange nachdem Sung mit zwei Gläsern Himbeermarmelade durch die Nacht in Richtung Laden gegangen war und sich sehr viel Zeit für den Weg um die paar Häuserecken genommen hatte, kam Dete nach Hause. Sie hatte in dieser Nacht nicht nur ein Kind in die Welt gehoben, sondern zwei. Erst einen Jungen, Sohn eines Studentenpärchens kurz vor dem Examen. Sie hatten sich ein Kind für nach dem Examen gewünscht und mit den strengen Regeln ihrer Kunst, der Angewandten Mathematik, ermittelt, dass sie entsprechend ihrem Alter, ihrem Ess-, Sport-, Sexual- und vormaligen Verhütungsverhalten mit 4,5 Zyklen Vorlauf zu rechnen hatten. Sie hielten sich auf eine sympathisch verrückte Weise für derart normal, dass die Möglichkeit einer früheren Empfängnis ihnen völlig aus dem Blickfeld geraten war und sie aus allen Wolken fielen, als sich ihr Nach-dem-Examen-Kind 2,5 Zyklen zu früh als ein Vor-dem-Examen-Kind ankündigte.

Sie beantragten vorgezogene Examina und lieferten sich 7,25 Monate lang ein Wettrennen mit Mutter Natur – bis das Wasser der geplatzten Fruchtblase auf dem Sofa die Korrekturfahnen der väterlichen Arbeit über Tabellenkalkulationen tränkte und wenig später die junge Frau mit der ersten Wehe zwischen Stapeln von Büchern, Druckerpapier und den Resten eiliger Mahlzeiten in die Knie ging, um mit Detes Hilfe ihr eigenwilliges Söhnchen zu gebären, noch während der werdende Vater mit flatternden Händen die Manuskripte, Aufsatzkopien und Notizzettel zu einem einzigen großen Haufen zusammenraffte, dessen Entwirrung die Examina noch einmal deutlich in Richtung Zukunft verschob – was den beiden zumindest im Moment vollkommen egal zu sein schien.

Als Dete Tee für die frischgebackenen Eltern kochte, klingelte ihr Handy, und sie fuhr mit kräftigem Tritt in die Pedale quer durch den nächtlichen Prenzlauer Berg weiter zu einer Frau, die, deutlich näher an fünfzig als an vierzig Jahren, statistisch längst aus der Gebärfähigkeit herausgerechnet war. Noch fasziniert vom mathematischen Milieu, das sie gerade hinter sich gelassen hatte, überschlug Dete, dass sie ihren Lebensunterhalt als Hebamme knapp zur Hälfte mit Frauen verdiente, die sich nach Ansicht der gynäkologischen Forschung kaum berechtigte Hoffnung auf Nachwuchs mehr machen durften, und dieser Gedanke stimmte sie ungemein fröhlich.

Der Schopf des kleinen Mädchens war schon zu sehen, als Dete eintraf. »Das hättet ihr jetzt auch ohne mich zu Ende gebracht!«, rief sie, und die Endvierzigerin beschleunigte ihre vorletzte Presswehe mit einem atemlosen Lachen, während ihrem Mann Tränen übers Gesicht liefen, in dem sich gleichzeitig eine fassungslose Freude ausbreitete. In der Küche saßen dicht beieinander die zwei älteren Geschwister, die Dete vor neun und vor sieben Jahren in die Welt geholt hatte. Vor Spannung und Müdigkeit schwankten auch ihre nachtblassen Gesichter zwischen Lachen und Weinen, als sie die beiden ins Zimmer winkte, wo sie scheu die winzigen Hände der neugeborenen Schwester berührten.

»Gut, dass ich hier nicht mehr gebraucht werde«, hatte Dete gesagt, ihr Köfferchen geschnappt und war durch fast leere Straßen heimgeradelt. Die Letzten waren zu Bett gegangen, die Ersten noch nicht aufgestanden. Dete war mit ihrem Nachtwerk sehr zufrieden und sann in die beginnende Entspannung hinein über die unwegsame und anrührende Kette der Generationen nach, bei der sie nun schon so viele Jahre lang ihre Hände im Spiel hatte.

Als sie die Wohnungstür aufschloss, zog sie der Himbeerduft zuerst in die Küche. Der passte gut in ihre Stimmung, weil sie so auch auf ihre eigene Generationskette kam, auf ihre Großmutter aus Buckow, die auf einem vorsintflutlichen Monstrum von einem Herd ganze Batterien von Marmeladen gekocht hatte. Die Gläser hatte Dete mit ihrer großen Kinderschrift etikettiert, auf einem grob gezimmerten Tablett in den Keller getragen und dort sorgfältig hinter die älteren Jahrgänge eingeordnet. Das Tablett hatte der Opa gemacht, aber der war lange tot. Ihr eigener Vater hieß auf der Geburtsurkunde »unbekannt«, ein Umstand, den ihre Mutter zu ändern nie auch nur in Erwägung gezogen hatte, und Mias Vater – um ihn zu halten, hätte sie einen Käfig bauen müssen. So lebte sie in einer Kette von Frauen. Marmeladenkochenden Frauen. Lächelnd nahm sie einen Lappen zur Hand und wischte ein paar Flecken Himbeersaft vom Boden vor der Spüle. Durch die halb geöffnete Tür sah sie Mia schlafen, den Kopf schräg zum Fenster gewandt. Dann ging sie zu Bett und stellte leise das Radio an, denn nach einer langen Nacht schläferte sie nichts so schön ein wie die ersten Staumeldungen am Morgen.

Detes Schritte auf dem Holzboden hatten Mia geweckt, und im Moment des Wachwerdens war ihr ein seltsamer Gedanke in den Kopf gestiegen, der vor dem Einschlafen darin keinen Platz gefunden hatte, der sie jetzt aber im Nu hellwach machte und ins Rechnen brachte. Sie nahm die Finger zu Hilfe, wie früher, wenn sie mit ihrer Mutter am

Küchentisch saß, Kästchenhefte mit Temperaturkurven neben dem Stullenteller, und Dete mit ihr den Zahlenraum 1 bis 100 trainierte, indem sie sie Eisprünge und Empfängniszeiten berechnen ließ: $32 - 14 = 18$, $18 + 2 = 20$, $18 - 2 = 16$, als Mia mit diesen Worten noch nichts verband, was mit ihrem eigenen Körper je zu tun haben könnte.

Als sie zum ersten Mal blutete, hatte sie zu Dete nichts gesagt, sondern nur solch ein Heftchen erbeten. Wo das Fieberthermometer lag, wusste sie ja. Dete hatte den Mund zu einem erstaunten »Oh« geöffnet und ihn, ohne dass daraus ein Ton entwichen wäre, wieder geschlossen. Nach einigen Zyklen kannte sich Mia mit sich selbst aus, hatte ihren Eisprung taxiert und war mit umsichtigen Rechnungen nach Knaus-Ogino gewappnet für Ereignisse, die noch in der Zukunft lagen. Und nun war es so weit. Oder besser: Es wäre so weit gewesen. In weniger als einer Viertelminute wusste Mia allerdings, dass ihr Eisprung in sicherer Entfernung zum Himbeermarmeladekochen gelegen hatte. Und auch wenn die Biologielehrerin erst kürzlich auf dem Pausenhof gepredigt hatte, »wie absolut, hört ihr, Mädels, absolut unsicher diese Öko-Methode mit der Temperatur ist, und, Mädels, nehmt um Himmels willen verlässliche Mittel, rezeptpflichtig in der Apotheke zu erwerben«, so traute Mia doch ihrer Mutter und diesen Heften und dem kleinen Ziehen in ihrem Bauch am zwölften Tag, manchmal am dreizehnten. Sie sank auf die Kissen zurück, drehte sich wieder zum Fenster, vor dem es nicht mehr dunkel war, und schlief nahezu augenblicklich wieder ein.

Zur selben Zeit saß Sung, der in dieser Nacht ohne Schlaf ausgekommen war, mit Hiền und Gấm am Frühstückstisch. Gấm lobte die Himbeermarmelade mit dem frisch-würzigen Aroma: »Dete ist eine Kräuterhexe. Das macht ihr keiner so leicht nach.«

»Stimmt«, antwortete Sung. Und diesmal mischte sich in sein zurückhaltendes Indianerlächeln der Schalk eines Berliner Bengels, der seine Eltern gründlich austrickst und sich über ihre Arglosigkeit diebisch freut.

4

Acht Wochen später hatte Mia Berlin den Rücken gekehrt. Ihrer Mutter hatte sie erklärt, sie müsse das Leben jetzt anderswo lernen, und Dete hatte diese Worte der Schuldirektorin übermittelt und ihnen nichts hinzugefügt. Nun kochte Mia irgendwo im Pommerschen, auf einem alten Gut, das nach Junkern und Bauern mittlerweile in der Hand von verhaltensauffälligen Kindern war, die mit ihren geringfügig weniger auffälligen Betreuern dorthin reisten, um fernab städtischer Versuchungen Baumhäuser und Wasserräder zu bauen. Wenn Mia gerade nicht kochte, flocht sie Weidenkörbe. Das vertrug sich mit ihrem Hang zur Weitsicht.

Sie hatte lange nach etwas Ausschau gehalten, womit sie ihre Hände beschäftigt halten konnte, ohne dass sie fortwährend auf diese Hände würde gucken müssen. Malen ging nicht, schreiben nicht, knüpfen nicht, schnitzen nicht und nähen auch nicht. Dann hatte sie die löchrigen Körbe in der Scheune gesehen und auf YouTube eine Anleitung zum Reparieren und damit genau das gefunden, wonach sie gesucht hatte. Nun besserte sie alte Körbe aus, flocht neue, ging auf die Märkte und verkaufte sie zusammen mit ihren

Marmeladen. Sie wusste noch nicht, ob das so bleiben würde, aber das Sehnen wurde weniger und das Glück größer. Das hatte auch mit Tobi zu tun, einem Jugendhelfer, der auffallend oft bei ihr in der Küche gehockt und ihrem Gulasch ein paar Gewürze hinzugefügt hatte, die ihr bislang unbekannt gewesen waren. Die waren aus Masuren, und sie waren gut. Nach zehn Tagen hatte Tobi seine Baumhauswasserradkinder nur noch schnell nach Berlin zurückgebracht und war am gleichen Tag zurückgekehrt, um zu bleiben.

Eine Weile später hatte auch Sung die Schule hinter sich gelassen, mit einem vierseitig gestempelten Papier, dessen Zahlenzauber sich auf einen Mittelwert von 1,6 zusammenstutzte. Die Eins vor dem Komma sah gut aus, aber er hätte sie gar nicht gebraucht, denn er schrieb sich nicht für Medizin ein, sondern für Altertumswissenschaften, und da nahmen sie jeden. Reinste Verschwendung, meinten die Lehrer und die Mitschüler, aber Sung zweifelte nicht eine Sekunde lang, lungerte vielmehr in freudiger Erwartung im Pergamonmuseum und im Alten Museum herum, strich über die Absperrungen hinweg mit Fingerkuppen und flachen Händen über Steine und Mosaike, bis man ihm in beiden Häusern mit Hausverbot drohte, und freute sich unbändig auf alles, was er im Vorlesungsverzeichnis gelesen hatte: attische Grabreliefs, Gipsgusssammlungen, griechische Vasenbilder der weißgrundigen Lekythen, byzantinische Gewölbemosaike – bis er dann, ordnungsgemäß zugelassen, eingeschrieben und angemeldet, tatsächlich jeden Tag in den Südwesten der Stadt fuhr. In eine klassizistische Villa mit Universitätsadresse – weit weg vom Zigarettenschmuggel und doch nah genug, um frühmorgens mit Gâm auf den

Großmarkt zu fahren und Kisten zu schleppen. Nachmittags setzte er sich in die Mensa oder in ein Café, um zu lernen. In den Bibliotheken war es ihm zu leise. Sein Hirn war erst aufnahmebereit, wenn es einen bestimmten Pegel an Lärm und Geschäftigkeit um ihn herum gab.

Er begriff schnell, dass hier, wo alle Leute von irgendwoher kamen und die wenigsten so aussahen, als seien schon ihre Großeltern in der Gegend geboren, seine Herkunft kaum eine Rolle spielte, weder sein vietnamesisches Blut noch sein Ostberliner Boden. Wenn er dann doch mal auf eine Frage hin »Vietnam« antwortete, merkte er, dass die Leute über Vietnam eigentlich nichts wussten, und er war ganz froh darüber, denn schließlich wusste auch er fast nichts. Er war nie dort gewesen. Er war ein Berliner. Und über Berlin wusste er viel. Viel mehr als die meisten anderen, die schließlich keine Ahnung hatten, wo das Gemüse und das Obst, das sie am Nachmittag im Lädchen an der Ecke kauften, bei Tagesanbruch noch auf Paletten gestapelt gewesen war. Wie die Leute auf dem Markt miteinander sprachen, und auf welchen Straßen man sich am frühen Morgen am besten durch die Stadt schlug. Dass in einem Parallelkurs zur Provinzialrömischen Archäologie ein junger Westberliner Vietnamese saß, der sehr ähnliche Kenntnisse hatte wie er selbst, nur alles in die entgegengesetzte Himmelsrichtung gespiegelt – seine Großeltern hatten dem Süden angehört und waren folgerichtig auf ihrer Flucht im Westen gelandet –, hatte Sung nur ganz am Rande mitbekommen. Er hatte nie nachgefragt, und über ein kurzes Nicken am Kaffeeautomaten hinaus hatte keiner der beiden Kontakt gesucht. Sie hatten sich für Klassische Archäologie eingeschrieben und nicht für Südostasienkunde.

In dem bunten Völkchen, das sich da zum Grundstudium versammelt hatte, gewann Sung zum ersten Mal in seinem Leben Freunde. Freunde, mit denen man sich verabredete, um zu lernen, zu kochen und Partys zu feiern. Und unter den Freunden gewann er Geliebte. Für eine Nacht, für Wochen, einmal für Monate. Es war viel Leichtigkeit in diesem Spiel, Freude an der Verführung, kein Versprechen, ein Lächeln zum Abschied. Er lernte die zarte, die fordernde, die kindliche, die entrückte Liebe kennen, und er lernte dabei Worte in mexikanischer, polnischer und hebräischer Sprache. Er lernte liebend und liebte lernend. Er war glücklich.

5

Erst nachdem er eine Weile international geliebt hatte, kam Sung einer Vietnamesin nahe. Mây, geboren in Hanoi, fünfjährig dem Vater nachgezogen nach Ostberlin, als Ostberlin gerade aufhörte, die Hauptstadt der DDR zu sein, und noch nicht damit begonnen hatte, Teil einer neuen Hauptstadt zu werden. Sie war gekommen mit Mutter, Großmutter, vier Schwestern und sechs Nähmaschinen. Seitdem betrieb die Großfamilie Lê das Kleingewerbe Näh- und Änderungsarbeiten in Sungs Straße, drei Hausnummern weiter.

Zu diesem Haus, noch unrenoviert, gehörte ein Dachboden mit den Resten einer Waschküche, der laut Hausordnung abgeschlossen sein sollte, es aber nicht war, wie Mây schon als kleines Mädchen herausgefunden hatte. Dass wundersamerweise niemand außer ihr dies zu wissen schien, nahm sie dankbar hin. So machte ihr niemand dieses Exil streitig. Ihren Fluchtort weg von den ratternden Nähmaschinen, den endlosen Garnrollen, der lamentierenden Großmutter, der sorgenvoll nickenden Mutter, den trübsinniger werdenden Schwestern. Der Vater, der am ehesten zu Scherzen aufgelegt war, reinigte tagsüber Tep-

piche in Berliner Büros, denn auch dies gehörte zum Kleingewerbe Lê.

Zwischen Hausarbeit und Hausaufgaben stahl Mây sich
Zeit, schlich die Treppen hoch und öffnete leise die Tür. In
der kalkigen Luft der Bodenräume hatte man früher Wäsche getrocknet. Es waren noch ein paar Leinen gespannt,
an deren Ende einige ausgelaugte Holzklammern mit rosti-
gen Metallfedern steckten. Löchrige Lappen waren in der
Ecke zu bizarren Formen erstarrt – letzte Zeugen eines letzten Waschtages lange vor Mâys Geburt. Und die dicken
Dachbalken aus rohem Holz stammten aus einer Zeit, für
die selbst Mâys Großmutter zu jung war – ganz abgesehen
davon, dass Mây und ihre Großmutter nicht nur aus einer
anderen Epoche, sondern auch aus einem anderen Land
stammten als dieses Haus, das sie gleichmütig aufgenommen hatte.

Durch zwei winzige Fenster, mit Eisenbeschlägen fest
verriegelt von einem Berliner Hausmeister, der sein Werk-
zeug längst für immer aus der Hand gelegt hatte, war Mây
auf Augenhöhe mit den Platanen, die die Straße säumten.
Obwohl sie die Luken von innen sorgfältig gesäubert hatte,
konnte sie das prächtige Farbspiel der Blätter nur durch
einen milchig-rußigen Schleier hindurch ahnen. Da waren
die Spalten und Astlöcher in dem rohen Holz, mit dem zwei
andere, glaslose Luken verschlossen worden waren, schon
besser. Durch sie hindurch ließ sich, mit einem geschlos-
senen und einem offenen Auge, nicht nur ein Hauch der
kühlen Außenluft einfangen, sondern auch Ausschnitte von
Dachgiebeln, Häuserfronten, halbe Schornsteine, Teile von
Baukränen und Feuerwehrleitern. Durch kleine Bewegungen des Kopfes gerieten auch die Bauteile in Bewegung

und setzten sich zu immer schrägeren Bildern neu zusammen. Das war ganz nach Mâys Geschmack, und hier oben musste sie ihren Sinn für Komik nicht verteidigen. Mây verdrehte gern die Augen, zog gern Schnuten, stolperte gern absichtlich über Dinge, und vor allem lachte sie gern laut.

Nichts davon war vier Etagen tiefer gern gesehen oder gern gehört. Im Gegenteil. Die weiblichen Lês hatten das kleinste Kind, die jüngste Schwester »Mây« genannt, nach einer kleinen weißen Wolke, die am Tag ihrer Geburt nahezu unverändert am Himmel stand, und hatten sich ein Wesen von sphärischer Anmut versprochen, nicht einen Clown. Bei so viel gegenteiliger Erwartung und bei gleichzeitig so wenig Humor hatte Mây noch nicht einmal die Chance bekommen, Alleinunterhalterin zu werden. Also war sie eine Selbstunterhalterin geworden. Wenn sie genug hatte von ihrem Berliner-Dächer-Kaleidoskop, erzählte sie sich witzige Geschichten aus dem Leben der Lê Mây. Sie musste dabei erheblich ausschmücken, denn ihr Alltag gab nicht so viel her.

Zwischen April und September gab es auf dem weitläufigen Trockenboden, zu dem noch ein Gewirr halbherzig leer geräumter Abstellkammern gehörte, tagsüber gerade so viel Licht, dass man sich zurechtfinden konnte. Aber schon im Herbst und erst recht an Wintertagen war es hier oben nahezu stockdunkel und nicht gerade anheimelnd. Mây jedoch war nicht nur lustig, sie war auch unerschrocken. Und sie war gut ausgerüstet. Taschenlampen hatte sie hier deponiert, Ersatzbatterien, Decken, Wasser und Kekse. Als erstes Mitglied der Familie Lê hatte sie sich ein eigenes Zimmer erobert, karg ausgestattet, dafür von beträchtlichen

Ausmaßen. Ihre ganz persönliche Vergnügungsstätte und Einlösung ihres Taufnamens: ein Zwischenreich hoch oben, ein Luftschloss, ein Wolkenkuckucksheim.

Hier hinauf hatte sie eines Abends Trần Văn Dũng gezogen, der Sung genannt wurde, mit weichem S, sogar von seiner Mutter, und der nur Deutsch sprach. Die Familie Lê hatte zu einem kleinen Abschiedsfest geladen. Zum ersten Mal seit ihrer Ankunft in Berlin würden sie für einige Wochen nach Vietnam zurückkehren. Während die anderen in der Erdgeschosswohnung noch feierten oder vielmehr das taten, was sie darunter verstanden, nämlich viel essen und noch mehr trinken, hatte Mây etwas getan, wovon sie oft getagträumt hatte und was sie keineswegs für möglich gehalten hätte, etwas, das sie weder von sich selbst noch vom Lauf des Lebens meinte erwarten zu können: Sie hatte den großen langhaarigen Jungen von schräg gegenüber, den sie in letzter Zeit so selten sah, weil er an der Uni lernte, wie man alte Vasen ausgrub, mit dem sie aber früher ab und zu im Park Tischtennis gespielt hatte und der eben am schwer beladenen Esstisch über ihre heimlich verdrehten Augen und ihre blitzschnell gezogenen Schnuten gelacht und sie dennoch nicht verraten hatte, diesen Jungen hatte sie mit einem so intensiven Gemisch aus Mut und Liebe, wie es nur in großer Einsamkeit entsteht, viereinhalb Stockwerke am Handgelenk hochgezogen, ihn sicheren Schrittes durch die finsteren Gänge mit den Bretterverschlägen geführt, seinen warmen Atem in ihrem Nacken gespürt, sich umgedreht und im Dunkeln seinen Mund mit dem ihren gesucht.

Während sie sich heftig küssten, noch atemlos vom raschen Aufstieg, fielen sie eng umschlungen rückwärts über den kleinen Sockel eines Dachbalkens. Ein vorstehender

Nagel im Balken ritzte sich erst in Mâys linken Oberarm, und noch bevor ihr Schmerzensschrei laut wurde, in Sungs rechten Unterarm. Mây tastete nach einer Taschenlampe, und gemeinsam beugten sie sich über die beiden Wunden, aus denen zwei rote Rinnsale einander entgegenliefen. Mehr wollte Mây nicht sehen. Sie knipste die Taschenlampe wieder aus.

Sung hatte mehr gesehen als die Blutspuren, die ein rostiger Nagel auf zwei Armen hinterlassen hatte. Er hatte gesehen, dass dieser Mund, der sich so komisch verziehen konnte, ein schöner Mund war, klein und eigenwillig, dass die Haut, auf der das Blut ihm entgegenlief, hell und zart war, dass die spöttisch rollenden Augen von winzigen Lachfältchen umgeben waren, halb verdeckt vom dichten Gespinst der Wimpern, und er nahm dieses komische schöne Mädchen fester in den Arm, um es auf dem Dachboden zu lieben, wo sie offenbar am meisten zu Hause war in dieser Welt. Sung war dabei mehr auf Mâys als auf seine Erfüllung aus, denn inzwischen hatte er gelernt, mögliche Folgen der Liebe zu bedenken. Die Vorstellung einer überstürzten Einheirat in den schwermütigen Clan der Lê half ihm dabei, sich ganz auf Mâys Lust zu konzentrieren, eine Lust, die sie nicht in Schwierigkeiten bringen sollte.

6

Als die Familie Lê aus Vietnam zurückkehrte, war Sungs Vater gestorben, und die Lês, alle acht, kamen zu einem Trauerbesuch. Auch Mây. Ihre Augen waren voller Tränen und ihr Mund zitterte, als sie sich stumm vor ihm und seiner Mutter verneigte. Die Dachbodenliebe war aus einer anderen Zeit. Beide, Mây und Sung, trugen seither eine lange Narbe am Arm, in der eine zärtliche Erinnerung aufbewahrt war, aber das Unglück schnitt ihre Gedanken und ihre Körper von dieser Erinnerung ab. Eine Zeit lang brauchte Mây ihren Dachboden nur zum Weinen darüber, dass ihre Geschichten versiegt waren. Sung trauerte auf dem Großmarkt am Westhafen. Inmitten hin und her hastender Händler stand er still, sah Gấms knochige dunkle Hand vor sich, wie sie die Weintrauben und Birnen prüfte, sah sein lächelndes Gesicht hinter einer vollbeladenen Sackkarre auftauchen, sah ihn sich zu ihm winken, wenn es etwas zu verhandeln oder zu begutachten gab. Einige Male kam Sung mit nichts anderem als diesen Bildern im Kopf und dieser Trauer zurück vom Großmarkt. Hiền schaffte es irgendwie, die Auslagen vor dem Laden so zu bestücken, dass den Kunden die fehlende Morgenlieferung nicht weiter auffiel.

Nach Gẩm Tod gab es eine Weile lang nicht nur fehlende Morgenlieferungen vom Westhafen, sondern auch nur wenig Vietnamesisches im Laden. Ein-, zweimal im Monat war Gẩm nach Vietnam gefahren – über die Landsberger Allee und die Siegfriedstraße in die Herzbergstraße. Ins Dong Xuan Center.

»Auf die Frühlingswiese«, sagte Hiền, die sogar das »Đồng Xuân« übersetzte. »Auf die Kleine Frühlingswiese«, hatte Gẩm sie immer korrigiert, weil er darauf bestehen wollte, dass das Original des Großmarktes nun einmal in Hanoi florierte, seit mehr als hundert Jahren schon, nahe den Wassern des Roten Flusses: Chợ Đồng Xuân. Dreigeschossig, 3000 Verkäufer. Die »Kleine Frühlingswiese« in Ostberlin hatte erst angefangen zu blühen, als die Mauer gefallen war, eingeschossig zwar, aber auf immerhin 118 000 Quadratmetern versiegeltem Boden. Darunter Chrom, Kupfer und Phenole – Hinterlassenschaften der VEB Elektrokohle.

Als Kind war Sung manchmal mitgekommen und an Gẩm Hand über die Frühlingswiese gegangen wie durch einen Märchenbazar voller fremdartiger Düfte und Laute. Wenn die Kisten mit Reis, Handtüchern, Geschirr, Taschenlampen und Spielzeug verstaut waren und die Tür des Transporters ins Schloss fiel, war die Tour, für die man eigenartigerweise kein Eintrittsgeld zahlen musste, zu Ende.

Jetzt, ohne Gẩm, fuhr Sung nicht in die Herzbergstraße. Er hatte Angst. Hiền schrieb Listen der fehlenden Waren, und die Listen wurden von Woche zu Woche länger. Nachdem ihn an ein und demselben Tag zwei Köche aus benachbarten Cafés nach »diesem Reis aus den großen Säcken, die immer hier vorne standen«, zwei Studenten nach Winkekatzen aus weißem Porzellan und eine alte Frau nach Ingwertee – »den, den Ihr Vater immer direkt aus Vietnam geholt hat, wissen Sie?« – gefragt hatten, setzte er sich am nächsten Morgen in den Lieferwagen und fuhr hin.

Schon als er durch das Tor auf den Parkplatz fuhr, verfluchte er seinen spontanen Entschluss. Um ihn herum vietnamesische Plakate, vietnamesische Anzeigen, vietnamesische Leute. Als wären die vierzehn Leuchtbuchstaben, mit denen das Dong Xuan Center seine Kunden empfing, das Letzte, was er hatte lesen und verstehen können. Ab hier war Fremde. Und in die Fremde fährt man nicht mal eben so, kurz nach dem Frühstück. Schon gar nicht, um Handel zu treiben. Er hätte sich vorbereiten müssen, vietnamesische Zettel schreiben lassen müssen von Hiền, den Lageplan der Hallen aus dem Netz ziehen und ihn mit ihr studieren müssen. Hätte, hätte … Umkehren? Sung stellte sich vor, Gấm würde ihn hier unverrichteter Dinge wieder ausparken sehen. Also ging er rein. Auf dem kürzesten Weg, in die nächstgelegene Halle. Sie empfing ihn mit einem starken Duft von Gewürzen und Suppensud, der ihn zurückkatapultierte in die Zeit, als er die Hand seines Vaters hatte fassen können, auf den langen Gängen, in die die Läden und Stände von beiden Seiten ausgriffen, mit Plastikblumen, Kleiderständern, Schuhen, Laternen und elektronischen Geräten.

Hatte es damals schon überall diese Bildschirme gegeben mit vietnamesischen Musikclips, deren Melodien und Bässe sich überlagerten wie die Wellen in einer schweren Kreuzsee? Er mittendrin. Manövrierunfähig. Plötzlich glaubte Sung, Gấms Stimme herauszuhören, sein heiseres

Lachen, seine kurzen, lebhaften Gespräche mit den Verkäufern. Ja, war das nicht eben gerade sein Rufen gewesen? In einer absurden, schreckhaften Hoffnung drehte Sung sich um und sah hin und her eilende Männer, die nicht Gầm waren, aber Gầms Züge trugen. Der eine die Nase, der andere den Mund, ein weiterer das Kinn. Sung spürte kalten Schweiß auf seine Stirn treten, sein Atem stockte, seine Hände zitterten. An Einkaufen war nicht zu denken.

Er flüchtete in ein Restaurant, um sich setzen zu können. Vielleicht brauchte er einfach eine heiße Suppe, dann würde es schon gehen, dachte er. Eine junge Frau kam an seinen Tisch, sprach ihn an, gab ihm die Speisekarte, sprach weiter, wartete auf eine Antwort. Sung deutete mit dem Finger auf das Wort *phở,* das ihm zwar vertraut war, das er hier aber auf einmal nicht auszusprechen wagte. Wahrscheinlich hatte er einen schweren deutschen Akzent. Solange er hier nichts sagte, konnte man ihn für einen Taubstummen halten oder für einen Japaner oder einen Balinesen oder für einen taubstummen Japaner oder Balinesen und nicht für den Sohn vietnamesischer Eltern. Nicht jedenfalls für einen Archäologie-Studenten, der nicht mehr studierte, sondern Winkekatzen großeinkaufte, um sie anderen Studenten, Studenten, die ihre Abschlussarbeiten verabschieden wollten, weiterzuverkaufen. Dabei winkten der alten Sage nach diese Katzen gar nicht hinterher, sondern herbei, hatte Gầm ihm erklärt und dabei gelacht, leise und gutmütig. Gầm. Wie einem Kind, das im Warenhaus seine Eltern verloren hat, stiegen Sung die Tränen in die Augen, und in seinem Hals setzte sich ein Kloß fest. Er ließ die dampfende *phở* stehen, legte einen Geldschein auf den Tisch und ging. Jetzt hielten sie ihn nicht länger für einen Taubstummen oder einen Balinesen, sondern für einen Verrückten, der sich mit einem Fingerzeig eine köstliche Suppe bestellt und sie dann wortlos stehen lässt. Er spürte die Blicke, die ihm folgten. Die Menschen hier sahen ihn an und verstanden ihn nicht. Und verstanden nicht, dass sie ihn nicht verstanden. War er nicht einer von ihnen? Er sah sie an und verstand sie nicht und verstand sich nicht und wollte vor allem eines: in seine Welt zurück. Wenigstens den Reis, sagte er sich, und den Ingwertee und die Nagellackpalette, die schon zwei Ausrufezeichen hatte auf Hiêns Liste.

Er ging in den erstbesten Laden, suchte das Reisregal, suchte die Zehn-Kilo-Abfüllungen. Der Mann an der Kasse reichte ihm ein Formular mit vietnamesischer Schrift. Sung winkte ab und zückte einen Geldschein. Der Mann nahm den Schein, hielt ihn prüfend ins Licht, sah mit dem einen Auge den Schein, mit dem anderen ihn an. Beide verdächtig. Während der Mann das Wechselgeld herausgab, ließ er ihn nicht aus den Augen – aus dem einen Auge, denn das andere schien an ihm vorbeizusehen auf ein Geschehen, das in Sungs Rücken lag. Sung wagte nicht, sich umzuwenden.

Die Nagellackpaletten verkaufte ihm ein Jugendlicher, dessen Gesicht von ungewöhnlicher Blässe war. Nachdem er kassiert hatte, versenkte er sich wieder in sein Buch, das er mit dem Rücken nach oben abgelegt hatte, als Sung die Kartons auf den Tisch neben der Kasse geschoben hatte. Eine Motorsäge war darauf zu sehen, von jeder Zacke tropfte Blut. Mit einem sehr dünn gespitzten Bleistift machte der Junge sorgfältige Randbemerkungen. Als Sung ging, lächelte er höflich mit einer kleinen angedeuteten Verbeugung.

Den Ingwertee bekam er von einer Frau, deren Gesicht viel älter war als ihre Hände. Sie saß an einem Nähtisch, schnitt aber nicht Stoffe zurecht, sondern Kontinente aus einem vietnamesischen Atlas und klebte sie auf einer großen Pappe neu zusammen. Australien neben Indien, Südamerika Kopf über Kopf mit Afrika. Das Geld für den Tee ließ sie achtlos liegen. Vielleicht würde sie es zerschneiden, Inseln daraus machen, mit Brücken aus Münzen.

Auf dem Weg zum Ausgang lachte ihn, wie in großer Wiedersehensfreude, ein zahnloser Mann an, der auf dem Boden hockte, neben einem kleinen Stand mit eingelegten Früchten. Mit dem einen Arm, der ihm geblieben war, streichelte er einen kleinen Hund, der ein Halsband aus grell gefärbtem Zuckerrohr trug.

Sungs Schritte beschleunigten sich, versuchten seinem pochenden Herzen hinterherzukommen. Kurz vor dem Ausgang stolperte er über einen kleinen Altar an der Tür zu einem Piercingstudio. Er ging in die Knie, um Blumen und Räucherstäbchen wieder zurechtzurücken, als zwei schwarz behandschuhte Hände ihm zu Hilfe kamen. Er blickte auf und sah in Augen, die von einer dichten Reihe Metallringe in den Lidern so niedergezogen waren, dass die Freundlichkeit, die darin zu ahnen war, einen schläfrig-lauernden Ausdruck hatte.

Sung flüchtete sich zu seinem Auto wie jemand, hinter dem der Teufel her war. Der Märchenbazar seiner Kindheit hatte sich in eine Geisterbahn verwandelt. Mit hektischen Händen wuchtete er die Waren auf die Ladefläche, setzte sich ans Steuer und versuchte die Ausfahrt zu finden, aber er konnte die Schrift über den Pfeilen nicht lesen und fuhr zweimal im Kreis. Da stieg eine Wut in ihm auf, so heftig, so grell, so unaufhaltsam, wie er sie bislang nicht gekannt hatte. Auf der Straße drehte er das Radio an in der Hoffnung, dass die Hits aus den Charts und ein bisschen Moderatoren-Singsang ihn beruhigen würden. Das Gegenteil geschah. Er wusste, dass sie beim Sender, den er eingestellt hatte, Deutsch sprachen, er wusste, es ging dort um Aktienkurse, Verkehrsmeldungen und Gewinnspiele, aber die vietnamesischen Schlager in seinem Kopf waren noch nicht bereit, Platz für dieses Programm zu machen. Sie überstimmten es in rührseligen Bögen, schwärmerischen Leiern, schmachtenden Rufen.

Das heizte seinen Zorn an. Sein Kopf begann zu glühen, seine Hand schlug aufs Lenkrad. Die Wut machte ihn blind. Er war viel zu schnell, er überfuhr eine rote Ampel. Er sah die Passanten zurückweichen und konnte nicht mehr bremsen. Ein gleißender Schreck durchfuhr ihn und machte augenblicklich alle anderen Gefühle in ihm zunichte. Zitternd brachte er das Auto am Straßenrand zum Stehen, sah im Rückspiegel die Gesichter der Leute an der Ampel. Eine alte Frau hatte die Arme hochgeworfen, der Inhalt ihrer Einkaufstüten rollte übers Pflaster. Zwei Jugendliche mit farbigen Kopfhörern schauten interessiert in seine Richtung, dann wechselten sie die Straßenseite ohne Anzeichen von Eile oder Aufregung.

Sung stieg aus und ging auf die Frau zu, die anfing zu schimpfen, ohne sich aus ihrer Erstarrung lösen zu können. Was alles hätte passieren können! Was er sich dabei gedacht habe? Ob er noch bei Sinnen sei? Anzeigen müsste man ihn! Sung verteidigte sich nicht. Er legte die Hände zusammen und sagte: »Ich werde das nie wieder tun, ich werde das nie wieder tun. Nie wieder. Ich tue das nie wieder. Nie wieder.« Sie sahen einander in die schockierten Gesichter, bis sie die Erleichterung darüber, dass es glimpflich abgegangen war, in ihnen ablesen konnten. Erst dann setzte sich die Welt um sie herum wieder zusammen, Stück für Stück. Straße, Ampel, Auto; Baustelle, Sparkasse, Bäckerei. Die Frau senkte tief atmend die Schultern und legte die Arme um sich zusammen. Sung sammelte die verstreuten Waren in die Tüten zurück, trug sie der Frau über die Straße und sagte währenddessen noch ein paar Mal diesen Satz, den einzigen, den er hervorbringen konnte: »Ich werde das nie wieder tun, nie wieder.« Ein Schwur. Die Frau nickte und nahm ihm die Taschen aus der Hand. »Kommen Sie gut nach Hause«, sagte sie.

Als hätte der Schreck der überfahrenen roten Ampel die Geister von Đồng Xuân ausgetrieben, fuhr Sung fortan ein Mal im Monat halbwegs gelassen nach Berlin-Lichtenberg. Mit wenigen Worten, wenig Zeit und wenig Aufwand. Reis, Tee, Winkekatzen, Armbanduhren, Strümpfe, Feuerzeuge, Sandspielzeug. 40 Minuten Vietnam, 3,4 Kilometer hin, 3,4 Kilometer zurück. Ein sehr kontrollierter Ausflug. Er ging über die »Frühlingswiese« in schnellen Schritten, ließ sich nicht nieder und schaute sich nicht um. Mehr Vietnam wollte er nicht für sich und für den Laden.

Aus seiner Trauer heraus kam Sung durch Nachdenken. Er merkte, dass das Festhalten und Weiterdenken von Gedanken den Kloß in seinem Hals langsam lösten. Er fing an, nicht nur über das Sterben und den Tod nachzudenken, sondern auch über das Leben. Was Gấm wohl das Wichtigste darin gewesen war. Was ihm, Sung, das Wichtigste darin sein sollte. Und dann, eines Morgens, als er am Westhafen seine Kisten im Lieferwagen verstaut hatte und den Zündschlüssel drehte, wusste er es: dass es weitergeht. Unbedingt musste es weitergehen. Das hätte Gẩm gewollt, und das wollte er. Er stieß zurück, um auszuparken, und fuhr sehr zielstrebig wieder Richtung Prenzlauer Berg, denn er hatte etwas vor, das keinen Aufschub duldete.

Sung nahm sich weder Zeit, seine Ware auszuladen noch das Auto abzuschließen. Er marschierte schnurstracks über die Straße, öffnete die Tür zur Schneiderei Lê, die Mâys drittälteste Schwester eben erst aufgesperrt hatte, sah Mây an, die gerade eine Garnrolle in die Nähmaschine einfädelte, und fragte, ohne auch nur »Guten Morgen« zu sagen, »Heiratest du mich?«. Mây fasste sich an die Narbe an ihrem linken Oberarm, wie andere Leute sich ans Herz gefasst hätten – vor Schreck. Die Metallspule mit der Nähseide war ihr aus der Hand gefallen. Sie lief wie ein kleiner Brummkreisel auf dem Linoleumboden entlang und zog einen dünnen karmesinroten Unterfaden, eingelegt für den Saum eines Abendkleides, hinter sich her. Aber kein Blick folgte ihm, alle Augenpaare waren auf Mây gerichtet. Vier Schwestern, eine Mutter, eine Großmutter und Sung sahen Mây an, die an diesem Morgen wie an jedem anderen aufgestanden war, Tee getrunken hatte, dem Vater Reis mit Gemüse eingepackt und sich an ihre Nähmaschine gesetzt hatte, um wie alle weiblichen Mitglieder der Familie Lê Kleider, Röcke und Hosen umzunähen, Reißverschlüsse zu wechseln und Hemdkragen auszubessern – sie, deren Leben sich in dieser Minute ändern sollte.

»Ja«, antwortete Mây, schaltete ihre Nähmaschine aus und stand auf, als wolle sie augenblicklich mitkommen. Die Frauen der Familie Lê sahen sie missbilligend an. Eine Fahnenflüchtige. Mây sank auf ihren Stuhl zurück. »Ja«, sagte sie noch einmal so deutlich und entschlossen, dass niemand hier auf die Idee kommen konnte, den Versuch zu unternehmen, es ihr auszureden, auch wenn ihre zitternden Beine und die Wucht der strafenden Blicke sie auf den Stuhl zurückgezwungen hatten. Sie hielt sich über den Abstand von drei Metern an Sungs Gesicht fest. »Danke«, sagte Sung, legte seine linke Hand leicht auf den rechten Unterarm und senkte den Kopf, worin Mây ein Versprechen erkannte und die anderen nichts anderes als einen fremdartigen Gruß vermuteten, der die Sache, die sich vor ihren Augen gerade abspielte, noch unwirklicher machte und auf eine Erklärung drängte. Dessen ungeachtet verließ Sung ebenso rasch, wie er gekommen war, die Schneiderei Lê, um seine Ware auszuladen und Hiền in seine Zukunftspläne einzuweihen.

7

Hiên leistete ganze Arbeit. Nahezu einen Monat lang sah man sie morgens in die Schneiderei hinübergehen und dort bleiben. Sie nahm Früchte mit und Süßes, Garn und Nadeln, Reis und eingelegtes Gemüse. Sie sortierte die fertig genähte Kleidung auf Bügel, während sie mit den Lês ins Gespräch kam, sie wusch das Mittagsgeschirr und hörte zu, sie faltete neu umsäumte Bettwäsche, während sie fragte und antwortete, antwortete und fragte, bis die Frauen unter erstickten Tränen, mit hellen brüchigen Stimmen, die Hände vorm Gesicht, ihre nie ausgestandenen Ängste zu erkennen gaben, die Bilder, die sie nicht loswurden. Die kamen in der Nacht, da stand man auf und trank so lange Wasser in kleinen Schlucken am offenen Fenster, bis man wieder wusste, wo man war – dass dort drüben auf der anderen Straßenseite ein Berliner Mietshaus mitten im Frieden stand. Dass dort kein Fenster bersten, kein Feuer herauszüngeln würde. Wenn die Bilder sich in den Nächten ausgetobt hatten, kamen sie am Tag, und das war noch schlimmer, denn da konnte man sich nicht immer gleich mit einem Glas Wasser ans offene Fenster stellen und darauf warten, dass man die Gegenwart wiederfand. Sie kamen ohne Vorwarnung. Beim Einwickeln der Kleidung, während die Kundin das Geld zusammensuchte. Sie trug einen breiten silbernen Ring am Zeigefinger. Man starrte auf diesen Ring, und das Trommelfeuer explodierte in den Ohren. Das »Vielen Dank.«, das »Auf Wiedersehen.«, das »Schönen Tag noch!« geriet nur mit äußerster Beherrschung nicht viel zu laut, denn eigentlich hätte man es herausschreien müssen gegen den Lärm der Gewehre. Die Kundin merkte nichts und zog davon mit ihrem Ring, ihrem Wechselgeld und ihrem gekürzten Rock.

Die anderen Lê-Frauen hatten nur kurz den Kopf gehoben. Sie wussten Bescheid. Sie wussten, wie es war, wenn sich der Stoff für ein Sofakissen unter den Händen plötzlich anfühlte wie verbrannte Haut; der Magen wölbte sich nach oben, und man musste sich tiefer über die Arbeit beugen, lange ausatmen und dabei dreimal bis zehn zählen, dann ging es wieder. Sie wussten, wie es war, wenn die Hände sich ins Polyester krampften. Eben noch war es ein heller Anorak gewesen, jetzt war es wieder das glatte Tuch, das man nicht zurückzuschlagen gewagt hatte, und das dann jemand anders doch zurückgeschlagen hatte, noch bevor man die Augen hatte schließen können. Es ging vorbei, auch wenn die Schweißperlen auf der Stirn standen und die Kiefer so fest aufeinandergepresst waren, dass die Wangenmuskeln zu zucken begannen. Die Lês wussten, was los war, wenn die Hände anfingen zu zittern beim Einlegen des Unterfadens für eine aufgeplatzte Naht, weil es auf einmal der Faden war, den der Arzt hochgehalten hatte, um eine klaffende Wunde zu nähen, auf dem aufgeweichten Weg zwischen den Feldern, halb im Laufen, denn man war noch nicht in Sicherheit. Sie spürten den zersprengten Boden in erdigen Brocken unter ihren Füßen, sie hörten die Schreie und das herannahende Grollen – als lägen nicht Jahrzehnte und Tausende von Kilometern zwischen Berlin und Hải Phòng.

Hiền verstand. Sie verstand nur zu gut. Und sie verstand auch, dass die Jüngste, die zum Helfen in Sungs Laden ging, sobald Hiền die Schneiderei Lê betrat, aus der Kette von Schock, Trauer und Verzweiflung, die Mütter und Töchter aneinandergeschmiedet hatte, ausgebrochen war, ob aus eigenem wilden Entschluss oder weil der Traurigkeit selbst die Kraft ausgegangen war und nicht mehr als vier Töchter binden konnte, wer hätte es sagen können? Jedenfalls hatte die Jüngste die düstere Gefolgschaft versagt und mindestens für sich selbst diese todtraurige Welt auf den Kopf gestellt. Dass Sung an der Seite einer Frau glücklich werden könnte, die zu einer solchen Kehrtwendung in der Lage war, eigensinnig, lebensmutig und lachbereit, daran hatte Hiền keinen Zweifel. Und dass für den Laden eine junge Frau gut war, die Spaß daran hatte, in den Plastikschälchen Weintrauben, Mangoscheiben und Granatapfelkerne zu frechen kleinen Gesichtern zurechtzulegen; eine, die Nadel und Faden schneller aus der Hand gelegt hatte, als man gucken konnte, um voller Wonne in Gummistiefeln den Lagerraum auszuspritzen – das war mehr als offensichtlich.

Sung und Mây heirateten ohne jeden Aufwand. Mithilfe der Schwestern Lê schafften sie es sogar, den Laden ganz normal offen zu halten. Als keine drei Monate nach ihrer Heirat das Haus, in dem sie bis vor Kurzem gewohnt hatte, eingerüstet wurde, stand Mây ungläubig vor dem großen Plakat, das ein Penthouse im Dachgeschoss ankündigte und

133

zu einer ihr unvorstellbaren Summe zum Kauf ausschrieb. Sie ließ ihre Augen an der Hauswand hochgleiten, dorthin, wo sie hinter dem Metallgestänge die halb blinden Fensterchen vermutete, schloss die Augen und nahm Abschied von den trockenen rauen Flächen und Balken, die allein ihr gehört hatten. Sie kehrte in den Laden zurück und sagte zu Sung: »Ohne den Dachboden, das hätte ich nicht überlebt.« Der Schrecken darüber, welches Schicksal sie ereilt hätte, wenn Sung sie da nicht rechtzeitig herausgeholt hätte, stand ihr ins Gesicht geschrieben.

Die Schneiderei blieb noch eine ganze Weile. Die Frauen nähten im Schatten der Gerüste, im Lärm der Bauarbeiten. Aber kurz bevor die Gerüste wieder abgebaut wurden, hatte sich mit einem Schreiben der Hausverwaltung herausgestellt, dass sie weder Laden noch Wohnung halten konnten. So viele Säume konnten sechs Paar Hände nicht umnähen, so viele Teppiche konnte ein Mann nicht reinigen in einem Monat, dass sie eine solche Miete aufbringen könnten, wie sie jetzt von ihnen verlangt werden würde. Mây liefen die Tränen übers Gesicht, als die Familie Lê mit Sack und Pack umsiedelte, in einen Plattenbau des Nachbarviertels. Sung war sich nicht ganz sicher, welchen Anteil an diesen Tränen die Erleichterung hatte, dass zwischen ihrer Lebenslust und der Schwermut der anderen nun immerhin neun Straßenbahnstationen lagen. Sie war eine Davongekommene. Nur drei Hausnummern weiter und doch ganz woanders.

Es war dann Hiền, die die Straßenbahnstrecke einmal in der Woche zurücklegte. Jeden Mittwoch. Beladen mit zwei großen Tüten aus dem Ladensortiment, besuchte sie die Lês in der neuen Schneiderei. Sie kochte und wusch ab, erzählte, hörte zu und half aus. Noch bevor die Lês in all dem

Trubel beginnen konnten, ihre abtrünnige Jüngste zu vermissen, war eine Vertraute an ihre Stelle gerückt, und die hatten sie, jede für sich, schon lange vermisst. Als Minh zur Welt gekommen war, ein knappes Jahr nach der Hochzeit, nahm Hiền ihn auf ihre Mittwochsbesuche mit, und vielleicht war es tatsächlich ihm zu verdanken, dass die Gesichter der Schwestern weicher wurden und etwas nachdenklich, dass in den folgenden Jahren in der Schneiderei Lê einige Hochzeitskleider in eigener Sache genäht wurden – und die Münder der Spötter, die den Schwestern den Namen der »Ladenhüterinnen« angehängt hatten, mit weißer Seide gestopft wurden.

8

Vietnamesisch war Minhs erste Fremdsprache. Schneidereisprache. Mittwochssprache. Tantensprache. Sung hatte mit Mây nie in einer anderen Sprache als Deutsch gesprochen. Mây wollte mit ihrem Sohn nicht in einer anderen Sprache sprechen als mit ihrem Mann. Ihr Mann sprach Deutsch mit seiner Mutter. Warum sollte Minh mit seiner Großmutter Vietnamesisch sprechen? Also sprach man bei den Trâns Deutsch, und einmal in der Woche, mittwochs, Vietnamesisch bei den Lês. Über diese Regelung wurde nie ein Wort verloren, weder ein vietnamesisches noch ein deutsches. Noch in seinem ersten Grundschuljahr dachte Minh, dass Vietnamesisch die Sprache ist, die Frauen sprechen, wenn sie nähen. Mit einem Land auf dem asiatischen Kontinent jedenfalls brachte er diese Sprache lange Zeit nicht in Verbindung, so wenig war davon die Rede gewesen.

Und dann kam Minh eines Tages aus der Schule und fragte nach einem Kulturgut aus Vietnam. Seine Großmutter schleppte die alte Holzpuppe, die seit Jahr und Tag hinter dem Vorhang gelagert hatte, in die Aula und erzählte wer weiß was für eine Geschichte. Kurze Zeit später verkaufte

Sung eine Schiffsladung Kegelhüte in seinem Laden, und seine Mutter betrieb eine deutsch-vietnamesische Abendschule. Sie hing ein Poster vom schwimmenden Markttreiben im Delta des Mekong an dieselbe Tafel, von der sein Sohn morgens die Silbentrennung lernte. Unter Sungs fest in Berlin verwurzelten Füßen begann es zu schwanken. Durch alle Verwirrung, durch ein Gestrüpp von Erinnerungen und Gedanken drang er durch zu dieser einen Frage, die alle Welt seiner Mutter schon gestellt hatte. Nur er nicht. Denn er konnte in dem Gesicht seiner Mutter lesen, dass die Antworten, die sie gab, nicht echt waren. Sie blieb den Fragenden etwas schuldig, aber die sahen es nicht. Nur er, Sung, sah es. Er wollte nicht, dass seine Mutter auch ihm etwas schuldig bliebe, aber er wollte auch die echte Antwort nicht hören. Also hatte er nie gefragt: »Mutter, warum sprichst du so gut Deutsch?« Bis ihm diese andere Sprache zu Hilfe kam.

»Tại sao mẹ nói tiếng Đức tốt như thế?« Seine Mutter antwortete ihm, und ihre Antwort dauerte eine ganze Nacht lang. Sie gingen in den Park, sie saßen auf den Stufen eines Denkmals und schoben mit ihren Schuhspitzen die Glasscherben zu kleinen Haufen zusammen. Sie tranken Kaffee in einer Kneipe, die darauf hielt, nicht zu schließen, bevor es hell wurde. Wenn Hiền stockte, stellte Sung eine Frage. Dann sprach sie weiter. Sie blieb ihm nichts schuldig.

Am Ende dieser Nacht wusste Sung, dass er eine Schwester hatte. Eine Schwester, die nicht wusste, dass sie einen Bruder hatte. Er wollte traurig sein aus Mitleid mit seiner Mutter. Aber er war nicht traurig. Im Gegenteil. Er fühlte sich getröstet, denn er war ja gar nicht allein gewesen. Niemals. Er hatte eine Schwester. Immer schon hatte er eine

137

Schwester gehabt. Sie hatte nicht neben ihm am Tisch gesessen und nicht mit ihm um Leckerbissen gestritten, sie hatte ihm nicht die ersten Buchstaben beigebracht und das Schwimmen, sie war nicht im Pausenhof zu ihm gekommen, um schnell ein Butterbrot zu tauschen. Aber sie hätte da sein können, und das änderte alles. Er hatte eine große Schwester.

»Sag es ihr oder sag es ihr nicht – eines Tages wirst du es wissen«, hatte Hiền zu ihm gesagt. Sie wollte ihren Sohn mit der neuen Wahrheit nicht in eine alte Lüge zwingen. Sung hatte genickt. Er war der vietnamesischen Sprache dankbar. Sie gab ihm Zeit für diese Entscheidung, denn sie band Geschwisterlichkeit nicht allein ans gleiche Blut, sondern an die gleiche Gemeinschaft. *Chị:* Sammelanrede für weibliche Personen, die an Jahren den Sprechern etwas voraus waren. Lektion 2 in Hiềns Sprachkurs. Auf Vietnamesisch ließ sich die Wahrheit also sagen, ohne ein Geheimnis zu verraten. *Chị* – »große Schwester«, das konnte unverfänglicher nicht sein und nicht aufrichtiger.

9

Seit Lý Phong ins Puppengeschäft eingestiegen war und die Leute, die in seinen Laden kamen, um Puppen anzusehen und zu bestellen, sich auch an ihn erinnerten, wenn ein Stuhl oder ein Schrank zu reparieren war, hatte er zum ersten Mal, seit er in Deutschland lebte, ja, streng genommen zum ersten Mal in seinem Leben, etwas mehr Geld, als er unmittelbar verbrauchen musste. Weil er inzwischen auch etwas mehr Deutsch konnte, als unmittelbar zum Überleben nötig war, ging er zum Zahnarzt. Lý Phong hatte keine Krankenversicherung. Stattdessen hatte er seit Jahren Schmerzen, vor allem nachts. Mindestens er wusste, dass seine schlechte Laune und sein oft verweigertes Lächeln mit dem Zustand seiner Zähne zu tun hatten. Zur Behebung des schlimmsten Schmerzes müsste das Puppengeld eigentlich reichen, dachte er. Und sein Deutsch zur Verhandlung über den Preis dafür auch.

Mit einem Batzen Geld in der Tasche ging er seine Straße entlang und klingelte bei dem ersten Schild, auf dem er das Wort »Zahnarzt« entzifferte. Er musste nicht weit laufen, allerdings lange warten.

Als er dann, als letzter Patient, ins Behandlungszimmer

durchgelassen wurde, obwohl die Sprechstundenhilfe allergrößte Bedenken geäußert und ihn lautstark als »den Ausländer ohne Karte« angekündigt hatte, war der Zahnarzt müde und eigentlich gar nicht geneigt, langwierige Verhandlungen und mutmaßlich schwierige Behandlungen durchzuführen. Weil er aber noch weniger Lust hatte zu reden, als zu bohren, führte er erst einmal einige äußerst dringliche Arbeiten in Lý Phongs Zahnreihen durch. Als danach sein Patient mit geschwollenem Mund über Geld reden wollte, unterbrach er ihn und fragte, warum er denn so lange nicht den Weg zu ihm gefunden habe. Er müsse doch Schmerzen gehabt haben. Noch während er dies fragte, stieg Unmut über sich selbst in ihm hoch. Die Sache war doch hinreichend klar: Der Mann hatte keine Versicherung. Zum ersten Mal fiel dem Zahnarzt auf, dass er noch nie einen vietnamesischen Patienten gehabt hatte, obwohl es in seiner Straße mindestens fünf vietnamesische Läden gab.

»Geht es vielen so?«, fragte er nach, als ihm Lý Phong ebenso wahrheits- wie erwartungsgemäß geantwortet hatte. Lý Phong nickte und lachte verlegen mit seinem von der Betäubung schiefen Gesicht. Der Zahnarzt erhob sich seufzend aus seinem Stuhl. »Nun lassen Sie sich draußen erst mal noch die nächsten Termine geben«, sagte er, »das andere kriegen wir schon hin.«

Lý Phong verbeugte sich leicht und verstand wieder einmal die Deutschen nicht. Wollte der weiße Mann ihn hier übers Ohr hauen und ihm eine saftige Rechnung schicken, die er nicht würde bezahlen können, selbst wenn er seine Puppen in ganz Deutschland auslieferte, oder war er einfach nur ein freundlicher Mensch, ein ganz besonders freundlicher Mensch? Lý Phong beschloss, es darauf ankommen zu lassen. Der Mann hatte ja ein gutes Gesicht, nur zu müde.

Im Großen und Ganzen war der Zahnarzt jedenfalls kein unfreundlicher Mensch – auch wenn er sich mitten in einer Krise befand und gerade anfing, sich dies einzugestehen: eine klassische Krise in der Mitte des Lebens. Lächerlich normal. Er hatte gehofft, es etwas weiter als bis zur Normalität gebracht zu haben. Allein sein monatliches Einkommen lag deutlich über dem Durchschnitt, und leicht überdurchschnittlich schnell – gemessen an seinem Alter – wechselten die auffallend schönen Frauen an seiner Seite. Er war jetzt im dritten Jahr mit einer dieser Frauen, und obwohl sich sein Beziehungsaustauschrhythmus auf etwa alle fünf Jahre eingependelt hatte, fühlte er sich schon jetzt bedrückt und gelangweilt, wenn sie Stunde um Stunde darüber grübelte, ob in der Westecke ihrer Dachgeschosswohnung, von der aus man bis zum Mauerpark blicken konnte, eine ein Meter hohe Vase stehen solle oder lieber doch eine ein Meter und fünfzig hohe und ob diese Vase aus Glas oder aus Porzellan oder aus Sichtbeton zu sein habe. Sichtbeton. Das konnte nicht alles gewesen sein. Leider hatte der Zahnarzt selbst nicht die geringste Ahnung, welches Andere dieses Alles besser füllen könnte. Er wurde einsilbig und aß ein bisschen zu viel und trank ein bisschen zu viel und fühlte, wie ihm Kopf und Körper schwer wurden.

Jetzt stand er am Fenster und schaute Lý Phong nach. Die Sprechstundenhilfe kam ins Zimmer und fragte, wie mit dem Vietnamesen zu verfahren sei. »Hat er denn keinen Namen?«, fuhr der Zahnarzt sie an. Die Sprechstundenhilfe zog die kunstvoll nachgezeichneten Augenbrauen hoch und schaute auf die Karteikarte: »Lý Phong«, sagte sie.

»Na also«, antwortete der Zahnarzt. »Wir werden gar nicht verfahren, wir werden erst einmal behandeln.«

Die Sprechstundenhilfe ließ ihre Augenbrauen nicht mehr sinken. »Gut«, sagte sie knapp und hätte nicht deutlicher zeigen können, dass sie auf Patienten wie Lý Phong sehr gern verzichten würde. Ihr Chef drehte ihr wieder den Rücken zu. Er sah noch aus dem Fenster, als Lý Phong schon längst hinter der nächsten Straßenecke verschwunden war. Er dachte an seinen Doktorvater, an seine Zeit als Assistenzarzt bei ihm an der Kölner Universitätsklinik. Dieser Doktorvater hatte in der Praxis eines Freundes sonntagmorgens Fernfahrergebisse repariert. Jahraus, jahrein. Unentgeltlich. Ehrenamtlich. »Die haben doch sonst gar keine Zeit«, hatte er gesagt, wenn er auf dieses seltsame Hobby angesprochen wurde, das unter seinesgleichen als sozialromantische Schrulle gegolten hatte. »Und Geld haben sie auch nicht, dafür Sorgen: dass ihre Frau fremdgeht, wenn sie tagelang nicht zu Hause sind, dass die Kinder in der Schule versagen und Fernfahrer werden, dass sie selbst bei der nächsten Kündigungswelle dabei sind. Da nehme ich ihnen doch wenigstens ihren Zahnschmerz ab.«

Später, als der Zahnarzt kein abhängig beschäftigter Assistenzarzt mehr war, sondern längst sein eigener Herr in einer chromblitzenden neuen Praxis, da hatten sie sich auf einer Konferenz in Hamburg über eine Spezialfrage der Prothetik zerstritten und den Kontakt abgebrochen. Aber die Sache mit den Fernfahrern, die hatte er dem starrsinnigen Alten immer hoch angerechnet. Tatsächlich hatte der Zahnarzt sogar mehr als einmal darüber nachgedacht, ob er nicht auch so eine Sonntagspraxis für Trucker einrichten solle. Aber er hatte ja keine Ahnung von Fernfahrern, anders als sein Doktorvater, der selbst aus einer Fernfahrer-familie stammte und ihre Sprache sprach. Wie hätte er mit ihnen ein vertrauensvolles Gespräch eröffnen sollen? »Und, wohin wird Sie Ihr Weg morgen führen?« Oder: »Na, was hatten Sie denn gestern so geladen?« Nein, wieder und wieder hatte er die Fernfahrer verworfen.

Es wurde dunkel, und der Zahnarzt heftete seine Augen an die schmale Sichel des Mondes. Nicht dass er gewusst hätte, wie die Vietnamesen so tickten, aber heute hatte er immerhin schon mal mit einem von ihnen gesprochen – das hatten die Vietnamesen den Fernfahrern jetzt voraus. Als links neben dem Mond die Venus in Stellung ging, stand sein Entschluss fest. Am Sonntagmorgen würde seine Praxis den nichtversicherten Vietnamesen des Viertels gehören: Lý Phong und seinen Leuten. Seine Fernfahrer würden aus dem Fernen Osten kommen. Weit gereiste Menschen haben einen Anspruch auf Sonntagspraxis. Er würde kleine Kärtchen unter die Leute bringen, auf Deutsch und Vietnamesisch. Und gleich diese Woche würde er mit dem neuen Sonntagsbetrieb anfangen.

Irgendwo, im Windschatten dieser ihn ungeheuer belebenden Pläneschmiederei, ahnte er, dass ihm über kurz oder lang sowohl seine langjährige Sprechstundenhilfe als auch seine schöne Freundin dabei abhandenkommen würden. Dass aus seiner ungewöhnlichen Sonntagspraxis der legendäre, ebenfalls ehrenamtliche Dolmetscherdienst »Teeth & Tongue« hervorgehen würde und dass dessen erst auf den zweiten Blick schöne Leiterin ihn sehr viel öfter aufsuchen würde, als ihr tadelloses Gebiss es verlangte, konnte er noch nicht ahnen. Dennoch spürte er schon jetzt eine große Zufriedenheit.

Er ließ das Auto stehen und ging zu Fuß nach Hause. Er wollte doch mal sehen, wie viele vietnamesische Läden es hier tatsächlich gab. Laufen war ohnehin gesünder. Und nach Hause zog es ihn nicht. Als er an der kleinen Nähstube vorbeikam, sah er durch das schmucklose Schaufenster hindurch einen Mann und eine Frau an ihren Nähmaschinen sitzen. Sie spürten seinen Blick und sahen hoch. Der Zahnarzt nickte ihnen zu. Als Nachbar. Die beiden ließen ihn ihr Erstaunen nicht spüren und nickten freundlich zurück.

10

In den ersten heißen Sommertagen wurde das Bezirksamt von der Welle erfasst. Es war die wandernde Parkraumüberwachung, die sie dorthin trieb. Eigentlich lief die Sache übers leibliche Wohl an, vielmehr übers leibliche Unwohl, zunächst. Ein Vertreter der Truppe konnte es vor den wachsamen Augen seiner Frau nicht länger verbergen, dass er auf dem Weg in die Wohnung im dritten Stock zwei längere Pausen einlegen musste, und war energisch von ihr zum Arzt befördert worden.

»Wenn Sie noch was von Ihren Enkeln haben wollen, sollten Sie es mal mit Gemüse und Obst versuchen«, hatte der Arzt gesagt und diesmal das Lächeln weggelassen.

»Ich mein's ernst«, hatte er nachgelegt.

»Wie soll ich das machen bei meinem Job, immer unterwegs – da holt man sich eben schnell eine Currywurst oder was vom Bäcker.«

Der Arzt hatte ihn unerbittlich über den Rand seiner Brille angesehen. »Wo ein Wille ist, ist auch ein Weg«, hatte er entgegnet. »Wenn Sie so weitermachen, werden Sie ohnehin nicht mehr lange unterwegs sein.« Das hatte den Parkraumwächter dann doch ein bisschen erschreckt.

Am Tag nach dem Arztbesuch, als seine Kollegin, auch nicht gerade ein Leichtgewicht, gewohnheitsmäßig zum Würstchenstand einbog, sagte er »Nee, wart mal …« und sah sich suchend um. Obst und Gemüse, hatte der Arzt gesagt. Sein Blick fiel auf die Plastikschachteln mit den Mangoscheiben und den Ananasstückchen, die Hiền frühmorgens geschnitten und Sung in die Auslage vor dem Laden gelegt hatte. Er fand den Preis mehr als akzeptabel und nahm doch noch eine Schrippe, nein, ein Vollkornbrötchen dazu. »Wie jetze«, witzelte die Kollegin, »biste krank?«

»Ja«, antwortete er in plötzlicher Flucht nach vorn. Die Kollegin schaute betreten. Und vor lauter Verlegenheit tat sie es ihm nach und stellte ebenfalls ein Mangoschälchen auf den Tresen. Mây, die heute an der Kasse stand, offerierte den beiden noch ein paar bunte Gäbelchen und das seinerzeit von Gấm gezimmerte Bänkchen vor der Platane. Die beiden uniformierten Hinterteile füllten es gut aus.

Die Mangos waren gar nicht schlecht, und dabei so gemütlich in die Sonne zu blinzeln, das war auch nicht schlecht. Der Ordnungsbeamte verdrängte nur halb erfolgreich die Erinnerung daran, dass er hier vor Jahresfrist einen Zettel mit der Aufforderung, ebendieses Bänkchen zu entfernen, angeklebt und ein Formular in den Laden hineingereicht hatte, auf dem die »Baumscheibeneinzäunung mit Sitzplatz« als »Ausbreitung von Schankflächen auf öffentlichen Gehwegen« und somit als Ordnungswidrigkeit eingestuft wurde, woraufhin eine »rückstandslose Demontage« vonnöten sei. Gut, dass sie in dem Laden offenbar nichts davon verstanden hatten oder nichts davon hatten verstehen wollen, und gut, dass sie selbst im Zuge ihrer Umsetzung zur Parkraumüberwachung bald Anweisung er-

halten hatten, sich fortan mehr auf Hundekot und Gehwegradler zu konzentrieren, die die öffentliche Ordnung
mehr beeinträchtigten als die kaffeetrinkenden Sitzbänkler.
»Hundekot und Gehwegradler, die großen Probleme un-
serer Stadt«, hatte es in der Mitarbeiterversammlung ge-
heißen. Tatsächlich ist so eine Sitzbank vor Obst und Gemüse etwas sehr Ordentliches, dachte der schwere Mann
in Uniform, der mit jedem Mangostreifen begann, sich etwas leichter zu fühlen, und nachdenklich die schlanken Gestalten der vietnamesischen Ladeninhaber und Lieferanten
betrachtete, die vor seinen Augen geschäftig hin und her
trieben.

»War doch gar nicht so schlecht, oder?«, fragte er seine
Kollegin, die mäßig begeistert nickte, den Gedanken an
eine Bratwurst nach der Mangovorspeise aber noch nicht so
ganz aufgeben wollte.

Gemeinsam setzten sie ihren Weg fort, und jedenfalls
fand die Kollegin es sehr angenehm, dass ihr Begleiter heute in gehobener Stimmung war und offensichtlich deutlich
mehr an den verschiedenen Auslagen von Obst und Gemüse am Straßenrand interessiert war als an den Gehweg-
radlern und Hundehinterlassenschaften. Aber da sie selbst
ihrer Natur nach eher friedfertig und anpassungswillig war,
ließ sie es gern gelten und schlenderte an seiner Seite zum
Bezirksamt zurück, wo sie ihn vor den anderen Kollegen
ein bisschen mit seiner Mangodiät neckte, was zu einem
Austausch der Parkraumwächter über die vietnamesische
Küche im Allgemeinen und Besonderen, eigentlich Nudel-
gerichte im Allgemeinen und Ente kross im Besonderen
führte, und damit, diätetisch betrachtet, schon wieder ein
kleines bisschen in die falsche Richtung. Weil man nun ge-

rade so nett zusammenstand und plauderte und eine kühle Fassbrause zum Ausklang des Arbeitstages jetzt genau das Richtige gewesen wäre, erinnerte sich der Dienstälteste laut an die Zeiten, als dort, wo jetzt die Einfahrt zum Parkplatz war, ein Imbiss gestanden hatte. Nichts Dolles, aber immerhin. Etwas Kühles im Sommer und im Winter etwas Heißes hatte es dort gegeben und dazu einen kleinen Plausch. Man stelle sich nur vor, wenn jetzt ein kühles Mango-Lassi und ein paar knusprige Frühlingsröllchen zu haben wären …

Die Erinnerung des Altgedienten an die wer weiß warum abgerissene Imbissbude trug sich quasi wie von selbst in die vietnamesische Community hinein, und jeder, der Augen im Kopf hatte, konnte sehen, dass dort, Parkplatz hin oder her, noch Platz war, viel Platz. So stieß der Antrag auf einen ortsfesten Imbiss, den ein gewisser Nguyễn Văn Huy kurze Zeit später in der Abteilung »stehendes Gewerbe« ebendieses Bezirksamtes stellte, nicht auf taube Ohren. Auch die Mütter vom Spielplatz gegenüber wären gewiss entzückt, wenn sie dort Kaffee gegen ihre Gähnattacken am Nachmittag bekommen könnten und statt Süßigkeiten frische Früchte für ihre hungrige Brut, überlegte der zuständige Sachbearbeiter. Der unabweisliche Gewinn für die Gesamtversorgungslage im Umkreis des Amtes machte es dem Beamten leicht, dem gebürtigen Vietnamesen Nguyễn Văn Huy seinen Imbiss zu genehmigen. Dass ihm, der zum Ersten ein ausgebildeter Historiker und erst zum Zweiten ein umgeschulter Sachbearbeiter war, dieser fremde Name gar nicht so fremd war, sondern ihn an die vielen Nguyễns erinnerte, hinter denen sich der von den Geheim- und Sicherheitsdiensten verfolgte Held seiner Magisterarbeit »Die Befreiung von kolonialer Herrschaft am Beispiel Vietnams«

verbarg: Nguyễn Ái Quốc, Nguyễn Sinh Cung, Nguyễn Tất Thành – allesamt identisch mit Hồ Chí Minh, mochte zur Reibungslosigkeit des Verfahrens durchaus beigetragen haben.

Wenige Wochen später jedenfalls stand Nguyễn Văn Huys Imbiss mit allem Drum und Dran. Doch nicht nur er machte gute Geschäfte. Die vietnamesischen Köche im Kiez konnten sich insgesamt über satte Zuwächse freuen, die Bouletten-, Wurst-, und Frittenindustrie dagegen hatte gewisse Verluste zu verzeichnen. Es kam mehr Vitamin C unter die Leute und weniger Fett. Und das ohne jede Kampagne. Es war die Bewegung selbst: Die kollektive Stimmung hob sich mit dem sinkenden Gewicht der Individuen. Den Vogel aber schossen die beiden schicken Mädels ab, die zur Verstärkung der Parkraumüberwachung durch das Arbeitsamt requiriert worden waren und gar keine Probleme mit der schlanken Linie hatten, dafür mit der Sonne, die ihnen die frisch getönten Haare ausblich. Eines schönen Abends bogen sie mit Kegelhüten auf ihren Köpfen in die Pforte des Bezirksamtes zur nachdienstlichen Zusammenkunft ein. Dass die beiden Witzbolde ihre *nón lás* tags zuvor in den Farben der Uniform gestrichen und sogar mit einem breiten Reflektorband ausgestattet hatten, machte die Vorgesetzten, und das war kalkuliert, mundtot. Das Argument mit dem Sonnenstich und anschließender Krankschreibung über mehrere Wochen hinweg brauchten sie gar nicht mehr anzubringen.

Diese eigenwillige Uniformerweiterung war für alle gut, nicht nur für das Lebensgefühl der beiden Trendsetterinnen, sondern auch für die älteren Kollegen, die ihre beginnende Glatze auf eine Weise schützen konnten, die ungleich

schicker war als die Mützen, die ihnen die Bezirkskleider-
kammer zur Verfügung stellte, und nicht zuletzt für die
Gehwegradler und die Hundehalter, die die *nón lás* jetzt
schon von Weitem kommen sahen und schnell ein Stückchen vom Gehweg auf die Straße kurven oder demonstrativ
ein Plastiksäckchen mit dem Aufdruck »Stadt und Hund«
vom Handgelenk baumeln lassen konnten.

Als der Sachbearbeiter eines Abends durch eine An-
sammlung blau-silberner Kegelhüte vor Nguyễn Văn Huys
Imbiss zu seinem Auto ging, schaute er, bevor er einstieg,
noch eine ganze Weile auf das Bürgeramt, wie es dalag,
sonnenbeschienen, in der schönen Staffelung seiner Dächer, davor Nguyễn Văn Huys Imbiss mit den roten Laternen – er schaute so lange, bis er nicht mehr ein Ostberliner
Bürgeramt sah, das einmal ein Siechenhaus gewesen war,
wie er als ein an seiner Umgebung interessierter Historiker
sehr wohl wusste, sondern eine alte zentralvietnamesische
Königsstadt: Huế. Dann stieg er ins Auto mit einer verwe-
genen Idee, die ihm im Sinne seiner politischen Biografie
allerdings höchst angemessen vorkam. Und nicht nur seiner
eigenen ...

Am nächsten Morgen flatterte eine wirklich große, ja,
eine überdimensionale rote Flagge mit dem Porträt Hồ Chí
Minhs vom höchsten Dach des Geländes und an den Zäu-
nen waren Flugblätter befestigt, die zu verstehen gaben,
dass Hồ Chí Minh nicht nur ein vietnamesischer Revolu-
tionsführer gewesen sei, ein politisches Schwergewicht
des 20. Jahrhunderts sozusagen, sondern in jungen Jahren
erst ein Leichtmatrose, dann ein Hilfskoch unter dem be-
rühmten Maître Escoffier im Londoner Hotel »Carlton«,
anschließend Fotoretuscheur in Paris, im 17. Arrondisse-

ment, und dann Agent der Kommunistischen Internationale, untergetaucht in Berlin und von niemand anderem als den hiesigen Arbeitern geschützt! Da standen die Leute, die ihre Kinder in die Kita brachten oder einen Pass beantragen wollten, freundlich plaudernd davor und sagten: »Echt jetzt? Is ja 'n Ding!«

Unauffällig mischte sich der marxistisch-leninistisch ausgebildete Historiker, den die Wechselfälle des Lebens ins Amt für Gewerbeangelegenheiten gebracht hatten, unter die Leute und diskutierte mit. Er kam anderthalb Stunden zu spät ins Büro und kassierte eine spitze Bemerkung, aber er hatte zwei Menschen gefunden, auf die er lange Zeit gewartet hatte: einen aus Offenburg zugezogenen Familienvater in Elternzeit, der über die altlinke Fahne im Morgenlicht gespottet hatte und hinsichtlich der philosophischen Grundlagen des Leninismus Ansichten vertrat, die von seinen eigenen weiter nicht hätten entfernt liegen können, aber interessant waren, sehr interessant, sowie einen kubanischen Koch, dessen Vater und Großvater die Sache Lenins zeitlebens verfochten hatten und der nach beider Tod nicht wusste, ob er ihr politisches Erbe antreten sollte oder nicht. Mit den beiden diskutieren zu können! Endlich einmal ernsthaft diskutieren zu können!

Sie hatten sich zu einer kleinen Geschichtswerkstatt verabredet. Treffpunkt: Imbiss Nguyễn Văn Huy. Und der wiederum, weder verwandt noch verschwägert mit Hồ Chí Minh, jedoch aufgewachsen als Sohn zweier Việt cộng-Aktivisten, hatte, wie sich alsbald herausstellen sollte, nicht nur kulinarisch, sondern auch inhaltlich einiges zu diesen Treffen beizusteuern. »Huế«, sagte er zu dem Sachbearbeiter, der seinen Imbiss genehmigt hatte und die Sache Hồ Chí Minhs hochhielt, »war ein Sieg für 23 Tage, und ein furchtbarer. Danach haben meine Eltern die Uniform ausgezogen. Wollt ihr wissen, warum?« Er sollte das vierte Gründungsmitglied des Vereins *Nachdenken Lernen Forschen e. V.* werden. Dass man darin die Initialen des »Front National de Libération« wiederfinden konnte, zauberte ein feines Lächeln in Nguyễn Văn Huys Gesicht, aber er hing es nicht an die große Glocke. Es wäre der Sache nicht förderlich gewesen.

Von dieser Entwicklung ahnte Nguyễn Văn Huy freilich noch nichts, als ihn am Tag der roten Fahne die amtlicherseits herbeigerufene Polizei befragte. Bei Hiền hatte er bereits genug Deutsch gelernt, um glaubhaft versichern zu können, dass er mit dieser Fahne dort nichts, rein gar nichts zu tun habe. Halbherzig wurden die Spuren in die gehobenen Dienstzimmer des Bezirksamtes hinein verfolgt, wo sie sich dann irgendwie verloren. Ein zertifizierter Höhenarbeiter wurde bestellt, um die Flagge abzumontieren. Der kam aber erst am übernächsten Tag. So wehte der Geist von Hồ Chí Minh knapp 48 Stunden lang über dem Bürgeramt Prenzlauer Berg, Bezirk Pankow von Berlin. Zeit genug, um die Reporter und Fotografen, unter denen sich die Neuigkeit über dieses sensationelle Bild wie ein Lauffeuer verbreitete, aus allen Teilen der Stadt und auch von weit jenseits der Stadt- und Landesgrenzen anzulocken. Ihre Fotos gingen um die Welt. Und obwohl die größtenteils seriöse Berichterstattung einen politischen Systemwechsel in Deutschland ausschloss, waren nicht wenige Leser der regionalen, der überregionalen und der internationalen Presse davon überzeugt, dass die Mauer wieder aufgebaut worden sei und man ab sofort wieder ein Visum benötigte, um nach Ostberlin einreisen zu dürfen.

Dass Hồ Chí Minh gar nicht in der linken Arbeiterschaft des Prenzlauer Berges untergekommen war, sondern in einer Neuköllner Gartenlaube, was der Historiker natürlich wusste, aber aus strategischen Gründen und denen höherer Gerechtigkeit verschwiegen hatte, und dass der zertifizierte Höhenarbeiter die Hồ-Chí-Minh-Flagge keineswegs ordnungsgemäß der Polizei übergab, sondern mitsamt seiner Ausrüstung im Kofferraum seines Kombis verstaute, weil er nicht ausschloss, dafür noch gute Verwendung zu finden – das ging in dem ganzen Rummel einfach unter.

11

In den Buchläden des Viertels dachte man erst, es sei leicht, auf den Zug aufzuspringen. Es konnte doch wohl nicht allzu schwierig sein, die vietnamesische Karte zu ziehen und das Schaufenster mit Literatur aus dem Land zwischen den Deltas von Rotem Fluss und Mekong zu bestücken. Aber so war es nicht. Die Buchhändlerinnen durchsuchten die Verlagsprogramme und fanden Reiseführer in Hülle und Fülle – und ansonsten nahezu nichts. Wo waren denn all die dicken übersetzten Romane, die Lyriksammlungen, die Graphic Novels der Youngster aus Saigon, ah, falsch, Hồ-Chí-Minh-Stadt? Die Buchhändlerinnen ärgerten sich, dass ihre Schaufenster denen des Reisebüros zum Verwechseln ähnlich sahen, und saßen noch nach Feierabend lange am Computer, um vietnamesische Bücher, echte vietnamesische Bücher aufzutreiben.

In entlegenen Kunstbuchverlagen bestellten sie großformatige, unfassbar teure Bildbände, auf deren brüchig gewordener Plastikfolie der Staub einer langen Lagerzeit nur notdürftig entfernt worden war, und legten in großzügigen Abständen einige Reiseführer und zwei Übersetzungen französischer Romane dazwischen, die in Vietnam spielten.

Eine der Buchhändlerinnen war nach den langen nutzlosen Recherchen auf Krawall gebürstet, telefonierte sogar mit zwei, drei großen Verlagen und stellte die Lektoren zur Rede, warum das Segment Vietnam bei ihnen eigentlich so sträflich vernachlässigt werde. Hatte das Land nicht etwa eine reiche Tradition? Sogar einen Literaturtempel gebe es in Hanoi. Bitte schön, welches Land, welche Stadt könne dies schon von sich behaupten? Und hätten nicht die Revolution, der Krieg, die Wiedervereinigung eine Literatur hervorgebracht, die es sich auch hierzulande zu lesen lohnte? Das könne sie gar nicht glauben. Und Vietnamesisch dürfte doch wohl auch nicht schwerer zu übersetzen sein als Chinesisch und Japanisch. Einer der Cheflektoren, den die Buchhändlerin im fernen Frankfurt zu fassen bekommen hatte, war verwirrt über die Vehemenz der Nachfrage, stimmte in der Sache aber zu. Er wolle sich in nächster Zeit mal darum kümmern. Ja, versprochen, ja doch, danke für den Hinweis. Und Gruß nach Berlin. »Ich frage wieder nach«, drohte die Buchhändlerin, die zu großer Form aufgelaufen war.

»Tun Sie das«, antwortete der Lektor, legte mit einem tiefen Seufzer auf und bestellte mit dem Kaffee eine Praktikantin in sein Büro, die er mit den Worten »Sie sprechen nicht zufällig Vietnamesisch?« empfing.

Der älteste Antiquar des Viertels, der schon Antiquar gewesen war, bevor die Mauer gebaut wurde, und der nicht aufgehört hatte, Antiquar zu sein, nachdem diese Mauer längst wieder abgetragen worden war, lachte sich ins Fäustchen und begann sein Schaufenster opulent zu dekorieren. Eine Sternstunde abgewickelter DDR-Verlage würde es werden, jawohl. Ganz vorne, sodass die Kinder sie gut sehen konnten, legte er die alten Bummi-Hefte aus, mit den Bastelbögen und Bildgeschichten aus Vietnam und den Spendenaufrufen darin: Geld und Briefmarken für die Betten vietnamesischer Kinder. Ein Grußwort von Walter Ulbricht: »So kleine Kinder können schon an die Kinder in Vietnam denken. Das ist aber sehr, sehr schön!« Der Antiquar kicherte. Dann kamen die Gedichtbände. Gedichte von Kindern. Kindern, denen der Krieg ihre Kindheit genommen hatte und die diese Kindheit mit ihren eigenen Worten wiedergewinnen wollten: *Mein Drachen ist so satt vom Wind.* Er erinnerte sich daran, wie dieses Büchlein damals in seinen Laden gekommen war, im Nachlass eines viel zu früh verstorbenen Lehrers. Wie er darin geblättert hatte und ihm dieser ferne Krieg so nahegekommen war, wie er einem, der selbst ein Kriegskind war, nur nahekommen konnte. All die Jahre hatte es in dem Regal »Anthologien in Übersetzungen« gestanden, niemand hatte sich je dafür interessiert.

Jetzt radierte der Antiquar mit seinen alten, nicht mehr sehr geschickten Fingern den Preis aus der vorletzten Seite und stellte ein kleines Kärtchen neben das Buch: unverkäuflich. Dann konnte er noch mit fünf Bänden vietnamesischer Märchen aufwarten, ein jeder von ihnen aufwendig illustriert: phantastische Holzschnitte, prächtig kolorierter Linoldruck, burlesk-verträumte Graphik – feinste tschechische Schule –, verspielte Ornamentik, zarte Aquarelle. Und allesamt übersetzt direkt aus dem Vietnamesischen, die Vorworte aus der Feder angesehener Wissenschaftler. Die Verlage hatten durchaus auf sich gehalten. Er setzte die Preise ein gutes Drittel hoch. Zum Schluss baute er einen kleinen Sockel für sein Prachtstück: *Das Mädchen Kiều.*

Das Nibelungenlied der Vietnamesen. Nur schöner. Ein Nationalepos in 3254 Versen, nachgedichtet in deutschen Jamben, angefertigt in nahezu sieben Jahren Arbeit von einem sprachbegabten Ehepaar. Noch vor dem amerikanischen Krieg. Und den Mann hatte er gekannt. Gekannt war vielleicht ein bisschen zu viel gesagt. Er war einmal hier gewesen, im Laden, und hatte zwei Stunden lang gestöbert. Wie sie damals ins Gespräch und dabei von Gottfried Keller auf Nguyễn Du gekommen waren, vom Grünen Heinrich auf die Geschichte von Kiều, wusste er heute nicht mehr zu sagen, aber dass es so gekommen war, war ihm lebhaft in Erinnerung. Es war eine jener Unterhaltungen gewesen, die das Salz in der Suppe seines Berufs ausmachten.

Er lächelte zufrieden in sich hinein und fächerte das Buch mit den anmutigen Pinselstrichen einer Grafikerin aus dem Mecklenburgischen etwas auf, um ihm einen festen Stand auf dem Sockel zu verschaffen. Direkt daneben stellte er die vietnamesische Fassung, eine einfache, vielgebrauchte Taschenbuchausgabe. Er hatte sie vor Jahren einer Vietnamesin abgekauft, die offenbar äußerst dringend Geld brauchte. Sie hatte ihm alle ihre kleinen deutsch-vietnamesischen Sprachführer sowie sage und schreibe zwölf französischsprachige Bücher über Korallenriffe angeboten – und, zuletzt, ihre Ausgabe von *Thuý Kiều* mit einigen schwachen Bleistiftanstreichungen. Sie schien verzweifelt und kurz davor zu sein, sich selbst zu verkaufen, wenn er ihr diese Bücher nicht für etwas Geld abnehmen würde. Der Antiquar ahnte natürlich schon damals, dass er zeit seines Lebens auf den französischen Korallenriffen sitzen bleiben würde, aber er nahm sie seufzend entgegen, fragte die junge Frau nach dem Titel des vietnamesischen Buches, zeigte ihr sogar die deutsche Übersetzung, was sie in maskenhafter Freundlichkeit geschehen ließ, und zahlte ihr einen mehr als anständigen Preis. Als er ihr das Geld entgegenhielt, fiel alle Verhaltenheit von ihr ab, und sie strahlte ihn an, als habe er sie mit diesem 50-Euro-Schein vor der Hölle gerettet. Und vielleicht war es ja auch so. Er schlug das vietnamesische Taschenbuch in der Mitte auf, bewunderte wieder die mit Punkten, Strichen, Häkchen umwickelten, vertrauten und doch fremdartigen Buchstaben und stellte vor die beiden Bücher das Schildchen »Preis auf Anfrage«. Er wollte, dass sie in gute Hände kamen.

12

Dass im Mai die Zahl der Eheschließungen sprunghaft ansteigt, um dann allmählich wieder zu sinken, war in Berlin-Prenzlauer Berg bislang nicht anders gewesen als in anderen Städten und Städtchen der Republik. In diesem Jahr jedoch änderte sich etwas. Nach dem turnusmäßigen Romantikpeak mit Maiglöckchen und Blütenregen ging die Zahl nicht zurück, sie stagnierte nicht, sondern stieg kontinuierlich weiter an. Im Standesamt diskutierte man über die möglichen Gründe für diese ungewöhnliche Entwicklung. War es eine neue Steuergesetzgebung mit Vergünstigungen für Verheiratete, war es Nguyễn Văn Huys prächtige Hochzeitsriksha, die unter den roten Laternen zur Vermietung für Frischvermählte bereitstand, oder war es einfach nur die gute Stimmung im Kiez? Eine gestandene Kollegin in den besten Jahren brachte es ungeniert auf den Punkt.

»Es sind die Hormone«, sagte sie. »Der Mai liegt sozusagen kurz vor Zyklusmitte. Die Hormone steigen steil an.« Sie malte eine beeindruckende Steilkurve in die Luft. »Dann: der Eisprung.« Sie schnipste mit den Fingern. »Und danach sinken sie normalerweise wieder ab.« Ihre Hand fiel schlaff auf die Tischplatte zwischen die Kaffeetassen.

»Aber jetzt steigen die Hormone weiter an.« Ihre Hand war wieder auf Höhenflug. »Na, was bedeutet das?«

Ihre drei Kollegen, allesamt um die sechzig, und ein jeder von ihnen ein Familienvater, sahen sie ebenso irritiert wie gespannt an. Die junge Auszubildende wurde rot.

»Der Prenzlauer Berg geht schwanger«, beendete die Beamtin, die weder zu alt noch zu jung war, um das Leben von seiner natürlichsten Seite zu nehmen, ihren kleinen Vortrag und zog augenzwinkernd von dannen.

Das war eine ebenso kurze wie treffende Beschreibung. Der Prenzlauer Berg trug tatsächlich etwas aus; etwas, das mit seiner Geschichte zu tun hatte und mit seinen Leuten. Seinen Leuten, zu denen jetzt mehr und mehr auch die Phúcs, Longs und Duys, die Ngọcs, Tús, Jennys und Trungs gehörten. Aber so direkt hätte man das zu diesem Zeitpunkt noch gar nicht sagen können. Es lag sozusagen erst in der Luft – obwohl seit geraumer Zeit im Standesamt Prenzlauer Berg auch vietnamesische Ehen und zuweilen, selten allerdings, deutsch-vietnamesische Ehen beurkundet wurden. Ehen, die zu Mauerzeiten unerwünscht gewesen waren und deren Anträge man einfach auszusitzen hatte, bis sie sich, irgendwie, erledigt hatten.

Noch lange nachdem die launige Runde sich mit ihren Kaffeetassen wieder in ihre Büros verzogen hatte, nickte einer der betagteren Standesbeamten vor sich hin. Ja, das hatte die Kollegin ganz gut auf den Punkt gebracht. Dass sich vor und in seinem Amt eine beschwingte Stimmung hielt, hatte natürlich auch er bemerkt, aber er hätte es nicht wie sie in Worte fassen können. Überhaupt war er kein Mann der großen Worte. Seine kurzen Ansprachen vor den zur Trauung entschlossenen Paaren waren immer eher

160

spröde. Dafür schrieb er sehr schön. Das war seine eigentliche Bestimmung. Schönes Schreiben von Namen und Daten. Schon als Schüler hatte er einen Hefter voll mit Vorlagen von Schrifttypen besessen, die er sich von einem Kunstmaler in der Schönhauser Allee zusammengeschnorrt hatte. Während seine beiden Brüder draußen herumbolzten, übte er mit der Rohrfeder Rundgotisch und Kanzleischrift, karolingische Minuskeln und Sütterlin. Der wird mal Schriftgelehrter, hatten alle gesagt. Aber dann musste er doch ins Büro. Als klar war, dass er aus dem Büro nicht mehr rauskommen würde, ließ er sich so lange versetzen, bis er dort war, wo er wenigstens schön schreiben durfte.

Drei Jahre hatte er noch. Und nun gab's in diesem vorvorletzten Jahr noch mal richtig viel zu tun, obwohl doch die jungen Leute heute gar nicht mehr so scharf aufs Heiraten waren. Eine Wohnung fanden sie auch so, dazu brauchten sie keinen Schönschrieb vom Standesamt, höchstens einen Vordruck vom Sozialamt. Aber sie kamen dennoch, nicht nur die Jungen, sondern auch die Mittelalten und sogar solche, die, wie er selbst, schon deutlich auf die Rente zugingen. Und nur sehr wenige unter diesen Paaren aller Altersstufen waren Vernunft- und Versorgungseheschließer. Für die hatte er nämlich ein besonderes Gespür. Und dann konnte er durchaus noch spröder werden. Er hatte im letzten Jahr eine Reduktion seiner Arbeitszeit beantragt, und sie war genehmigt worden. Nun aber suchte ihn sein Vorgesetzter auf und bat ihn händeringend, wieder auf hundert Prozent zu gehen, mindestens über den Sommer, denn spätestens im November müsste der Andrang doch wohl nachlassen. Wer wollte denn schon im Hochnebel heiraten oder bei Nieselregen knapp über dem Gefrierpunkt, zwischen Totensonntag und Volkstrauertag?

»Abwarten«, entgegnete der Standesbeamte. Der Vorgesetzte, ein gebürtiger Rostocker, geriet mit den Leuten, die sein Amt bevölkerten, öfter mal an die Grenze des Verstehens. Der Standesbeamte aber war von hier, von mittendrin. Zur Welt gekommen in der Kopenhagener Straße – vorne raus die S-Bahn Richtung Schönhauser, hinten raus das Flutlicht des Jahnstadions. Er wusste sehr gut, dass es im Prenzlberg immer noch mal anders kommen konnte. Er jedenfalls würde nicht dafür die Hände ins Feuer legen, dass sich der Mai-Gipfel nicht bis nach Weihnachten zu einem Hochplateau auswachsen würde. Er nickte: »Also gut, wenn es denn sein muss, hundert Prozent.«

Nach dem kleinen Vortrag seiner Kollegin konnte sich der Standesbeamte als eine Art Hebamme für den schwanger gehenden Prenzlauer Berg verstehen. Das Bild gefiel ihm immer besser. Vielleicht war er auch besonders empfänglich dafür, weil seine Tochter gerade ihr zweites Kind erwartete und er sich auf dieses Kind freute, so, wie er sich auf jedes seiner eigenen vier Kinder und auf sein erstes Enkelkind gefreut hatte, das er oft aus der Schule abholte, wenn die Tochter noch arbeitete. Den Kindern zuliebe hatte er ja auch die 30 Prozent seiner Arbeitszeit auf Familienzeit umschichten wollen. Nun gut.

Er ging durch den Spätsommerabend nach Hause und blieb vor einem Schaufenster stehen. Diese Schrift, die sein geübtes Auge im Vorübergehen sofort registriert hatte, war doch wirklich etwas Besonderes. Wie ein kleiner Junge, der sich vor Weihnachten seine Nase am Schaufenster vor den Ritterburgen platt drückt, pirschte er nah und näher heran,

um das Büchlein auf dem Sockel besser ins Auge fassen zu
können. Schöne fremde Schrift. Buchstaben, die er lesen
konnte, jedoch mit zarter Garnitur. Diakritische Zeichen
nannte man das. Nach einer ihm unbekannten und doch,
wie es schien, äußerst wohlbedachten Ordnung waren sie
im Feld der Buchstaben verteilt. Er stand lange vor dem
Schaufenster und versuchte, sich schon mal das eine oder
andere einzuprägen. Morgen, nahm er sich vor, wollte er
gleich nach Dienstschluss in den Laden gehen. »Preis auf
Anfrage«, stand dort. Hoffentlich war es nicht zu teuer.

Als er den Antiquar am nächsten Tag fragte, zierte der
sich ein bisschen. »Eigentlich sollen die beiden zusammen-
bleiben«, meinte er und zeigte auf die deutsche Übersetzung von *Thuý Kiều*. Der Standesbeamte nahm sie kurz zur
Hand, konnte jedoch keinerlei Bezug finden zu einem Buch,
das in höchst normalem Druck Vers auf Vers häufte. Seine
lyrische Ader war äußerst blutarm.

»Das wichtigste Werk in der vietnamesischen Literatur«,
sagte der Antiquar, der vorsichtig erproben wollte, ob dieser
Kunde nicht doch ein potenzieller Käufer sein könnte.

»Hm«, murmelte der nur und vertiefte sich wieder in die
Schrift, deren Struktur sich ihm langsam erschloss, ohne
dass er ein einziges Wort hätte aussprechen können. »Einzeln ist es nicht zu haben?«, fragte er dann noch einmal
nach. Der Antiquar schüttelte den Kopf und stellte die beiden Bücher wieder auf den Sockel.

»Tut mir leid«, sagte er. »Da ist zusammengewachsen,
was zusammengehört.« Komischer Kauz, dachte er bei
sich. Aber weil er selbst einer war, hatte er eine gewisse
Sympathie für ihn. Eigentlich schade, dass der Mann so
übertrieben einseitig interessiert war.

Immerhin kam er wieder, fünf Mal in drei Wochen. Und immer wieder holte der Antiquar für ihn das Taschenbuch der Korallengärtnerin vom Sockel. Nicht, dass er inzwischen nicht weitere Anfragen erhalten hatte. Doch er wollte keine Modekundschaft, er wollte jemanden ganz Ernsthaftes, einen mit Sinn für Literatur und Geschichte. Wofür der komische Kauz einen Sinn hatte, hatte er noch nicht herausfinden können. Aber jedenfalls zeigte er ein hohes Interesse und eine gewisse Anlage zur Treue. Das war schon mal gut. Es konnte noch etwas daraus werden.

Es musste ungefähr der dritte Besuch gewesen sein, als der Kunde, aus dem vielleicht doch noch ein Käufer werden konnte, nach intensivem Studium einiger Seiten im Buch der Korallengärtnerin seinen Kopf hob und fragte: »Was für eine Schrift ist das eigentlich?« Der Antiquar sah auf und hatte Mühe, nicht laut aufzulachen. Der war ja noch viel merkwürdiger, als er gedacht hatte. Studierte stundenlang die Buchstaben und hatte nicht die leiseste Ahnung, in welcher Sprache er da unterwegs war.

»Vietnamesisch«, antwortete er.

»Ich dachte, die schreiben wie die Chinesen«, sagte der Standesbeamte.

»Früher einmal«, erwiderte der Antiquar, der von Berufs wegen Universalgelehrter war. »Dann haben sie sich die Sache leichter gemacht und sind aufs Lateinische gegangen – aber mit Häkchen, sozusagen.«

Beide lächelten und beugten sich jetzt gemeinsam über das Buch. Es entspann sich ein schönes Gespräch über alte Handschriften, in dessen Verlauf etliche Faksimiles bedeutender Werke aus verborgenen Winkeln des Antiquariats zutage gefördert und hereinkommende Kunden recht unwirsch abgefertigt wurden. Dieses Gespräch setzten sie bei den nächsten Besuchen einfach fort. Immer wieder blätterte der Standesbeamte in dem fremdartigen Buch, das ihn hierhergebracht hatte, und die Frage des Kaufes und des Kaufpreises rückte dabei zunehmend in den Hintergrund.

Es dauerte, bis der Standesbeamte realisierte, dass die vietnamesische Schrift ursächlich mit der vietnamesischen Sprache verbunden war und dass dies die Sprache war, in der leibhaftige Menschen in seiner unmittelbaren Umgebung, nämlich zum Beispiel die Obst- und Gemüsehändler, bei denen er einkaufte, sich verständigten. Und noch länger dauerte es, bis eine Erinnerung in ihm hochstieg, langsam und unerbittlich. Schließlich stand sie ihm so deutlich vor Augen, dass er meinte, es müsse erst gestern gewesen sein, als er vor den Auslagen dieser Läden angehalten und seinen Enkel, der gerade in die zweite Klasse gekommen war, die Rechtschreibfehler auf den Pappschildchen hatte finden lassen. Es waren ihrer viele gewesen. Das hatte die Sache so ergiebig gemacht.

Dass die vietnamesischen Obst- und Gemüseverkäufer die Namen der Früchte aufschrieben, wie sie sie aus dem Mund der Deutschen vernahmen, und dass offenbar diese Deutschen kein orthografisch reines Deutsch sprachen, dieser Gedanke war ihm damals nicht gekommen; genauso wenig wie das Empfinden dafür, dass es nicht gerade nett war, sich vor jemandes Laden aufzustellen und Fehler zu suchen – und zu zählen. Ja, genau, sie zu zählen. Denn sein Enkelsohn musste ja nicht nur schreiben, sondern auch rechnen lernen. Da hatten sie die Fehler vom Obst mit denen vom Gemüse zusammengezählt. Eine gute Übung fürs Kopfrechnen. Und dann hatte einmal einer der Verkäufer vor ihren Augen rasch die Kärtchen zusammengesammelt und nicht mehr hochgesehen, als sie an der Kasse ihr Obst bezahlten.

Der Standesbeamte saß allein in seinem Büro, als ihn dieses Erinnerungsbild überfiel, und trotzdem wurde er rot, und der Hemdkragen wurde ihm eng. Diese Leute, die diese wunderbare Schrift für eine Sprache verwendeten, die als einzige dieser Welt sechs Tonhöhen mit diakritischen Zeichen zu unterscheiden wusste, auf ihre Schwäche im Umgang mit der tonlosen deutschen Sprache zu stoßen, einer Sprache, die ihnen niemand beigebracht hatte, eine Schwäche zumal, die den Verkauf von Äpfeln und Spitzkohl keineswegs beeinträchtigte, das war eine schlimme Sache. Und das auch noch vor, ach was, *mit* seinem Enkel. Was für ein Vorbild er abgegeben hatte!

Er war voller Reue, aber es vergingen noch etliche Tage, bis er endlich auch noch die Linie zu seiner eigenen Schreibpraxis gezogen hatte, die kaum rühmlicher war als die phonetisch wiedergegebenen Apfelsorten in den vietnamesischen Läden. Hatte er nicht bei Trauungen vietnamesischer Paare die Namen ganz ohne diakritische Zeichen geschrieben, nackt und ignorant? Sein Unvermögen, das nun offen vor ihm lag, traf ihn auch in seiner Berufsehre. Er wusste, er musste jetzt handeln. Es besser machen. Ungewöhnlich schnell für seine Verhältnisse fragte er sich zu einem Vietnamesisch-Kurs durch und landete bei Hiền in der Grundschule.

Er wurde einer ihrer gelehrigsten Schüler und war unbestritten Klassenbester in den schriftlichen Arbeiten. Hiền war voller Bewunderung und legte ihm auch das Studium der birmanischen Kringel, der koreanischen Kästchen und der kambodschanischen Rundbögen nahe. »Du kannst doch Gasthörer sein«, sagte sie. Sung hatte ihr damals von den alten Männern erzählt, die, nachdem sie vierzig Jahre lang eine Sparkassenfiliale geleitet oder in einem Dentallabor Zahnkronen modelliert hatten, es nun noch einmal wissen wollten. Zum Beispiel, wie sich die Sache mit Tutanchamun wirklich verhielt: ermordet oder nicht ermordet? Oder unter welchen Umständen eigentlich das Parthenon zur Schatzkammer des Attischen Seebundes geworden war. Zu diesem Zweck schrieben sie sich an der Uni ein, drückten dort die hinteren Bänke und studierten voller Neugier und mit einer Gewissenhaftigkeit, die die Jungspunde, die schließlich nicht nur zum Studieren nach Berlin gekommen waren, amüsierte. Dieser Fall hier schien Hiền ganz ähnlich gelagert zu sein. Der Standesbeamte biss sofort an und erwog schon wieder die Möglichkeiten einer Frühpensionierung, diesmal zu Studienzwecken. Aber zunächst ging er los und kaufte dem zufrieden lächelnden Antiquar die beiden Kiều s zu einem wohlfeilen Preis ab, den der Standesbeamte ohne Erfolg versucht hatte, in die Höhe zu treiben.

Zu Hause schnappte sich seine Frau das Versepos über die Schöne, die sich in bitterer Armut verkaufen musste und doch ihre Würde nicht verlor, und las ihm die klingendsten Stellen daraus vor – wie damals, noch vor ihrer Heirat, als sie ihm, dem Banausen, ihre Lieblingsgedichte von Uhland vorgetragen hatte, schaurig-schön: *Der Alte sprach zum Jungen: »Nun sei bereit, mein Sohn! / Denk' unsrer tiefsten Lieder, stimm' an den vollsten Ton, / Nimm alle Kraft zusammen, die Lust und auch den Schmerz; / Es gilt uns heut' zu rühren des Königs steinern Herz ....«* »Des Sängers Fluch« hatte den Standesbeamten damals wenig gerührt.

167

Nun gab er sich mehr Mühe mit dem Zuhören als damals: »*Weit geht Ihr Ruf, / sprach Kim, / auf der Gitarre Meisterin zu sein. / Seit langem lieh / ich von Chung Ky / das Ohr mir in der Hoffnung, einst / das Lied der Wasser und der Berge zu erlauschen ...*« Da war Musik drin, oder? Außerdem ließ er sich die Unterlagen über Gasthörerschaft vom Institut für Asien- und Afrikawissenschaften schicken. So könnte er auf seine alten Tage doch noch ein Schriftgelehrter werden.

Vorerst jedoch hatte er noch zahlreiche Eheschließungen im heiratswütigen Prenzlauer Berg zu beurkunden. Darunter eine, die ihm lange nicht aus dem Kopf gehen würde, weil sie ihm zu Herzen ging. Sie hatte sich eine tieforangene Blüte ins graublonde Haar gesteckt, er trug einen Anzug mit Stehkragen. Beide waren geschieden, sie waren keineswegs mehr jung, aber sie waren ein schönes Paar. Das Schönste an ihnen war, dass sie sich nach der Trauung gar nicht küssten, sondern sich nur so zart und überrascht die Hände reichten, als hätten sie sich gerade eben zum ersten Mal gesehen und sich in ebendiesem Moment entschieden, auf ewig beieinander zu bleiben. Als sei er, der Standesbeamte, nur zufällig anwesend. Mit den personellen Angaben des Ehemannes hatte er es so gehalten wie immer seit jenem einsamen schamerfüllten Nachmittag in seinem Büro. Er konsultierte das deutsch-vietnamesische Lexikon in seinem Regal. In Zweifelsfällen recherchierte er im Internet, und manchmal ging er in Sungs Laden, kaufte Obst und Süßigkeiten, fragte nach Hiền und vergewisserte sich der korrekten Schreibweise. Als Lý Phong sah, dass sein Name, der seiner Eltern und der seines Dorfes mit aller Raffinesse der vietnamesischen Schrift geschrieben waren, noch dazu so schön, wie sie wohl noch nie geschrieben worden waren, da strahlte er übers ganze Gesicht, zeigte das Dokument seiner frischgebackenen Frau und sagte voll ungläubiger Überraschung: »Er versteht unsere Sprache!«

Der Standesbeamte, selbst ungläubig im Sinne einer Konfession, nahm es wie eine Absolution von seinen Sünden orthografischer Überheblichkeit.

Später, als er als gern gesehener Gasthörer im Seminar für Südostasien-Studien ein- und ausging, war seine Frau bereits Vorsitzende der »AZUGis« – eines Vereins für den Anbau und die Zubereitung von ungewöhnlichem Gemüse, in dem deutsche und vietnamesische Frauen sich der verwahrlosten Rasenflächen ihrer Viertel bemächtigten, um deutsches und asiatisches Gewächs anzubauen, und vor allem, um bei dessen Zubereitung lange zusammenzuhocken und zu plauschen: über die Unterabteilungen von Mangold und Topinambur, Senfkohl und Bittergurke, über die Schulnoten der Kinder, was Konfuzius dazu sagen würde und was Maria Montessori, über rabiate Ehemänner und die Feinheiten von Rentenanträgen und Parkplaketten. Und da war auch schon die deutsche Neuausgabe von *Thuý Kiều* auf dem Markt, die der visionäre Cheflektor eines großen Frankfurter Verlages nach einer kurzen, harten Lizenzverhandlung gerade noch rechtzeitig auf dem Buchmarkt platzierte, um auf dem Gipfel der Bewegung satte Gewinne abzuschöpfen.

13

Die Affenbrücken wurden später in vielen großen Städten kopiert. Erst in London, Paris und Prag, später auch in New York, Sydney, Hongkong und Tôkyô. Aber nie wieder waren sie von einer so leichtfüßigen Anarchie wie in jenen Tagen in Berlin. Es war, als habe die Natur selbst Regie führen wollen. Als habe sie mit ihrem frühherbstlichen Altweibergespinst, das lange Fäden von Hecke zu Hecke, von Ampeln zu Verkehrsschildern zog, ein Modell abgeben wollen für das zartzähe Taugeflecht, mit dem die jungen Männer die Stadt verspannten. Für manche waren sie im Nachhinein das eigentliche Sinnbild der Bewegung, mehr als die Holzpuppen und mehr noch als die Kegelhüte. Denn die Affenbrücken brachten Bewegung in die Bewegung. Dort, wo über Nacht wieder eine entstanden war, dort, wo gerade zwischen zwei Dächern mit Seilen hantiert wurde, irgendwo zwischen der Bornholmer und der Danziger, da wurden die Handys gezückt, strömten die Leute herbei, um die letzten Vertauungen zum Brückenschlag live zu erleben.

Mit den Buchstaben des Gesetzes war das nicht vereinbar, aber das Gesetz in seiner soliden Behäbigkeit hatte keine Chance gegen die Flüchtigkeit der Affenbrücken, und so wurden sämtliche Bemühungen, die Sache zu unterbinden, schneller eingestellt, als Wetten darüber abgeschlossen werden konnten. Wahrscheinlich setzte man darauf, dass nichts passieren würde. Zu Recht. Denn diese luftige Gesetzlosigkeit war von größter Friedfertigkeit und Umsicht. Man spürte es sofort, aber man sah es erst auf den zweiten Blick. Auf den ersten Blick waren da ziemlich wilde Gesellen unterwegs. Die langen Mähnen zum Zopf gebunden, in die Haut horrende Wesen geritzt, denen man keinesfalls im Dunkeln begegnen wollte. Und mitten unter ihnen Định – Định, der sie darauf gebracht hatte, Höhe quer zu denken. Aber zunächst waren sie es gewesen, die Định wieder auf Höhe hatten bringen müssen. Gerade achtzehnjährig, war er in einer jener Kneipen gelandet, deren Existenz den Berlin-Touristen und dem größten Teil der Zugezogenen vollkommen verborgen blieb, obwohl sie oft mitten in einer der Hauptvergnügungsstraßen des Prenzlauer Bergs lagen. Diese Stammkneipen wussten sich ziemlich gut zu immunisieren gegen hauptstädtische Vergnügungsgänger. Hier wurde das Feierabendbier mit heiligem Ernst getrunken. Mit Kippe. Unter Kollegen. Es musste auch nicht dauernd gequatscht werden. Und wer das nicht verstand, suchte instinktiv das Weite.

Định hatte nur einen Stuhl gesucht und Bier, als er die Tür zu einer solchen Kneipe aufstieß, zufällig eine, in der die Industriekletterer gern zusammenhockten, um sich zu erden. Mit gesenktem Kopf hatte er sich auf einen freien Stuhl geschoben und damit begonnen, sich systematisch zu betrinken. Er war kein Kollege, und eine Kippe zum Bier hatte er auch nicht. Aber er sah so wenig wie ein Vergnügungssüchtiger aus, dass er freundlich geduldet und nach guten neunzig Minuten aus seiner Schweigsamkeit in ein sparsames Gespräch gezogen wurde. Aus dem ging hervor, dass gewisse Kurierdienste für gewisse Stoffe ihm ein paar Monate Jugendknast eingebracht hatten. Die hatte er gerade abgesessen. Und vor knapp zwei Stunden hatte ihm sein Vater die Tür vor der Nase zugeknallt, nachdem seine kleine Schwester sie ihm kurz hatte öffnen können. Er war noch nicht einmal über die Schwelle gekommen. Er war draußen.

Dass Đinh bis zu seinem fünfzehnten Jahr ein mehr als vielversprechender Schüler gewesen war, dass ihm als Preisträger von »Jugend forscht« anerkennend auf die Schulter geklopft worden war von dem Bundespräsidenten eines Landes, dessen Sprache seine Eltern nicht verstanden, dass er seinem Ostberliner Sportverein als Turmspringer sieben Goldmedaillen und zwölf Silbermedaillen in Stadt- und Landesmeisterschaften gewonnen hatte (und auf jeder einzelnen dieser Urkunden sein Name auf unterschiedliche Weise falsch geschrieben stand), bevor ihm erst dort oben auf dem Zehn-Meter-Brett und dann auch auf dem Boden schwindelig geworden war, bis er dann schließlich ganz den Halt verloren hatte – das alles hätte streng genommen mit zur Geschichte gehört, aber hier bei den Industriekletterern tat dies erst mal nichts zur Sache. Denn am Ende hätten sie ihm sonst vielleicht nicht gesagt: »Komm doch zu uns.« Und weil Đinh nach diesem »Komm doch zu uns« schon fast einer von ihnen war, obwohl er gar nicht geantwortet, sondern sie nur angesehen hatte mit diesem seltsamen Blick, von dem nicht genau zu sagen war, ob er vom vielen Bier oder in aufsteigenden Tränen schwamm, übernahm

einer Địnhs Rechnung und ein anderer bot ihm eine Luft-
matratze in seiner Wohnung an.

Am nächsten Morgen um zehn vor acht unterschrieb
Định mit einigen Restpromille im Blut und dem unbe-
stimmten Gefühl, dass es vielleicht nicht ganz falsch sein
mochte, die offene Rechnung, die er mit der Höhe hatte, zu
begleichen, den Vertrag über eine zehntägige Ausbildung
zum zertifizierten Höhenarbeiter. Ehe er sich versah, stieg
er in Seilen an Hauswänden entlang in die Luft, und weil
keiner von ihm erwartete, dass er von irgendwo hier oben in
eine blaue Tiefe springen oder fallen sollte, mit Rückwärts-
salto und zweieinhalb Schrauben, sondern nur, dass er ein
paar Fenster halbwegs ordentlich putzte, entspannte er sich.
Ja, er fand Gefallen an den griffigen Seilen und den leicht-
gängigen Knoten, an den festen Gurten und dem kühlen
Metall der Karabiner, die ihm Aufstieg und Abstieg sicher-
ten.

Er begann es zu genießen, wie sein leichter Körper den
Wind, der um die Häuserecken fuhr, ausbalancierte. Er
freute sich auf sein ehrlich verdientes Feierabendbier in der
Kneipe. Und weil das Wetter in diesem Sommer so ausdau-
ernd schön war, ein Hoch, das sich, eingeklemmt zwischen
einem Tief über Russland und einem anderen über dem At-
lantik, nicht von der Stelle rührte, ging er sonntags in den
Park, wo ein Kollege mit Frau und Kind Seile zwischen die
Bäume spannte und mit ihnen darüber lief, während die
umliegenden Picknicker jeder gelungenen Strecke Beifall
spendeten.

Viele dieser Picknickenden trugen einen *nón lá,* wie sie
jetzt in jedem vietnamesisch betriebenen Laden zu kaufen
waren, also drei bis fünf Mal in jeder mittleren Straße. Die-

se *nón lás* erinnerten Định an seinen Großvater, den er als Kind zweimal für einige Wochen in Vietnam besucht hatte. Er war ganz allein dorthin geflogen. Mit diesem Großvater ging man nicht in den Zoo oder in Eisdielen, wie es die Kinder in Deutschland taten. Mit diesem Großvater ging man arbeiten. Định folgte ihm barfuß auf nassem Boden in seine kleinen Felder. Dort, wo das Wasser zu hoch stand, wo es keinen Weg gab oder das Wasser ihn über Nacht überschwemmt hatte, wurde kurzerhand mit Bambusstöcken und Hanfseilen eine Brücke gebaut. Der Großvater hatte gelacht, als Định gezögert hatte, die dünnen schwankenden Seile zu betreten, aber dann hatte er Định direkt vor sich gehen lassen, zwischen seinen Armen. Nach wenigen Tagen hatte sich Định auf jede Brücke gefreut. Er half mit, sie zu spannen und auszubessern, und gab ihnen einen Namen: die lange Brücke, die kurze Brücke, die Himmelsbrücke, die Blumenbrücke, die Schilfbrücke, die Tigerbrücke, die Schlangenbrücke … Als er nach Deutschland zurückmusste, verabschiedete er sich von jeder einzelnen mit einem schnellen Lauf hin und zurück.

Jetzt lag Định auf der Wiese und spürte nicht, wie die Ameisen ihn zerbissen. Er sah seinen Kollegen und dessen Sohn an, die Picknicker mit ihren Kegelhüten und dachte an seinen Großvater, der ihm Brücken gebaut hatte, an seinen Vater, der ihm die Tür vor der Nase zugeschlagen hatte, und daran, ob er selbst einmal einen Sohn haben und dann mehr der Brückenbauer oder mehr der Türzuschlager sein würde. Er, Định, vorbestrafter Höhenarbeiter, abgestürzter Musterschüler, zerplatzte Olympiahoffnung. Dann stand er auf, streifte die Ameisen von seinen Jeans und fragte seinen Kollegen: »Weißt du eigentlich, was Affenbrücken sind?«

Der wusste es nicht, und als Đinh es ihm erklärte, sagte er: »Cool. Leider haben wir hier keine Flüsse, die dauernd alles überschwemmen.«

»Wir haben Verkehrsströme«, antwortete Đinh und deutete mit dem Kopf in Richtung Danziger Straße, von der man einen dieser Verkehrsströme ziemlich gut hören konnte. Der Kollege sah seinen vietnamesischen Kumpel an, und über sein bärtiges Gesicht zog sich ein breites Grinsen, das mehrere Tage lang nicht daraus weichen sollte. Selbst nachts nicht, wie seine Frau feststellte, als sie das Licht anknipste, um nach dem hustenden Kind zu schauen.

So etwas hatte sie noch nie gesehen. Sie dimmte die Nachttischlampe, holte ihren Zeichenblock und versuchte, diesen Ausdruck auf dem Papier so festzuhalten, wie er sich im Gesicht ihres Liebsten festhielt. Das Ergebnis war gar nicht so schlecht (auch wenn der Kunstleistungskurs schon ein paar Jährchen zurücklag), und sie zeigte es später jedem, der nicht glauben wollte, dass sie einen Mann an ihrer Seite hatte, dessen diebischer Spaß an einer schrägen Idee sich so tief in seine Mundwinkel und Lachfältchen gemeißelt hatte, dass sie selbst den Delta-Wellen des Tiefschlafes standhielten. Sie überlegte, ob es die Barthaare waren, in denen sich das Grinsen verfangen hatte, und was im Falle einer Rasur mit dem Grinsen geschähe. Aber da eine Rasur mindestens ebenso unwahrscheinlich war wie ein Grinsen ohne Bart, das dann herrenlos durch ihr Schlafzimmer geistern würde – hatte sie nicht einmal irgendwo so etwas gelesen von einer Grinsekatze? –, legte sie, kopfschüttelnd über ihre eigenen Nachtgedanken, Papier und Stift zur Seite und sank in die Kissen zurück, um selbst noch eine Mütze

Schlaf zu bekommen, bevor der Wecker klingeln würde oder das Kind wieder husten.

Tatsächlich hatte sich die schräge Idee nicht nur in der Mimik des Höhenarbeiters festgesetzt, sondern auch in seinem Kopf. Und den setzte er gern durch. Mit Định befragte er das Internet nach »Monkey bridge«, »Affenbrücke« und »cầu treo«. Sie fanden detaillierte Bauanleitungen und atemberaubende Bilder. Wie Grundschüler, die sich über einem Nintendo zusammenkauern, so steckten des Abends in der Kneipe ein Dutzend Höhenarbeiter über den sieben mal vier Zentimetern eines Handy-Displays die Köpfe zusammen, staunten und stachelten einander an. »Alter, so eine Brücke!« Sie stromerten durch die Baumärkte auf der Suche nach Bambusrohren und geeigneten Hanfseilen. Was sie fanden, reichte, was Qualität und Menge anging, zum Anlegen japanischer Ziergärten, aber nicht für Affenbrücken. Sie sprachen mit ihrem Chef, den steckte das Grinsen an, und er lieh ihnen übers Wochenende seinen Lieferwagen, mit dem sie zu fünft 532 km weit in den Westen der Republik fuhren, um sich im dortigen Fachhandel mit dem legendären Tầm vông-Bambusrohr, alias Dendrocalamus strictus, vulgo ironbamboo, auszustatten, weiterhin mit gedrehtem Manilatau und geflochtenen Hanfseilen, bestbenotet unter Schockbelastung. Am Niederrhein, wo am Samstag die Lagerverkäufer gegen 16 Uhr anfingen, sich sehr intensiv auf ihre Eckkneipe und ihr erstes obergäriges Vollbier zu freuen, hatte man Mühe, die kaufwütigen Burschen mit Berliner Kennzeichen aus den Verkaufshallen hinauszukomplimentieren.

Sie kippten die Sitzbank, und drei von fünfen hockten sich verkehrsordnungswidrig zwischen Bambusstangen und Taurollen. Sie verlasen die Materialinformationsblätter, die sie eingesammelt hatten. Darüber gerieten sie ins Debattieren über Griffigkeit, Stabilität und Knotenvarianten, und Định, der am Steuer saß, erzählte in die hereinbrechende Nacht hinein noch einmal alles, was Mund und Hände seines Großvaters ihn über Affenbrücken gelehrt hatten, sodass es durchaus falsch gewesen wäre, in dieser Einkaufstour nichts anderes als einen feuchtfröhlichen Betriebsausflug zu vermuten. Auch wenn die eine oder andere Flasche Bier geköpft worden war, stand diese Unternehmung doch ganz und gar im Zeichen der Weiterbildung; einer Weiterbildung, für die nie ein Antrag gestellt worden war, geschweige denn eine Quittung eingereicht wurde, oder die jemals in einem »beruflichen Werdegang« der Beteiligten auftauchen würde. Ihre außerordentlichen Effekte jedoch ließen sich in Berlin alsbald beobachten.

Sie fingen klein und bodennah an, zwischen den Bäumen im Park. Die Bambusrohre steckten sie zu Dreiecken zusammen, und da sie sie nicht im Schlamm versenken konnten, erfanden sie eine Technik der Verschnürung, die ihnen auch auf trockenem Boden Stabilität verlieh. Als sie es raushatten, wie sie mit Seilen verspannte Bambusstangen horizontal ins Leere schieben konnten, nämlich in gleitender Aufhängung über dem Scheitelpunkt des Dreiecks, und außerdem herausgefunden hatten, wie sich eine einfache Seitensicherung an die Stangen knoten ließ (eine spartanische, aber optisch sehr ansprechende Geländertechnik), war die Zeit reif für ihr Gesellenstück: eine Affenbrücke zwischen den Fronten eines alten Krankenhauses und eines Fitnesszentrums, beide eingerüstet.

Diese erste lange Affenbrücke führte in vier Metern

Höhe quer über einen Fußballplatz und sorgte für eine erhebliche Spielverzögerung, als sie an einem Samstagmittag von Đinh ausprobiert wurde. Die berühmte Berliner Schnauze ließ nicht lange auf sich warten. Am nächsten Morgen war in der Sonntagsausgabe einer großen Berliner Tageszeitung unter dem Titel »Rehabrücke« auf der ersten Seite des Lokalteils ein schönes Bild von Đinh zu finden, wie er die Luft über dem Mittelfeld querte – nur mit ein bisschen Bambus und Tau unter den nackten Füßen.

Als die Bauaufsicht am darauffolgenden Morgen um 9 Uhr 15 aufmarschierte, war die Brücke weg. Man starrte ins Blaue und machte dabei keine gute Figur – die Rechtsvorschriftenmappe samt Kugelschreiber unter den Arm geklemmt, den Kopf in den Nacken gelegt, auf der Suche nach einem Verstoß gegen das Bauverfahrensrecht. Über dem Fußballplatz jedoch war nichts anderes zu sehen als der Himmel über Berlin mit ein paar harmlosen Schäfchenwolken. Gerüchte von Fotomontagen machten die Runde.

Um wenigstens etwas getan zu haben, schritt der Prüfingenieur mit dem Zeitungsausschnitt in der Hand die Strecke zwischen Krankenhaus und Fitnessstudio ab, um die Lichtweite der entschwundenen Brücke zu schätzen, die, da sie weit mehr als fünf Meter betrug, jedenfalls genehmigungspflichtig hätte sein müssen. Denn dass als Brücken alle Überführungen eines Verkehrsweges über einen anderen Verkehrsweg, über ein Gewässer oder über tiefer liegendes Gelände gelten, wenn ihre lichte Weite zwischen den Widerlagern zwei Meter oder mehr beträgt, daran ließ die DIN 1076 aus dem Verkehrsblatt Nr. B 5276 keinen Zweifel. Allerdings war sich der Prüfingenieur nicht hundertprozentig sicher, wie man die Lichtweite einer Brücke ohne Pfeiler bestimmen sollte. Weder unter »Seilbrücke« noch unter »mobiler Brücke« hatte er bei erster Durchsicht etwas gefunden, das hier ohne Weiteres zur Anwendung hätte kommen können. So hielt man im Protokoll fest, dass, wenn vor Ort tatsächlich etwas gewesen sein sollte, es jedenfalls in irgendeiner Hinsicht genehmigungspflichtig gewesen wäre. Und da nirgendwo ein Genehmigungsantrag für eine Seilbrücke oder eine mobile Brücke oder sonst irgendeine Brücke eingegangen war, wäre also diese Brücke gesetzeswidrig gewesen und hätte umgehend abmontiert werden müssen, was allerdings offensichtlich bereits geschehen war – sollte sie tatsächlich je gespannt worden sein … Hilflosigkeit kleidete sich in Konjunktive.

Eine Zeit lang war Ruhe. Die Auftragslage in der Firma Rooftop war gut, und die Kletterer waren bis spätabends eingespannt auf einer Großbaustelle und zu müde für weitere Brückenexperimente. Aber dann, an einem frühen Freitagabend waren sie wieder so weit. Gegenüber ihrer Stammkneipe gab es einen kleinen vietnamesischen Imbiss. Nach ihrem ersten Feierabendbier schlenderten sie in kleiner Gruppe hinüber, bestellten eine Runde *phở,* suchten das Gespräch mit dem Koch, fragten nach Zutaten und Rezepten und begannen vorsätzlich mit ihm zu scherzen, wie gefährlich es doch sei, wenn man, mit ein paar Bierchen im Kopf, eben schnell mal wieder eine Grundlage schaffen will, mit so einer leckeren kräftigen *phở* beispielsweise, und dann zwischen den parkenden Autos raus muss auf die Kopfsteinpflasterstraße, und, hastenichgesehen, bist du gegen ein Auto geraten oder ein Auto gegen dich, und statt der würzigen *phở* gibt's Krankenhausbrei, bestenfalls … Is doch schlimm, oder? Nee, 'ne Brücke

müsste man haben, eine Affenbrücke – eine *cầu treo,* sagte
Định.

Da fing der Koch an zu lachen. Bis dahin hatte er nur
halb verstanden, um was es ging, aber *cầu treo,* ja, die
kannte er noch gut, auch wenn sie rund um sein Dorf schon
durch Betonbrücken ersetzt worden waren, gerade zu der
Zeit, als er beschlossen hatte, sich als Vertragsarbeiter am
anderen Ende der Welt zu melden. Weil die Jungs hier ihn
so nett an seine Heimat erinnerten, spendierte er ihnen noch
einen *cà phê.* Der Kaffee ließ an Stärke nichts zu wünschen
übrig und auch nicht an Süße. Es konnte losgehen.

Der Trupp brach auf und trennte sich in zwei Mannschaf-
ten. Die einen marschierten durch das Imbisstreppenhaus
nach oben, die anderen durch das Kneipentreppenhaus gegenüber. Sie waren gut ausgerüstet, in jeder Hinsicht. Es
gab Möglichkeiten, auf Dächer zu gelangen und von Dach
zu Dach zu gehen, die waren viel einfacher, als man dachte.
Auf den Dächern verspannten sie Kamine, Leitern und
Schneegitter. Und dann, in der letzten Abendsonne, wurde
die Bambusbrücke zum autofreien Höhentransfer zwischen
Bier und *phở* gespannt. Der Kneipier aus Hamminkeln und
der Koch aus Vạn Phúc, beide zugereist vor fast einem
Vierteljahrhundert, traten, was bislang so gut wie nie vorgekommen war, bei laufendem Betrieb aus ihren Berliner
Läden hinaus auf den Gehsteig, wischten Bier und Brühe in
ihre Schürzen, verfolgten die Veränderungen im Luftraum
über ihrer Gastronomie von der einen und von der anderen
Straßenseite aus, standen schließlich nebeneinander und
wechselten die ersten Worte einer bis dahin stummen Nach-
barschaft. »O weia, o weia«, sagte der eine. »Hmm, o ho,
hmmm«, der andere. Es waren nicht viele Worte, aber sie

reichten, um ein freundliches Verhältnis zu etablieren, das beiden Läden dienlich sein würde, denn fortan schickten sie, auch als die Brücke längst wieder abgebaut war, ihre Kundschaft hin und her – mit den besten Empfehlungen.

Damit kam die Sache so richtig in Schwung. Die Jungs waren nicht mehr aufzuhalten, sie hatten den Bogen raus. Und sie wollten Spaß. Sie querten die schmale, aber tiefe Kluft zwischen einem der letzten nicht renovierten Häuser des Viertels (so konsequent nicht renoviert, dass Balkons und Stuck mit dicken Holzplatten gestützt werden mussten) und einem dreifarbig herausgeputzten Haus auf der anderen Straßenseite, Immobilienbüro im Erdgeschoss – so piekfein, dass sich hier Mietwohnungen nicht bloß in Immobilien, sondern gleich in »Real Estates« verwandelt hatten. Dieser Brückenschlag war zwar etwas plakativ, aber die Anwohner hatten ihre helle Freude, zumindest auf der einen Seite der Straße, übrigens der Sonnenseite: bröckelig, aber nach Süden raus. »Mach doch mal rüber«, riefen sie dem noch jungen Makler zu, der zögernd vor die Tür getreten war und seine Krawatte gelockert hatte. Einladend hielten sie eine Bierflasche hoch. Vielleicht war bei dem ja Hopfen und Malz noch nicht verloren.

Dann kam die Sache mit der Packstation (über der der Bärtige wohnte) und dem Eisladen auf der anderen Straßenseite (wohin sein Kind strebte). Vom Balkon des Bärtigen im ersten Stock aus spannten sie eine kindersichere Brücke aufs flache Dach der Packstation und posierten siebenköpfig für die Handymonitore mit großen Pappbuchstaben auf Brust und Rücken: PACKEIS.

Die Brücke zwischen dem Frauensexladen, der erotische Literatur, extravagante Dessous und auch sonst allerlei fürs

181

Liebesspiel bereithielt, und der Kita »PrenzlTänzl«, in zwei Meter Höhe von Balkon zu Balkon gespannt, bauten sie kichernd auf und ziemlich schnell wieder ab, weil ihnen die Sache plötzlich zu heiß wurde. Sie hatten an Kindersegen infolge von lustvollen Nächten gedacht, aber auf einmal waren sie nicht mehr sicher, dass alle so schlicht und geradeaus denken würden. »Ach, bleibt doch noch ein bisschen«, riefen die beiden Sexladenbetreiberinnen. »Wo ihr nun schon mal hier seid«, stimmten die Erzieherinnen auf der anderen Straßenseite ein.

Die Leute blieben stehen und schauten und lachten und staunten, denn obwohl sie so oft schon die Straße entlanggelaufen waren, hatte die Hälfte von ihnen bisher weder die Kita noch den Sexladen wahrgenommen, ein Viertel nur die Kita, das andere Viertel nur den Sexladen. Die kleinen PrenzlTänzl spielten derweil sehr schön im Innenhof und bekamen von der Geschichte da draußen, die immer abwechselnd eine ihrer Erzieherinnen vor die Tür trieb, so gut wie nichts mit. Aber die jungen und mitteljungen und selbst die gar nicht mehr so jungen Frauen standen an diesem Tag noch lange zusammen in der Straße und kamen einander näher, als die Brückenbauer jegliche Verbindung schon längst gekappt hatten.

Dass sich Bauaufsicht, Polizei und Ordnungsamt zurückhielten, sich tot stellten, obwohl inzwischen zigtausendfach bezeugt war, dass es sich hier keineswegs um Fotomontagen, sondern um waschechte Brückenmontagen handelte, grenzte an ein Wunder. War die Rechtslage nicht eindeutig genug? Wollte sich niemand in Schwierigkeiten bringen? Wollte keiner wie ein Depp von unten hochrufen: »Hey, kommt da mal runter!«? Hatte sich jemand vorgestellt, wie

dämlich eine vollautomatische, doppelt gesicherte Feuer-
wehrleiter neben den beschwingten Verbindungen von Manilatau und Bambusrohr aussehen würde?

Was immer der Grund gewesen sein mochte – man zog
es vor, nicht aufzumarschieren, und, nicht weniger seltsam
eigentlich, es rief auch niemand danach. Man hielt kollektiv
den Atem an, ließ geschehen und staunte. Schließlich war
dies eine Stadt, in der man eine schwer bewachte Mauer
abgetragen und ein riesiges Regierungsgebäude komplett in
weißsilberne Folie eingeschnürt hatte. Und da sollte man
jetzt wegen dieses Kletterspaßes da oben gleich nach Recht
und Ordnung rufen? War man nicht deshalb hiergeblieben,
auch nachdem alles etwas reicher und verkniffener geworden war? War man nicht deshalb überhaupt einmal hierher-
gekommen, aus Stuttgart und Köln und Hamburg und Bre-
men und aus Rostock und Meißen, und, ja, aus Karl-Marx-
Stadt und aus Beratzhausen und Barsinghausen, Zinzow
und Peetzig: eben weil man hier eine Sitzgruppe mit der
U-Bahn transportieren konnte, ohne dumm angequatscht zu
werden? Weil man als Untermieter des Untermieters noch
mal untervermieten konnte, ohne dass irgendwer sich darum scherte, weil man Löcher durch die Flurdielen dreier
Stockwerke bohren und Telefonkabel durchfädeln konnte,
um die Anschlusskosten durch sieben zu teilen, ohne dass
am nächsten Tag der Hausmeister auf der Matte stand? Am
Prenzlauer Berg blinzelte man in den Himmel und schaute
zugleich tief in die eigene anarchische Seele, die ein bisschen Fett angesetzt hatte mit den Jahren. Da kam diese Brü-
ckendiät genau richtig. Nur ein paar Gerüstbauer sahen das
anders. Stänkerten herum, während sie Định ins Visier nahmen, der gerade eine Brücke zwischen einer neu eröffneten

Nagelbar und einer eingerüsteten Änderungsschneiderei ablief.

»Ey, Fidschi!«, riefen sie zu ihm hoch. »Häng dein scheiß Seil ab, sonst zeigen wir dir, wofür unsere Stangen sonst noch gut sind!«

»Ach ja?« Der Bärtige, gerade ebenerdig beim Bier, drehte sich blitzschnell um und sammelte durch die pure Muskelanspannung seines gut trainierten Körpers die Rooftop-Kumpels hinter sich. »Sag doch mal …«

»Zu schlapp fürn Bau, aber schmarotzen am Bau«, antwortete einer.

»Unser Gerüst. Unser Land. Fidschi, go home«, ein anderer.

Ein Kleinbus fuhr zwischen die Fronten. Die Gerüstbauer stiegen ein, mit jenem Wirkommenwieder-Grinsen, das auf das Arschlochverpissdich-Grinsen des Bärtigen traf. Der schaute demonstrativ aufs Nummernschild.

»Auswärtige«, höhnte er, »Auswärtige verteidigen Stadt und Vaterland!« Das Ausrufezeichen setzte er mit dem Mittelfinger der linken Hand.

Die Auswärtigen tauchten nicht wieder auf, aber dem Bärtigen ging die Sache nach. Ein paar Tage später, als sie eine Außenjalousie in dreißig Meter Höhe reparierten, fragte er Định:

»Wo sind eigentlich deine vietnamesischen Kumpels – wenn sie schon nicht auf dem Bau sind?« Định sah ihn kurz an. Wollte er es wirklich wissen?

»Nicht auf dem Bau, sondern im Bau, wie ich neulich, oder auf dem Großmarkt mit dem Transporter oder im Laden hinter der Kasse oder in der Küche beim Sushirollen oder vor dem Supermarkt mit Zigaretten, und wenn sie dort sind, dann sind sie auch schon fast wieder im Bau. Vietnamesischer Zirkel.« Đình verzog das Gesicht zu einem spöttischen Grinsen und spürte wieder jene Bitterkeit in sich aufsteigen, die er in seinem alten Leben dort unten auf der Erde hatte zurücklassen wollen.

»Dann holen wir sie da raus!«, sagte der Bärtige und zog die letzte Schraube an.

»Aus dem Bau? Hast du 'nen Knall?«

»Nee, aber aus den Läden kann man sie rausholen, oder? Wir bauen ihnen Brücken.« Der Bärtige grinste tatendurstig. »Wir steigen ihnen aufs Dach!«

»Da musst du auf viele Dächer steigen.«

»Sag ich doch.« Das Grinsen des Bärtigen nahm eine siegesgewisse Färbung an. »Komm, wir machen den Rattenfänger«, setzte er nach und schlug Đình kräftig auf den Rücken, als er sah, dass der Funke übergesprungen war.

Gut, dass der bärtige Rattenfänger einen Cousin hatte, der wusste, wie man die Webadresse der »Urban Monkeys« in einen QR-Code verwandeln konnte, und der außerdem wusste, wo man ihn auf einen Stempel bringen lassen konnte, auf neun mal neun Zentimeter. Dieser Stempel hing nun an einer kräftigen kurzen Kette seines Gürtels, und er platzierte ihn nach jedem Brückenschlag an zwei Hauswänden. Duftmarke und Werbekampagne in einem. Und gut, dass Đình diesen vietnamesischen Link einzurichten wusste, der kletterwillige Muttersprachler zu einer Kontaktadresse führte, die wiederum zu Đình führte. Đình las die Nachrichten dieser vietnamesischen Jungs mit deutschen Pässen, von denen er mit einigen sogar verwandt war, wenn auch weitläufig.

»Wo baut ihr die nächste Brücke?«, fragten sie. Đình

schrieb es ihnen, sie kamen und der Bärtige schleuste sie durch eine Art Blitzausbildung in Sachen Höhe und spannte sie immer gleich ein fürs nächste Projekt.

Nach den Kopfsteinpflasterstraßen wurden die zweispurigen Straßen gequert und schließlich wagten sie sich an die Königsklasse: vier Spuren plus Straßenbahn. Die Industriekletterer mit ihrer Profi-Montur und ihren Seilen hatten kein Problem, Einlass in die Wohnhäuser zu bekommen, und überboten sich mit Einfällen: »Wir kommen, um die Taube aus dem Dachtritt zu befreien«, sagten sie mit sonorer Stimme in die Gegensprechanlage. »Wir solln die Katze vom Blechdach holen.« – »Dachrinnensäuberung!« Immer konnten sie unbehelligt über die Hausflure zu den Dachböden durchmarschieren. Dacheinlass war also nicht das Problem. Doch Dach war nicht Dach. Manche Schornsteine waren längst abgetragen. Fernwärmehäuser waren grundsätzlich ein Problem. Es gab morsche Leitern und wackelige Schneegitter. Aber es gab auch Kletterhaken, die man ins Gemäuer schlagen konnte, es gab solide Nachbardächer, die man in die Konstruktion mit einbeziehen konnte. Jede Brücke hatte ihr eigenes Gesicht, und Định gab ihnen heimlich Namen, wie damals.

Dass jetzt nur noch Häuser mit vietnamesischen Läden verbrückt wurden, merkten die Leute nicht gleich, weil sie die Kegelhüte auf den Köpfen der Parkgänger, die Holzpuppen in den Schaufenstern und die Brücken von Dach zu Dach nicht zusammenbrachten. Über die Brücken liefen ja vorwiegend Kerle, die kein bisschen vietnamesisch aussahen. Allerdings änderte sich das; es änderte sich schneller, als sie gucken konnten. In luftiger Höhe kehrten die Brücken heim, gewissermaßen.

Wenn jetzt unten auf der Erde die Berliner ihre Köpfe in den Nacken legten, blickten sie in vietnamesische Gesichter. Die Alten sahen die trotzigen Münder, Augen, die sich halb von der Welt ab- und halb ihr zuwandten, auf Kante sozusagen, und sie dachten an James Dean und ihren ersten Auszug von zu Hause, mit nix als dem Hemd auf dem Leib und einem Haufen Wut im Bauch. Die Mittleren sahen auf die Chucks, die über Balkonbrüstungen kletterten und sich über Bambusstege hangelten. Die hatten die Füße schon zu ihrer Zeit so herrlich leichtgängig gemacht, auf Motorhauben und Hintertreppen. Der Babyspeck war gerade weg und der Bürospeck noch nicht da gewesen. Ja, und Rod Stewart war einem in die dünnen Beine gefahren: *Young hearts be free tonight …* 17 Jahre alt war man gewesen und gerade von der Schule verwiesen worden, weil man mal ein bisschen Klartext geredet hatte. *Time is on your side …* Das war heute nicht mehr ganz so wahr wie damals, aber auch noch nicht ganz falsch, oder? Die Jungen sahen die glatte Haut der Kletterer, das feinnervige Spiel der Muskeln darunter, sie sahen die glänzenden schwarzen Haare, sahen die lässigen und zugleich konzentrierten Bewegungen in den Seilen und dachten intensiv darüber nach, in welchen Clubs diese Burschen eigentlich zu finden waren, wenn sie mal nicht kletterten und Seile warfen.

Es gab Fernseh- und Hörfunkreportagen, regional, überregional. Filme und Filmchen. Und Fotos – Hunderte, Tausende. Eines machte das Rennen. Es war ein Foto von Định und Sung. Sung hatte eine Bambusstrebe, einen von drei Pfählen, der die Brücke hielt, die in der Morgendämmerung von der Platane vor seinem Laden zur Platane vor dem Blumenladen schräg über das Kopfsteinpflaster geführt worden war, erklommen und reichte Định einen Papphalter mit mehreren Bechern Kaffee hoch. An seinem Gürtel hing ein Beutel mit belegten Brötchen. Dieses Bild begeisterte alle, die sich an den elf frühstückenden Arbeitern auf dem Stahlträger des Rockefeller Centers sattgesehen hatten und immer noch auf Sensationen aus waren. Schräg im weiten kontinentalen Himmel zwei vietnamesische Gesichter, konzentriert und freundschaftlich, in einem Geflecht von Seilen und Bambus zwischen den Dachfenstern sanierter Altbauten – das war so sehr der Ausdruck jenes Berliner Spätsommers und gleichzeitig so sehr ein Ausdruck des Weltgefühls im zweiten Jahrzehnt des 21. Jahrhunderts, dass der Manager eines großen Möbelhauses, als er dieses Foto im »Svenska Dagbladet« sah, wie elektrisiert aus seinem Liegestuhl aufsprang.

Er war in der Sommerfrische. War ohne Handy, ohne Laptop, nur mit einer Handvoll Büchern, einem Yogakissen und seinem Faltboot auf eine Schäre gezogen, genau so, wie es ihm sein Coach eindringlich nahegelegt hatte. Höchste Zeit, mal ganz runterzufahren, hatte der seinem hochtourigen Klienten gesagt, und der Klient, der für diesen Rat viel Geld bezahlte, war willens gewesen, ihn zu befolgen. Nicht eine Minute lang hatte er arbeiten wollen, aber nun konnte man ihn vom Inseltelefon aus Anweisungen geben hören und sehen, für den sofortigen, ja doch, Sie haben richtig verstanden, Herrgottnochmal, den sofortigen und umfassenden Erwerb der Bildrechte. Dies zog, wie sich im Verlauf mehrerer Gespräche in verschiedene Himmelsrichtungen herausstellte, eine komplizierte Verhandlung mit der »Shinbun Akahata« nach sich, die, wie allmählich klar wurde, das zentrale Nachrichtenorgan der kommunistischen Partei Japans war und diesen genialen Fotografen fest und frei unter Vertrag hatte. Für eine Zeitung, die die Abschaffung der Kapitalakkumulation auf ihre rote Fahne geschrieben hatte, wurde dort äußerst geschickt verhandelt, sodass sich jedenfalls auf ihrem Konto per Überweisung aus Schweden einiges akkumulierte. Vielleicht war es an der Zeit, nicht mehr bei Sony und Toyota zu lernen, sondern ein Stückchen weiter links, dachte der Manager.

Kurz vor dem ersten frühherbstlichen Sturm, als er sein Boot eingefaltet und auf dem Dachboden seines Sommerhauses verstaut hatte und mit seinem Yogakissen und seinen Büchern auf der Fähre zum Festland stand, wurden in vier Berliner Filialen und nicht viel später in allen anderen Filialen Europas Sung und Định mit ihrem *Coffee to go à la vietnamese* in der SB-Halle seines Unternehmens angeboten, fix und fertig gerahmt, inklusive Pappecken zum leichten und sicheren Transport. Eine der ersten Käuferinnen war Địnhs kleine Schwester. Sie entfernte in ihrem Zimmer alle Poster von Film- und Rockstars, für die sie seit ihrem zehnten Lebensjahr geschwärmt hat, lieh sich aus der Schneiderei unten im Haus einen Hammer und Nägel und hing das Bild im Format 70 × 100 über ihr Bett. Sie tat dies nicht heimlich, sondern mit einer Haltung, die deutlich zu verstehen gab, dass sie hier weg sein würde, wenn jemand es wagen sollte, dieses Bild abzuhängen. Das Bild wurde nicht abgehängt. Wenn Jenny in der Schule war, öffnete ihr Vater manchmal die Zimmertür, stand auf der Schwelle, sah das Bild an und dachte nach.

14

Es war der Fotojournalist Michael Golzow, der das Prinzip als einer der Ersten erkannte. Seit seiner Fotoserie »Männer, Puppen, Schule« hatte er ein Auge fürs Vietnamesische bekommen. Mit einem Stadtteilplan radelte er durch den Prenzlauer Berg und trug alle vietnamesischen Läden ein, die er als solche erkennen konnte. Zu Hause hing er den Plan an die Wand, strichelte Linien zwischen Näherei, Imbiss, Nagelstudio, Asiashop, Floristik und steckte Pinnadeln mit blauen Fähnchen in mögliche, mit roten in bereits erfolgte Brückenschläge. Die Pins hatte er noch von der Planung seiner Australienreise auf dem Schreibtisch, 20 Stück für 4 Euro 80. Binnen Kurzem musste er Nachschub kaufen, in Rot, achtmal insgesamt. Eine teure Angelegenheit, aber wer würde an Geld denken, wenn es um ein urbanes Abenteuer, ein Happening, die Installierung von Little Vietnam ging, dessen Chronist er war, er allein. Einhundertsechzig Nadeln. Und eigentlich hätte ihre Zahl noch einmal verdoppelt werden müssen, denn eine Brücke hat nun mal zwei Enden, und an jedem Ende stand ein vietnamesischer Laden, in dem Blumen gebunden, *phở* gekocht, Fingernägel lackiert, Zeitungen verkauft,

Mangos geschält wurden. Eine unglaubliche Zahl. Aber bewiesen durch ihn, Michael Golzow, und seine kleinen präzisen Nadelstiche mitten im Prenzlberg, im Maßstab 1:5000.

Allerdings waren seine Intuitionen nicht ganz so exklusiv, wie er glaubte. Er wusste nichts von Lou Jadranka, die gerade arbeitslos geworden war und viel Zeit hatte, durch die Stadt zu laufen. Laufen tat ihr gut, denn so konnte sie ihren Zorn ins Pflaster treten, den Zorn darüber, dass diese planlose Stadt eine Stadtplanerin wie sie nicht mehr brauchte, weil man die knappen Gelder gerade in Beton rührte für witzlose Bauten auf raren Freiflächen. Denen hängte man dann eine Sandsteinfassade an und nannte sie »Ensemble«.

Nach acht Jahren prekärer, aber halbwegs kontinuierlicher Projektarbeit – Ziegeleigelände, Landschaftsgärten, Innenhofgestaltung – stand sie nun da mit ihrem zehnjährigen Jungen, dessen Vater längst auf und davon war mit seiner Yogalehrerin, in deren tiefenentspannte Arme ihn tägliches und nächtliches Kindergeschrei getrieben hatte. Für einen Kaffee an der Straßenecke reichte das Geld noch. Sie hielt sich an der Kaffeetasse fest und rechnete, wie lange es gut gehen würde mit der Wohnung, ob sie ihrem Jungen irgendwie ein neues altes Fahrrad besorgen konnte, unter welchen Umständen eine kleine Reise in den Herbstferien drin wäre oder wenigstens ein Fußballcamp oder … Ab und zu konnte sie die Tränen nicht aufhalten, und sie rannen von ihrem gesenkten Kopf direkt in den Kaffee. Als sie sich wieder im Griff hatte, legte sie den Kopf in den Nacken und saugte mit Haut und Haaren und Augen die milde Sonne ein – so hatte sie nicht nur eine Brücke entstehen sehen, sondern etliche. Denn sie stromerte herum, genau wie die Kletterer, und manchmal kreuzten sich ihre Blicke und deren Brücken. Sie war den Brückenbauern dankbar, denn solange sie in den Himmel blinzelte, zwischen zwei Häusern hin und her, bis dann einer unter dem Applaus der gerade Anwesenden rübermarschierte, hatte sie schon mal keine Zeit, ihren Kaffee mit Tränen zu wässern.

Irgendwann fing sie an, auf der Rückseite des amtsbeigen Papiers vom Arbeitsamt, das Unterlagen von ihr forderte, fristgemäß und unter Androhung von Kürzungen eines noch zu genehmigenden Geldes, diese Brücken aufzuzeichnen. Und zwar die, die sie gerade entstehen sah, die, die sie hatte entstehen sehen, und auch die, die es noch gar nicht gab, aber geben konnte. Sie zeichnete einfach mehr, als sie sah, und auch mehr, als sie wusste. Sie zeichnete die Stadt, wie sie sein könnte, und konnte gar nicht mehr damit aufhören. Ihr Junge kam vom Fußballtraining nach Hause, sah ihr über die Schulter und sagte: »Du zeichnest ja diese Brücken, die immer wieder verschwinden.«

»Hm«, antwortete sie.

»Was gibt's zu essen?«, fragte ihr Junge, und sie antwortete:

»Komm, lass uns draußen essen, Pizza oder so.«

Der Junge war überrascht, es sollte doch gespart werden. Aber er liebte die Pizza Margherita mit doppelt Knoblauch beim Italiener zwei Häuser weiter und war schnell an der Tür. Vom Italiener aus sahen sie zwar keine Brücke entstehen, aber Lou entdeckte einen Schriftzug: »Skywalkers«. Sie deutete nach oben: »Schau mal!«

»Steht schon lange da«, sagte ihr Kind, »das ist doch ein

Jedi-Ritter, ein Auserwählter, weißt du, der kann Mächte ausgleichen und so.«

Seine Mutter nickte, während ihr weitere Details vom Krieg der Sterne unterbreitet wurden, aber ihre Gedanken wanderten mehr an diesem Wort und an der Mauer entlang als in Richtung Galaxis.

Als sie genug gezeichnet hatte, nahm Lou Geld in die Hand, das schon dreifach, vierfach verplant war, und ging damit in einen Fachbedarf für Architektur, Modellbau, Gestaltung und Präsentation. Finnpappe, Natronkarton, Effektkartonagen, Tonpapier, Seidenpapier, Gips, Glasfaser, Modellleim, Klebepistole, Klettband doppelseitig, Fimo und Luffa – mit schlafwandlerischer Sicherheit sammelte sie ihre Materialien zusammen und bezahlte an der Kasse, ohne mit der Wimper zu zucken, in großen Scheinen. In den nächsten Tagen verzichtete sie auf aushäusigen Kaffee, setzte wieder ihre kleine Alu-Kaffeekanne auf den Herd und modellierte; modellierte von früh bis spät, vergaß zu essen, ließ das Telefon klingeln, stapelte die Briefumschläge vom Arbeitsamt ungeöffnet auf dem Küchenschrank, denn sie brauchte den Tisch. Ihr Junge kam nach Hause und betrachtete die hohen Papphäuser, verbunden durch leichte Brücken.

»Jetzt baust du sie?«, fragte er.

»Hm …«, antwortete sie, denn sie knobelte gerade an einem filigranen Geländer.

»Gehen die oben oder unten raus aus den Häusern?«, fragte der Junge.

»Wie sie wollen«, sagte seine Mutter und lächelte.

»Cool«, sagte ihr Junge, hielt sich an ihrer Schulter fest und schob sich auf dem Kickboard vor und zurück.

»Schau«, sagte sie, »über diese Brücke könntest du zur Schule kommen, sogar mit dem Fahrrad, und Frau Dobberthin mit ihrem Rollator.«

»Ist das nicht viel zu gefährlich, man kann doch vom Dach fallen, oder?«

»Na, es gibt Aufkantungen und Brüstungsmauern, es gibt spezialisierte Firmen für Dachsicherungen, die müssen doch auch mal das Geschäft ihres Lebens machen, oder? Komm, wir bauen die Geländer da hin, aber die müssen nicht nur sicher, die müssen auch schön sein.«

Sie bastelten Geländer, luftig und lichtdurchlässig und doch hoch und dicht genug, dass kein kleines Kind da durchrutschen konnte.

»Und die Jugendlichen?«, bohrte ihr Sohn nach, für den »die Jugendlichen« ein etwas rätselhaftes Idol waren, an das er sich langsam heranrobbte.

»Machen die nicht sowieso dauernd irgendwelchen Quatsch?«, fragte seine Mutter zurück.

»Na, aber nicht so weit oben«, meinte der Junge.

»Und wie kommen dann diese Graffitis unter die Dachkanten?« Die Mutter blickte in das grüblerische Gesicht ihres Sohnes. Der zuckte die Achseln.

»Nee«, sagte sie, »die Jugendlichen, die hochwollen, kommen sowieso hoch. Immer.«

»Hm«, brummelte der Junge, und man sah ihm an, dass er wieder einmal nachrechnete, wie viele Geburtstagsfeiern ihn eigentlich noch vom Jugendlichersein trennten.

»Was gibt's zu essen?«, fragte er, um wieder auf Naheliegendes zu kommen.

»Bestell mal zwei Pizzen«, sagte Lou und ihr Sohn flitzte zum Telefon. Das ließ er sich nicht zweimal sagen. Diese

Brückenstadtgeschichte fand er super. Auch essenstechnisch.

»Gibt's Bäume da oben?«, fragte der Junge, als die Pizza auf dem Tisch stand.

»Bäume? Hm, Bäume vielleicht nicht, aber jede Menge Sträucher – und dann wird's nicht nur grün, sondern auch knallig rot und orange. Ich dachte an Sanddorn und Hagebutte oder vielleicht Oleander und Hibiskus, was meinst du? Ist doch sehr sonnig da oben.«

»Wie sehen die denn aus, Oleander und Hibiskus?«

Die Mutter holte vom Balkon einen Topf Hibiskus und schob den großen Kübel mit dem Oleander von der Balkonecke in die Tür, sodass sie ihn vom Tisch aus gut sehen konnten. Aus dem Badezimmerschränkchen holte sie fünf Nagellackfläschchen. Der Lack war eingetrocknet wie ihr Liebesleben, in dem sie mit seiner Hilfe Akzente hatte setzen wollen. Sie legte die Fläschchen in Tassen mit heißem Wasser und rührte mit einem Streichholz darin herum, bis sie wieder brauchbar waren. Brauchbar für die schönsten Hibiskus-, Oleander- und Mohnblüten, die je ein Baumodell geziert hatten. Von den Sanddorn- und Hagebuttenhecken gar nicht zu reden. Sie sprachen nicht viel, konzentrierten sich ganz auf ihre Arbeit. Cool, dass seine Mutter solche Nagellackfarben hat, dachte ihr Sohn. Eigentlich war sie ja noch einigermaßen jung und sah gar nicht schlecht aus. Cool, dass ich mit meinem Sohn Oleanderblüten bemalen kann, dachte seine Mutter. Gestern hab ich ihm noch die Fimo-Figuren zurechtgebogen, jetzt baut er mit mir ein Stadtmodell. Das Kind bestand auf einer Palme, fingerte zwei Euro aus seinem Sparschwein, ging rüber zum Drogeriemarkt und kam mit einem atemberaubenden Grün zurück. »Den Rest kannst du ja aufbrauchen«, sagte er großzügig, als die Palme begrünt war.

»Wird gemacht«, sagte sie und lachte ein Lachen, das ziemlich stark an Lou Jadranka erinnert, wie sie einmal war.

Lou Jadranka zeichnete und baute nicht nur mit visionärer Hingabe, sie schrieb auch in schönster formaler und stilistischer Freiheit. Zum ersten Mal in ihrem Leben floss ihr ein Text leicht in die Tasten. Die Worte fanden wie von selbst ihren Platz – als kämen sie von ganz woandersher, wüssten aber genau wohin. War sie ein Medium? Lou Jadranka baute Brücken in den Himmel, war aber im Großen und Ganzen von bodenständiger Natur. Übersinnliches lag ihr nicht nahe. Sie saß da, staunte ein bisschen über sich selbst und schrieb in träumerischer Sachlichkeit über Berlin, wie es sein wird: die erste Stadt mit zweiter Ebene.

Einen Monat, bevor ihr Arbeitslosengeld auslief, lieh sie sich einen kleinen Transporter, auf dessen Ladefläche sie das sorgfältig verhüllte Modell der Brückenstadt Berlin hievte, fuhr ziemlich flott bei der Senatsverwaltung für Stadtentwicklung vor und ließ ihr Werk mit schönen Grüßen an den Herrn Senator neben der Pförtnerloge stehen. Treppen kehrt man von oben, hatte ihre Großmutter immer gesagt. Dass Lou Jadranka damit den Sicherheitsdienst agitierte, der nach Sprengstoff, Gift und Säure suchte, war ihr nicht klar, aber es hätte ihr zufriedenes Lächeln, mit dem sie einen schwarzen Kaffee in der warmen herbstlichen Sonne trank, vertieft.

Nach etlichen Prüfungen mit hochsensiblen Geräten landete das Modell im Büro des Senators. Der nahm die Brille von den weitsichtigen Augen und ließ das Gebilde, das zwei Referenten in drei Metern Abstand vor ihm auf dem Couchtisch postiert hatten, auf sich wirken.

»Das ist mal 'ne Vernetzung«, murmelte er, stand auf und schaute sich das Ding aus der Nähe an. Seine Brille war scharf genug, um ihm den winzigen Schriftzug rund um den drehbaren Bauch des Fernsehturms zu erkennen zu geben: *Lou Jadranka – Think City,* samt E-Mail-Adresse und Handynummer. Die ist gut, die Frau, dachte der Senator, und dann tat er etwas, das er sonst nie tat: Er ließ keine Verbindung herstellen, er rief an. Hier und jetzt.

»Was machen Sie gerade, Frau Jadranka?«, fragte er, nachdem er sich schlicht mit seinem Nachnamen gemeldet hatte, dessen Unverwechselbarkeit er voraussetzte. Lou Jadranka antwortete wahrheitsgemäß: »Ich habe mich gerade hingesetzt.«

»Dann stehen Sie am besten gleich wieder auf und kommen her. Ich finde Ihr Modell sagenhaft«, sagte der Senator. »Sagenhaft«, wiederholte er, als er am anderen Ende gar nichts hörte. Er verzichtete dafür auf jegliche Formel der Verabschiedung, legte auf und vertiefte sich noch einmal in die Einzelheiten des Modells und in die des beiliegenden Exposés – damit er hoch einsteigen konnte ins Gespräch. Gleich auf der zweiten Ebene sozusagen.

III

1

Das Foto von Định und Sung hatte der Journalist Kawashima Hideo geschossen. Er hatte so etwas geahnt. Den richtigen Riecher gehabt. Wieder einmal. Ein ehemaliger Kommilitone hatte ihm das Bild vom Ostberliner Bezirksamt mit der Hồ-Chí-Minh-Flagge gepostet, mit nichts als einem Smiley als Kommentar, der ihn wohl an ihre langen Diskussionen über die Zukunft der Kommunistischen Partei Japans im Allgemeinen und ihrer Zeitung, der täglich 16-seitigen »Akahata« im Besonderen erinnern sollte. Der Kumpel von damals war längst im Kulturressort der »Yomiuri Shinbun« gelandet, die ihnen früher als das reaktionärste Massenblatt überhaupt und gleichsam als Tor zur Hölle gegolten hatte. Aber an die alten Zeiten schien er sich gern zu erinnern.

Hideo hatte den Scherz verstanden, sowohl den seines Ex-Genossen als auch den im fernen Berlin. Er hatte gegrinst, ganz wie es ihm das Smiley-Icon nahegelegt hatte, und das Ganze weggeklickt. Dann hatte er es wieder auf den Bildschirm geholt, wieder und wieder. Dabei hatte er Kette geraucht, lange seinen Bart gestrichen und schließlich Etsuko angerufen. »Was hältst du von Berlin, für eine

Weile?«, fragte er. »In Ordnung«, flüsterte sie, denn sie saß im Lesesaal der Waseda-Universität, wo, wie in jedem anderen Lesesaal dieser Welt, Handys verboten waren. Sie machte ein paar Kopien, stellte die Bücher ins Regal zurück und ging nach Hause, um zu packen. Über die Kunstauffassung des Dramatikers Chikamatsu Monzaemon konnte sie schließlich auch in Berlin nachdenken.

Berlin, Berlin – auf dem Fahrradweg nach Hause sprach sie sich dieses Wort an jeder Kreuzung vor und begann sich unbändig zu freuen, wie immer, wenn ein schneller Aufbruch bevorstand. Dass sie sich so freuen konnte über jede Reiseaussicht mit ungewissem Ausgang war der Grund gewesen, weshalb Hideo sie während einer spontanen Reise nach Finnland unbedingt hatte heiraten wollen. »Mit dir will ich leben«, hatte er gesagt, »heute hier, morgen dort.« Im Amtsgericht für Ziviltrauungen in Tampere hatten sie dann konsequenterweise keine Ringe, sondern ihre Reisepässe getauscht.

Als die Kawashimas in Berlin ankamen, war die rote Flagge mit dem gelben Stern schon eingeholt worden, aber sie fanden Nguyễn Văn Huys Imbiss und tranken mit einem Becher Kaffee nach dem anderen gegen den Jetlag an. Sie beobachteten fasziniert den Aufmarsch von Hochzeitsgästen, Kitakindern und Ordnungsbeamten, schlenderten durch die Straßen des Viertels, sahen eine Galerie mit allerjüngster chinesischer Kunst, einen Laden mit russischen Spirituosen, ein international bestücktes Antiquariat für schmale Geldbeutel und fühlten sich wohl. Also suchten sie eine Bleibe.

Keine hundert Meter von ihrem Hostel entfernt lag Sungs Laden, wo sie morgens Kaffee tranken, denn dieser Laden machte früher auf als die Cafés. Außerdem war der Kaffee gut und das kleine Bänkchen unter der Platane auch. Sung wusste von einer Einraumwohnung im Hinterhaus, erster Stock, dunkel, schlecht geschnitten, Kohleofen. Leer stehend seit Weihnachten im vorletzten Jahr, als die alte Frau Holzer das Zeitliche gesegnet hatte. Hideo ließ sich, wie er es immer tat, wenn er in fremden Ländern auf ernsthafter Suche nach einer Bleibe war, Bart und Haare stutzen, schnappte seine Mappe mit den beglaubigt übersetzten Verdienstbescheinigungen, Bürgschaften und Gesundheitszeugnissen samt den Zertifikaten für seine preisgekrönten Fotos und kam drei Stunden später mit zwei Schlüsselbunden wieder. Am Mittag standen die Fenster der Holzer'schen Wohnung zum ersten Mal seit achtzehn Monaten weit offen, und italienischer Revolutionsgesang erfüllte den Hinterhof. *Bella ciao, bella ciao, bella ciao, ciao, ciao* – das hätte auch der alten Frau Holzer gut gefallen.

Hideo und Etsuko dachten nicht daran, in eine Espressomaschine zu investieren. Weiterhin tranken sie ihren Morgenkaffee vor Sungs Laden, unter der Platane. Bald lungerte Etsuko bei Mây an der Kasse herum und wollte von ihr angelernt werden. Sie war neugierig. Und wo würde sie mehr über das Viertel erfahren als an der Kasse dieses Ladens? Mây lachte, während sie den Kopf schüttelte, bis sie eines Tages schließlich nickte und Etsuko die alte Registrierkasse erklärte, ihr zeigte, wo die Tüten hingen, wie man sie schnell mit Mittelfinger und Daumen öffnete und wie man die Pfandflaschen entgegennahm und abrechnete. Etsuko machte ihre Sache binnen zweier Tage mehr als gut, und Mây war froh über die kleinen Pausen, die ihr so unverhofft geschenkt wurden.

Wenn Hideo von seinen Foto-Streifzügen durchs Viertel zurückkam, betrieb er Mundraub im Laden, sortierte dafür jedoch hingebungsvoll die Obstkisten, sodass auch Sung bisweilen eine freie Minute hatte – manchmal sogar synchronisiert mit Mâys Pausen. Hoffentlich reisen die beiden nicht so schnell wieder zurück nach Japan, dachten sich Sung und Mây. Aber die Kawashimas machten keinerlei Anstalten. Vielmehr saßen sie immer öfter abends bei den Trâns am Tisch und versuchten sich in der deutschen Sprache, und Mây und Sung versuchten sich im Englischen.

»Diese Puppen«, begann eines Abends Hideo, während er genussvoll seine Spaghetti schlürfte, »diese Puppen, die hier überall in den Schaufenstern stehen, die erinnern mich an eine Aufführung vor einigen Jahren in Matsuyama – eine meiner ersten Reportagen. Es war eine Truppe aus Hanoi. Man hatte extra ein riesiges Bassin aufgebaut. Sie führten diese Puppen an langen Stangen unter Wasser. Ich habe nie begriffen, wie sie das eigentlich hinbekommen haben, denn die Spieler blieben in einer Art Zelt verborgen. Sie brachten es sogar fertig, das Wasser tanzen zu lassen, in silbernen Linien, in kleinen Kreiseln, in hohen Wellen, und dann verwandelten sie's wieder in einen Spiegel, der jede Puppe verdoppelte. Es war unglaublich – unglaublich schön.«

Minh blickte seine Großmutter an. Er erwartete eine Stellungnahme. Weil Minh seine Großmutter so erwartungsvoll ansah, sahen auch alle anderen Trâns und die beiden Kawashimas Hiền an. Aber Hiền stand nicht im Geringsten der Sinn danach, Thủy hervorzuziehen und sie einem japanischen Reporter vorzuführen, auch wenn er nett war. Also überstand sie stoisch die Stille und die fragenden Blicke, bis Mây Nudeln und Wein nachfüllte.

»Geh ruhig noch ein bisschen spielen«, sagte sie zu Minh, als er begann, unruhig auf dem Stuhl hin und her zu rutschen. Das Gespräch war dank des Obsttellers, den Sung als Nachspeise in die Mitte des Tisches gestellt hatte, inzwischen bei den Schältechniken für Mangos angekommen, bei Mangos im Allgemeinen und wilden Mangos im Speziellen. Es gab starke gegenteilige Überzeugungen, was Messergröße und Schälrichtungen anbelangte. Auch Hiền hatte sich wieder ins Gespräch gemischt, entschieden für große Schälmesser. Gerade war man dabei, das Geschirr abzuräumen, als mit einem dumpfen Poltern Minh wieder zu ihnen stieß. Nicht allein. Wie ein Rettungsschwimmer hielt er die Puppe unter den Achseln, hievte sie vorsichtig, aber entschlossen, in die Küche und richtete sie mit einiger Mühe auf. Dann streckte er selbst die Schultern, wurde größer, als er sich fühlte.

»Sugoi!«, riefen die Kawashimas unisono, »phantastisch!« Sie setzten die Teller und Gläser auf den Tisch zurück. Die Trầns aber waren wie erstarrt. Es gab ungeschriebene Gesetze, und die Puppe nicht eigenmächtig aus ihrer Decke zu wickeln und hinter dem Vorhang hervorzuziehen, war ganz sicher ein solches. Weder Gấm noch Sung noch Minh hatten es je gebrochen. Und nun stand sie da mit ihrem im Dämmerlicht warm schimmernden Holz und ihre schwarzen Pinselstrichaugen schienen alle hier Versammelten an- und gleichzeitig durch sie hindurchzusehen. Minhs kleine Schwester, die in einer Wippe neben dem Tisch geschlafen hatte, wachte auf und wimmerte leise.

»Minh«, sagte Hiền streng.

Minh antwortete nicht. Er hatte die Augen halb niedergeschlagen, aber sein kleiner Körper blieb gerade aufgerichtet, und die Puppe hielt er mit festem Griff. Seine Lippen waren trotzig zusammengepresst, und doch lief ein Zittern durch sein Gesicht. An diesem Zittern las Hiền ab, was Minh bewegte, was er aber nicht zu sagen vermochte: Ja, er hatte eine Grenze überschritten. Aber sie, Hiền, hatte es zuerst getan. Sie hatte die Puppe, die er mit ihr auf die Schulbühne getragen, die er gestützt und geführt hatte, verleugnet. Und er fühlte sich mitverleugnet. Zu Recht. Sie konnte doch nicht schon wieder ein Kind verleugnen. Hiền erfasste dies alles, und wollte dennoch nichts anderes sagen als: »Minh, bitte bring Thủy sofort zurück – und dass du nicht vergisst, sie wieder gut in die Decke zu wickeln!« Nichts anderes wollte sie sagen als dies. Und hörte sich das Gegenteil aussprechen: »Komm her, Minh, es ist gut.«

Über Minhs Gesicht breitete sich augenblicklich ein Strahlen. Er schob die Puppe in Hiềns Arme. Hiền schloss einen Augenblick lang die Augen. Welchen Weg hatte sie jetzt beschritten? Es gab kein Zurück, also fing sie an, über das Holz zu reden. Welchen Duft es verströmt, wenn es geschnitzt wird, wie leicht es ist und fest zugleich. Wie es seine Farbe unter den Harzen und Lacken verändert und altert, ohne je alt zu werden. Sie holte die Stange und nahm die anderen mit in den langen schmalen Flur, um zu zeigen, wie die Stange im Sockel montiert und mit dem kleinen Ruder in Bewegung versetzt wird. Die Augen der Kawashimas leuchteten. Sie sagten keinen Ton, aus Angst, die Innigkeit der Vorstellung zu stören. Die Trầns flankierten Hiền wie ein stummer Chor, zurückgenommen, unterstützend, hellwach. Das Baby auf Mâys Arm tat keinen Mucks. Seine Augen wanderten in Einklang mit den Bewegungen der Puppe und schienen mit Wimpernschlägen zu sparen, um keine Regung zu verpassen.

Quan Âm Thị Kính, Xúy Vân giả dại, Từ Thức – Hiền nannte die Namen der Theaterstücke, deren Klang der Klang ihrer Kindheit war. Keiner hier hatte sie jemals so viele vietnamesische Wörter in Reihe sprechen hören. Sie ließ sich von Minh helfen, während sie die Puppe durch den Flur führte. Sie erzählte von ihrem Großvater. Ihre Stimme war leise und rau. Sung lehnte an der Wand und hörte zu. Nach und nach bekam er eine Familie. Erst eine Schwester. Jetzt einen Großvater, Puppenspieler. Und einen Großonkel noch gleich dazu, einen Puppenbauer. Denn diese Puppe, größer als die meisten, hatte der Großvater von seinem Bruder geschenkt bekommen. Zwischen den Kriegen, sagte Hiền. Das Feigenholz vom Ufer des Sông Đà, das Harz vom Lackbaum *cây sơn mài,* vierundzwanzigfach aufgetragen; die Farben des Kleides aus Indigo und Zinnober. Thủy wurde in die Mitte genommen, sieben Paar Hände strichen über das trockene alte Holz und die matten Farbschichten. Dann trug Hiền sie zurück in die Wohnküche und stellte sie auf eine Kiste neben dem Geschirrschrank. Sie faltete die Decke zusammen, die im Regal des hinteren Ladenzimmers die Puppe mehr als zwei Jahrzehnte umhüllt hatte, und legte sie zur Seite. Thủy war umgezogen.

2

Bei nächster Gelegenheit gingen die Kawashimas mit Sung in die Universitätsbibliothek. Aus alter Gewohnheit hatte Sung den Weg nach Westen eingeschlagen, und erst als er das Auto in der Saargemünder Straße einparkte und die Studenten aus dem U-Bahnhof Thielplatz strömen sah und sich selbst nicht unter ihnen fand, sondern abseits, da wurde ihm klar, dass er jetzt in seinem früheren Leben spazieren gehen würde. Nach zehn Jahren. Auf beinahe komische Weise fand er alles Wesentliche unverändert. Seine Schritte wurden langsamer, er tastete mit den Augen die alten Wege und Bänke ab, seine Ohren saugten das vertraute vielsprachige Palaver vor der Mensa auf, seine Nase das Gemisch von Kaffee und Kopiermaschinen. Ihm war, als könnten die Blicke, Geräusche und Gerüche ihn zurückverwandeln in den, der er gewesen war, bevor er ein anderer wurde, als er hatte werden wollen. Er hätte nur ein wenig an Ort und Stelle bleiben und stillstehen müssen, schon wäre die Verwandlung gelungen gewesen, so schien es ihm.

Aber Hideo und Etsuko zogen ihn zielstrebig weiter durch die Straßen und Gebäude bis zu einem Bibliothekstresen. Wie und wo man denn fündig werden könne zum

Vietnamesischen Wasserpuppentheater? Es stellte sich heraus, dass man hier bestürzend unbestückt und weitgehend unwissend war. »Versuchen Sie's mal im Osten«, sagte man ihnen.

Also gingen sie zurück in den Osten, in eine hinterhofversteckte Zweigbibliothek, deren Geräusche und Gerüche für Sung keinerlei reinkarnierendes Potenzial bereithielten. Dort pflügten sie durch die Regale: Jakarta, Laos, Kambodscha, Vietnam. Fine Arts. Musik. Kunst. Kunsthandwerk. *Le Paysan tonkinois à travers le parler populaire.* Theater. Puppentheater. Unter SOA LC 85415 N576 K9 verbarg sich, was sie gesucht hatten: *Die Kunst des Wassermarionettentheaters von Thai Binh,* Zentralhaus Publikation, Leipzig 1985.

»Ach nee«, sagte die Frau am Tresen der Bibliothek. Sie ließ ihre Lesebrille auf den bunt beblusten Busen sinken und beäugte das asiatische Trio, das sie noch nie zuvor in diesen Räumen gesehen hatte. »Da war doch erst vor Kurzem jemand da. Jahrelang hat die keiner ausgeliehen. Wir mussten sie erst elektronisch erfassen. Gibt's denn ein Theatertreffen oder so etwas?« Keine Antwort. »Theatre Festival?«, schob sie nach, in der Annahme, dass man sie vielleicht nicht verstehen würde. Sung schüttelte den Kopf, nein, nein, während Hideo »yes« sagte und gleich noch zweimal auf Deutsch hinterher: »Ja! Ja!«, und freudig dazu nickte. Die Bibliothekarin blickte amüsiert von einem zum anderen.

»Muss ja ooch nich allet ausjeplaudert werden, wa?«, meinte sie, setzte die Brille wieder auf und schob die Bücher über den Tresen. Drei Paar Hände griffen danach.

›Na, da muss ja wat janz Dollet in der Mache sein‹, dachte sie, verschloss aber ihre lockere Berliner Schnauze schnell mit einem kräftigen Schluck aus der Kaffeetasse, über deren Rand sie den fremden Gästen freundlich zublinzelte.

»Ein Theaterfestival?«, fragte Sung draußen und sah Hideo verständnislos an.

»Denk doch mal an diesen Teich in eurem Park«, Hideos Augen blitzten vor Unternehmungslust. Er fischte in seiner Jackentasche nach einer Zigarette. »Man darf darin nicht schwimmen, man darf darauf nicht Schlittschuh laufen. Man darf nicht darin angeln. Man darf nicht darauf rudern. Irgendetwas muss man doch tun dürfen. Die Enten langweilen sich dort zu Tode.«

Sung versuchte, in Hideos Antwort eine Antwort auf seine Frage zu finden. Hideo musste ein paar Mal kräftig an seiner Zigarette ziehen, bis bei Sung der Groschen gefallen war.

»Du meinst …?«

»Ja.«

»Unmöglich«, sagte Sung schnell und bestimmt, »das klappt niemals. Du kannst diesen Teich nicht einfach entern und darin Puppen tanzen lassen. Du wirst festgenommen und nach Japan abgeschoben werden, du wirst Bußgelder zahlen müssen, die dich arm machen, und überhaupt, so etwas zu organisieren, das braucht Jahre und Hunderttausende von Euro und einen ganzen Mitarbeiterstab. Weißt du, wie lange sie schon an der Uni an einer winzigen Konferenz rumbasteln, wie viele Anträge man schreiben muss und …« Sung hatte noch allerhand Argumente im Ärmel, aber Hideo unterbrach ihn lachend.

»Na, dann müssen wir's eben bleiben lassen«, sagte er.

Sung war beruhigt. Aber Etsuko, die aufmerksam zugehört hatte, kannte ihren Mann gut genug, um zu wissen, dass er in genau diesem Moment beschlossen hatte, die Sache durchzuziehen.

Nach dem Abendessen gingen Sung und Hideo auf eine Runde in den Park und saßen dann lange schweigend auf einer Bank am Teich. Ein Paar kreiste in aufgebrachten Schritten um das Wasser und ließ sie alle vier Minuten für gute fünf Sekunden an ihrem Streit teilhaben. Das hätte gereicht, um eine ganze Beziehungsgeschichte zu rekonstruieren, aber Sung und Hideo nahmen von allem nur das langsame Abebben der Beschuldigungen, der Rechtfertigungen, das Aufeinanderzugehen wahr und hingen in dieser irgendwie tröstlichen Normalkurve ihren Gedanken nach – die sich um vietnamesische Wasserpuppen drehten.

War es die Logik der Sache selbst, oder war es der Vier-Minuten-Takt der fremden Worte, der ihre Gedanken synchronisierte? Jedenfalls bedurfte es keiner Einführung, keiner Erläuterung, keiner Nachfrage, als Sung das Schweigen brach:

»Du willst Hiền fragen, ob sie dir hilft?«

»Ja.«

Das Paar näherte sich wieder. Ihre Schultern waren zusammengerückt. In der nächsten Runde würden sie Händchen halten.

»Frag sie«, sagte Sung, »ich glaube, sie macht es.«

Tatsächlich reagierte Hiền ungläubig, aber nicht unfreundlich. Sie selbst habe das Theater im Krieg untergehen sehen, in ihrem Dorf. Manchmal träume sie davon, sagte sie zu Hideo, und mehr tun, als diese Träume auszuhalten, das könne sie nun nicht mehr. Aber ob er vielleicht zu Lý Phong gehen wolle, der habe einen Bruder in Đường Lâm, und sie habe gehört, dass dieser die Puppen zu führen wisse wie kaum ein anderer.

Also ging Hideo mit seinem Plan zu Lý Phong. Tags darauf ging Lý Phong mit Hideos Plan zu Jana. Janas Gesicht fing an zu leuchten. Lý Phong telefonierte lange nach Đường Lâm. Er legte auf und sagte: »Ausgebucht bis zum nächsten Jahr im August«, sagte er. Enttäuschung knabberte an dem Leuchten in Janas Gesicht.

»Aber es gibt da eine junge Truppe in Thác Bà«, fügte Lý Phong hinzu, »nicht so bekannt, aber gar nicht schlecht, hat mein Bruder gesagt. Sie machen Musik mit selbst erfundenen Instrumenten und schreiben die Stücke neu.«

»Ruf doch mal diesen Hideo an, er soll herkommen«, sagte Jana, stand auf und kochte Kaffee für mehr als zwei Personen und für mehr als zwei Stunden. Rein gefühlsmäßig.

Hideo zimmerte gerade mit Sung an einer hölzernen Zwischenetage des Transporters herum, die am Morgen unter dem Gewicht einer Ladung Hokkaido-Kürbisse zusammengebrochen war, als ihn Lý Phongs Anruf erreichte. Er legte Hammer und Nagel zur Seite, schlängelte sich auf den Beifahrersitz und beorderte Sung, ehe der sich versah, in den nordöstlichen Prenzlberg und dann fünf Treppen hoch. Jana verteilte Kaffee, und Lý Phong erzählte von den bis August nächsten Jahres ausgebuchten alten Hasen. Und von den jungen Wilden, die vielleicht noch frei wären. Hideo hob den Daumen. Sungs Indianergesicht verriet nichts. Janas Augen blitzten. »Buchen«, sagte sie.

Sung, ohnehin in seinem Nachmittagstief, versuchte zu bremsen. »Warum die Eile?«, fragte er. »Warum wartet ihr nicht bis zum nächsten August und macht das alles ganz in Ruhe?«

»Wer weiß, wo ich nächstes Jahr sein werde«, sagte Hideo, »ich will das sehen – hier will ich es sehen!«

Damit schien die Sache erledigt zu sein. Sung nickte und sah Hideo nachdenklich an. Der stand schon mit seinem Terminkalender neben Lý Phong, der gerade wieder Đường Lâm anrief, und machte ihm mit dem Bleistift kleine Zeichen. Die jungen Puppenspieler am anderen Ende der Leitung waren hocherfreut und terminlich hochflexibel. Sie kalkulierten knapp, viel zu knapp, wie junge unternehmungslustige Künstler es tun, wenn sie potenzielle Auftraggeber nicht verschrecken wollen. Und der Gedanke, mit ihrer Kunst mehr als ihr Brot verdienen zu wollen, hatte sich in ihren Köpfen noch nicht sehr festgesetzt. Außerdem wollten sie unbedingt nach Berlin.

Jana hatte sich an ihren Rechner gesetzt, die Stundenpläne weggeklickt. Lý Phong schaute fragend auf den schnellen Wechsel der Seiten, die dort auftauchten. »Sponsoren«, sagte sie. In ihrem Eifer war sie zu Einwortsätzen übergegangen. Lý Phong verstand nicht.

»Geldgeber«, sagte sie. Lý Phong nickte. Manchmal war die deutsche Sprache doch überraschend einfach. Hideo sah Jana über die Schultern und verfolgte ihre Lesezeichen: Vietnam Airlines, Bundeskulturstiftung, Vietnam House, Die Reistrommel, Berlin Tourismus. Er nickte anerkennend. Hier hatte die richtige Truppe zusammengefunden: ein schönes Komitee zur Vertiefung der deutsch-vietnamesischen Freundschaft. Zufrieden schlug er dem gedankenverlorenen Sung auf die Schulter: »Komm, das Kürbisregal wartet.«

Es war nicht so leicht herauszubekommen, wem der Teich gehörte und wem die Enten, die im Teich schwammen. Unter der Platane vor Sungs Laden befragte man zu diesem Problem die Ordnungsamtsgänger während der Mangoscheibenpause. Die zeigten sich halbwissend hinsichtlich des Teiches – Grünflächenamt? Umweltamt? – und gänzlich unwissend hinsichtlich der Enten – Tierschutzbund? –, versprachen aber, alsbald Konkreteres mitzubringen. Namen und Durchwahl. Sie hielten Wort und reichten am nächsten Tag einen Zettel herein, auf dem unter der Überschrift »Enten im Bezirksamt« vier Nummernvarianten notiert waren.

Hideo wählte die erste Nummer und hielt Sung das Handy ans Ohr. Sung war mit seinen Gedanken eigentlich völlig woanders und fragte rundheraus, ob sich der Teich im Friedrichshain für eine Veranstaltung mieten ließe. Das Gespräch war sehr kurz. »Keine Chance«, berichtete Sung den anderen. »Keine Veranstaltungsfläche im Sinne von Paragraf irgendwas, hat die Frau da gesagt.«

Damit war für Sung die Sache erledigt, und er war nicht unzufrieden damit. Jana sah das anders.

»Lass mich mal«, sagte sie und nahm ihm das Handy aus der Hand. Sie versuchte es mit der zweiten Durchwahl. Und mit der Berliner Taktik, die sie ihrem Vater von Kindesbeinen an abgelauscht hatte.

»Tachjen, Kripke hier, Schulamt. Ick hab jehört, die Enten im jroßen Teich, die sind Ihnen untastellt, wa?«

»Dit glooben Se ma. Ham se denn wat ausjefressen, die Tierchen?« Kichern. »Nee, aber wat isn, wenn wa die fürn paar Taje umsiedeln? Et jibt da sone Idee …«

»Idee is immer jut. Schießen Se ma los …«

»Dit hängt mit die Puppen zusammen, die hier inne Schaufenster stehen jetze. Ham Se die schon ma jesehn?«

»Na, meene Tochter hat jrade letzte Woche so eene fertich jemacht inne Schule, die kommt jetzt bei uns im Flur zu stehen. Bei enem echten Vietnamesen, der hat dit echt jut jemacht. Die Kleene hat sonst mit Basteln nüscht am Hut, aber mit die Puppe, da hat se sich echt rinjekniet, wa …«

»Dit war meen Mann, der echte Vietnamese.«

»Ach nee, und dit hängt allet mit die Idee zusammen?«

»Jenau. Dit sind nämlich allet Theaterpuppen. Und die brauchen eijentlich 'nen Schluck Wasser unter die Beene …«

3

Binnen weniger Tage wurde aus dem Komitee ein Verein
mit Satzung und allem Drum und Dran. Denn das war
der erste von fünf Punkten gewesen, die die Dame vom
Amt für Grünflächen Jana ins Ohr geflüstert hatte, mit der
ermutigenden Ansage, dass deren genaue Beachtung und
zügige Umsetzung der Sache des Wassertheaters dienlich
sein würden. »Ick nehme mir der Püppken janz persönlich
an, versprochen ...«

Über die Zuwachsrate des Vereins *Holz auf Wasser.*
Freunde des vietnamesischen Theaters e. V. wäre jede politische Partei entzückt gewesen, aber für den gewählten Vor-
stand kam alles doch ein bisschen plötzlich. Hiêns Sprach-
schüler traten als Horde bei, und sie hatten noch mehrere
Clans im Hintergrund. Mây und Etsuko platzierten ein Hin-
weisschildchen an der Ladenkasse – diskret, aber wirkungs-
voll bei der Stammkundschaft. Die füllte ihre Anträge auf
dem Zeitungsstapel neben der Tür aus. Die Ordnungsämtler
taten desgleichen auf den geduldigen Uniformrücken ihrer
Kollegen und reichten die Papiere mit dem Geld für ihr
Mittagsobst ein. Jana rekrutierte ihr Kollegium nahezu geschlossen, und so lag der Anteil der Lehrerinnen unter den

Vereinsmitgliedern knapp vor dem der Industriekletterer, deren gesammelte Aufnahmeanträge eines frühen Nachmittags, kurz nach Gründung des Vereins, in einem gut verschnürten Karton auf dem Gepäckträger des Hamminkelner Kneipenwirts in Sungs Laden ausgeliefert wurden.

Dort lagen die Papierstapel dann erst einmal eine Zeit lang auf der Glasvitrine mit den frisch gebackenen Brötchen, bis Hiền schließlich aus dem Schreibwarenregal einen Ordner zog, *Holz auf Wasser* daraufschrieb, alle Blätter alphabetisch einordnete und ihn ins Regal stellte, genau dahin, wo durch Thùys Umzug Platz geworden war.

Bald schon fehlte es an Formularen. Auch ahnte man, dass Janas Wohnzimmer mit der praktischen WBS-70-Durchreiche vom Esstisch zum Getränkefach des Kühlschranks als Vereinslokal dem Ansturm der Mitglieder nicht lange standhalten würde. Beim in Abwesenheit zum Kassenwart gewählten Sung landeten die Mitgliedsbeiträge in bar, und der wusste so schnell nicht, wohin damit – zeit seines Lebens hatte er Bargeld entweder in die Ladenkasse oder in sein Portemonnaie gesteckt (was ungefähr dasselbe war). Ihm war durchaus klar, dass das in diesem Fall nicht ging, und dennoch trug er die Scheine eine ganze Weile in seiner Hosentasche spazieren, bis er es nach mehreren Anläufen schaffte, im Foyer der Sparkasse einen Automaten damit zu füttern, der auf einem schwach bedruckten kleinen Bon versprach, sie auf ein von Hiền eingerichtetes Konto weiterzuleiten.

Der Verein zog weite Kreise. Er füllte die E-Mail-Accounts, ließ die Handys klingeln und sorgte für Grüppchen auf den Straßen, in wechselnden, nicht immer naheliegenden Zusammensetzungen. Dabei hatten die Initiatoren nichts weniger als die Begründung eines Vereinslebens im Auge gehabt, als sie *Holz auf Wasser* beim Amtsgericht ins Vereinsregister hatten eintragen lassen. Sie wollten einfach nur eine Theateraufführung auf die Beine stellen – eine, wie diese Stadt sie noch nicht gesehen hatte. Und wenn man dafür ein »auf unbestimmte Dauer angelegter, körperschaftlich organisierter Zusammenschluss einer wechselnden Anzahl von Personen, die ein gemeinschaftliches Ziel verfolgen«, werden musste, dann musste es eben so sein.

Die Zeit drängte. Die Blätter wurden schon gelb, das Wasser kalt. Die Drähte zwischen Thác Bà und Berlin liefen heiß. »Keine Sorge, wir spielen auch in Neopren«, versicherten die jungen Puppenspieler und kicherten dabei voller Vorfreude auf den Ententeich im fernen Berlin.

4

Dann waren sie da. Drei Männer, zwei Frauen; 19 Jahre der Jüngste, 34 Jahre die Älteste. Die Reisebürochefin, eine der ersten *Holz-auf-Wasser*-Frauen, hatte ihnen ein Rabatt-Ticket geschickt und holte sie nun vom Flughafen ab. Unter Herzklopfen erprobte sie ihr Vietnamesisch und zauberte damit ein Strahlen in die von der weiten Reise müden Gesichter. Die Puppen reisten in Skikoffern, die Isomatten waren auf die Rucksäcke geschnallt. Die Puppenspieler schliefen in Lý Phongs Werkstatt, Lebensmittel durften sie sich in Sungs Laden zusammensuchen. Aber meistens aßen sie an wechselnden Vereinsmitgliedertischen. Noch am Tag ihrer Ankunft nahmen sie den Teich in Augenschein und nickten. »Chúng ta có thể làm điều này.« Das geht, das kriegen wir hin.

Die Affenbrücke, die von der metallenen Einzäunung des Teichs zur Insel gespannt wurde, war die erste, die in dieser Stadt 24 Stunden überdauerte. Viereinhalb Tage lang blieb sie bestehen – Passage für 28 Puppen, zwei Pagodenzelte und ein gutes Dutzend Akteure, die die Inselbühne mit allem Notwendigen präparierten: Stelzen, Vorhänge, Lautsprecher.

Am Morgen des Aufführungstages kam der Tierschutzbeauftragte Paul Hufnagel mit Transportkäfigen fürs Federvieh und legt es darauf an, schlechte Laune zu verbreiten. Den Enten die Heimat nehmen wegen irgendeinem blöden Rummel! Aber mit Tieren kann man sich ja alles erlauben in dieser Stadt, in diesem Land! Die Truppe aus Thác Bà verstand zwar nicht, was er sagte, wusste aber den Klang seiner Worte, Mimik und Gestik richtig zu deuten. Sie schwiegen betreten. Sung hatte plötzlich das Gefühl, dass heimatvertriebene Enten kein gutes Karma für die Wasserpuppen wären, und ließ sich mit dem wutgrummelnden Tierschutzbeauftragten auf ein Gespräch ein – was eigentlich schlimmer sei: ganz fort von der Heimat oder sie doch noch vor Augen haben, wenn auch unzugänglich, für etwa achtzehn Stunden. Als Paul Hufnagel merkte, dass es Sung ernst war mit den Entenseelen, wurde er konstruktiv: Warum überhaupt evakuieren? War mit Feuerwerk zu rechnen? Keine Genehmigung bekommen? Umso besser. Böller? Nein? Prima. Er könne sich durchaus vorstellen, eine kleine Notunterkunft für die Tierchen zu errichten, hinten beim Friedenstempel, das sei doch gar nicht mal so schlecht.

Ob er sich denn auch vorstellen könne, als Tiertröster dabei zu sein am Abend, wenn die Puppen auf dem Wasser tanzen würden, das sonst den Enten gehöre? Gegen eine kleine Futtergeldspende des gemeinnützigen Vereins *Holz auf Wasser?*

Ja, das könne er sich eigentlich sehr gut vorstellen. Aber was denn? Puppen, auf dem Wasser? Das habe er ja gar nicht gewusst. Er habe gedacht, sie wollten hier so ein Open-Air-Spektakel abziehen mit zig Verstärkern, giftigen

Nebeln und grellen Scheinwerfern und dem ganzen Zeug, allem, was Tieren nicht guttut. Man müsse ja auch an die Fische denken, oder? Aber Puppen, die im Mondlicht auf dem Wasser schwimmen? Fackeln und Lampions? Wunderkerzen? Was sollten die Enten und die Fische denn dagegen haben? Wo lag das Problem?

Paul Hufnagel brachte die Affenbrücke arg ins Schwanken, als er in seinen kniehohen Fischerstiefeln weit ausschritt, um voller Tatendrang das nahe Enten-Exil zu errichten. Auf der Mitte der Brücke drehte er sich um. »Habt ihr nicht noch so ein paar Bambusstangen für mich, ich meine für die Enten, ich meine fürs Gehege?«, rief er. Man hatte. So waren die Enten mit von der Partie. Auf dem Logenplatz.

Tags zuvor war Lý Phong mit den jungen Leuten auf eine Tasse Tee zu Hiền gegangen. Man sprach über die politische Lage in Vietnam, über marode Bewässerungssysteme auf dem Land und die neuen Reichen in der Stadt. Über die Löhne im Tee- und Kaffeeanbau, über die öffentlichen Parks in Berlin im Vergleich zu denen in Hanoi, über die unvergleichliche Gitarre des Phạm Duy. Worüber man kein Wort verlor, war das Wasserpuppentheater im Allgemeinen und die Puppe Thủy im Besonderen. Nach einer knappen Stunde verließen die Gäste unter höflichen Verbeugungen Hiềns Zimmer.

Hiền blieb noch lange sitzen und schaute in den Innenhof hinaus, auf die Ranken des wilden Weins, die die gegenüberliegende Hauswand hochkrochen, auf die Holzlatten, mit denen die Mülltonnen eingezäunt waren, auf die Fahrräder, die daran lehnten, und auf die ersten gelben und roten Blätter, die auf ihre Sättel und Schutzbleche fielen und dort liegen blieben. Sie sah das alles und sah es nicht. In ihren Gedanken rekapitulierte sie Thủys Wege. Geschaffen in einem Schuppen am Dorfteich, übergeben als ein Hochzeitsgeschenk, lebendig geworden am Delta des Roten Flusses, weitergegeben vom sterbenden Großvater an die Enkelin, die nah am großen Sterben lebte, aber davonkommen würde, eingereist in ein Land, das keine Verwendung für Wasserpuppen hatte. Dort hinterlassen als Liebesgabe und Versprechen, gehortet im Lagerraum eines Ostberliner Ladens, unversehens wiedererweckt als »Kulturgut« in der Grundschule des Enkels ohne einen einzigen Tropfen Deltawasser unter dem Sockel. In Decken gewickelt der Verborgenheit zurückgegeben, dann zum zweiten Mal wiedererweckt durch die Neugier eines japanischen Journalisten. Und abermals ihre Kunst zwischen Luft und Erde zeigend, nicht auf dem Wasser, wo sie hingehörte.

Hiền saß einfach da, die Hände im Schoß, ohne das Licht anzudrehen, als es zu dämmern begann, ohne auf die Rufe aus dem Laden zu achten, ohne sich Strümpfe an die kalten Füße zu ziehen. Ihre Lippen begannen einen alten Vers zu formen, nahezu lautlos, immer wieder, das letzte Wort vom ersten in einen Kreis gezogen, der kein Ende fand. *Ein jeder trägt in sich / sein Karma. / Es klage niemand, diesem sei / der Himmel fern / und jenem nahe. Tief / in unserem Innern hat / das Gute seine Wurzel. Ein jeder trägt in sich sein Karma ...*

Wie in einem Mantra kam ihre Seele darin zur Ruhe, und die Entscheidung fiel ohne ihr Zutun.

Am nächsten Morgen ging sie zu den jungen Leuten, die in Lý Phongs Werkstatt frühstückten, und fragte, ob sie noch eine Tasse Kaffee für sie hätten. Am Nachmittag schlüpfte Hiên zum ersten Mal in ihrem Leben in eine Neoprenhose und probte. Ihre Hände wussten noch alles.

5

Den ganzen Tag über war es windig gewesen. Das Wasser des Teiches hatte sich unter den Böen in unruhige kleine Wellen zusammengeschoben. Aber am späteren Nachmittag legte sich der Wind, und die Solarlampions, die an den Ästen von Kastanien- und Ahornbäumen, Eichen, Birken und Pappeln hin und her geschleudert worden waren, hingen nun still und verwunschen da und gaben ihr Licht so fein dosiert frei, wie kein Beleuchtungsmeister es besser hätte abstimmen können.

Die Menschen strömten herbei. Der Prenzlauer Berg war ein quirliges Stück Berlin, 150 000 Einwohner auf zehn Quadratkilometern, und jeder Hundertsten hatten die Puppen auf die Beine gebracht. Aus dem benachbarten Lichtenberg kamen die vietnamesischen Familien, die mit zunehmendem Interesse und Geschäftssinn verfolgten, was sich da im Nachbarkiez abspielte. Der seidige Aufmarsch der Schwester Lê erregte Aufsehen: vier Frauen, alle nahezu gleich groß, nämlich einsachtundsechzig, die langen schwarzen Haare in der Mitte gescheitelt und im Nacken zusammengebunden, hatten über ihre weiten weißen Hosen das enge, bis über die Hüften hochgeschlitzte Kleid gezogen: Ly in Sonnengelb, Hoa in Karmesinrot, Thảo in Kobaltblau, Lan in Apfelgrün. Sie gingen ihren Eltern und der Großmutter voran und steuerten zielstrebig auf den Platz zu, den Mây, ganz in Weiß, für sie freihielt.

Undine, selbst in ihre meergrüne Seide aus Hiềns Händen gekleidet, verfolgte dieses fünfköpfige Konkurrenzprogramm nicht ohne Neid, aber ihr Schönheitssinn siegte über ihre Eitelkeit. Freundlich lächelnd näherte sie sich der Picknickdecke der Lês, stellte sich vor, fragte, ob sie sich dazusetzen dürfte, und eröffnete dann ohne weitere Umschweife ein Gespräch über Seide, Schnittmuster und Frisuren. Hier konnte sie was lernen.

Nicht weit von ihnen entfernt lagerte die Familie Ğoàn, aus der Định stammte. Mutter und Schwester hatten sich hier bereits am frühen Nachmittag eingerichtet und waren seither nicht von der Stelle gewichen. Eben war der Vater dazugekommen. Er sah Định. Aber Định sah seinen Vater nicht, dachte nicht im Traum daran, dass er hier sein könnte und ihn nicht aus den Augen ließ: Wie er über die Affenbrücke hin und her sprang, lachte und scherzte bei den letzten Vorbereitungen. Wie seine Kumpel ihm freundschaftlich in die Rippen boxten, wie er dann am Geländer stand, Karabiner und Seile sortierte und dabei auf die herbeiströmenden Menschen schaute, diese nicht abreißende Schlange, die Địnhs Vater gar nicht sah, weil er nur seinen Sohn sah.

Die Zuschauer kamen nicht nur von Osten, sie kamen auch von Westen. Der Standesbeamte hatte mit dem ältesten Enkel sein nach allen Regeln der Kunst geschriebenes Plakat in die Cafés und Kneipen rund um den Marheineke-, den Winterfeld- und den Stuttgarter Platz gebracht. Die einstigen Aktiven der Großen Vietnam-Konferenz waren agitierbar genug geblieben und gerade noch so gut zu Fuß, dass sie es sich nicht nehmen ließen, ihre Solidarität und ihre Bewunderung für das vietnamesische Volk zu zeigen. Auch wenn die sozialistische Weltrevolution nicht den gewünschten Verlauf genommen hatte. Endlich einmal sahen sie einander wieder, frühe Weggefährten, und einer von ihnen hatte die Idee gehabt, die Leute von der Freien Deutschen Jugend ausfindig zu machen, die ihnen damals beim Transit geholfen hatten: Erlass der Straßenbenutzungsgebühr und beschleunigte Abfertigung für die Vietnam-Aktivisten auf dem Weg nach Berlin hatten sie erwirkt. Das war zwar nicht bei jedem Grenzsoldaten angekommen, aber an gutem Willen hatte es nicht gemangelt. Grund genug, sich mal wieder die Hände zu schütteln.

Darauf hätte man früher schon mal kommen können, aber es war auch nicht zu spät. Man traf sich unter der geballten bronzenen Faust des Spanienkämpfers, Parkeingang Friedensstraße, gab sich ohne großes Fremdeln zu erkennen und machte gemeinsam rüber zum großen Teich. Man wurde politisch, lachte, dozierte und schimpfte. Eigentlich schade, dass man sich aus den Augen verloren hatte. Ließe sich ja ändern. Am Ende konnte man doch noch mal was auf die Beine stellen. Man war grau und hatte das eine oder andere künstliche Knie, aber man hatte ja auch Enkelkinder, in die man Hoffnung setzen konnte. Die lasen nämlich Bücher, in denen Sätze standen wie »Alles ist gut, solange du wild bist«. Es war schon mal aussichtsloser gewesen.

Zulauf kam aber nicht nur aus dem Westen der Stadt, sondern auch aus dem Westen der Republik. Etsuko war es gewesen, die auf den ersten Seiten des Buches aus der Bibliothek mit den schönen Bildern vom Puppentheater zwischen all den ihr unverständlichen deutschen und vietnamesischen Wörtern eine fünfstellige Kombination gefunden hatte, mit der sie viel anfangen konnte: UNIMA: *Union Internationale de la Marionnette.* Über die japanische Homepage fand sie die deutsche und ließ sich von Mây einen Dreizeiler in die Tasten ihres Smartphones diktieren, der umgehend in die Rubrik »Meldungen aus der Szene« aufgenommen wurde und sich von dort wie ein Lauffeuer verbreitete. In Fahrgemeinschaften, mit Gruppentickets auf beschaulichen Regionalbahnstrecken, mit antiken Hanomags und VW-Bussen der vorvorletzten Generation kamen die vorwiegend mittellosen, aber gut gelaunten Puppenspieler aus Northeim, aus Schwabach, aus Schwäbisch Gmünd und Wiesbaden, aber auch aus Raabs an der Thaya, aus Herisau und Gamprin und hundert anderen jener Orte, die fünfstellige Vorwahl- und dreistellige Anschlussnummern haben.

Sowohl angesichts der Weitgereisten als auch angesichts der noch eben aus ihren Arbeitsräumen Herbeieilenden war es keine schlechte Idee von Nguyễn Văn Huy gewesen, fünfzehn schlicht zusammengezimmerte Nudelsuppenstände zu installieren, an denen man sich für wenig Geld stärken konnte. Kessel, Kelle und Suppenschalen aus kompostierbarem Palmblatt. Mehr brauchte es nicht. Während die Kunden auf ihre schöne heiße *phở* warteten, blätterten sie in den Broschüren der Geschichtswerkstatt *Nachdenken Lernen Forschen e. V.,* die in wetterfesten Prospektboxen seitwärts am Tresen hingen, und manche von ihnen legten das Blättchen nicht zurück, sondern steckten es in die Tasche. Konnte man sich zu Hause doch mal genauer ansehen.

Im Strom von Einheimischen und Zugereisten patrouillierten die Ordnungsämtler mit ihren Reflektorband-Kegelhüten und strahlten dabei einen gewissen Stolz und wohlwollende Zufriedenheit aus – als hätten sie die ganze Sache höchstselbst auf die Beine gestellt; was jedenfalls nicht ums Ganze falsch war. In der Hand trugen sie verplombte Sammelbüchsen, in die die Vorübergehenden ein Eintrittsgeld nach eigenem Ermessen einwarfen. (Nach der Auszählung am nächsten Morgen würden die Künstler aus Thác Bà die gemeinschaftlich ermittelte und zweimal nachgezählte Summe nicht glauben können. Sie unterstellten einen Umrechnungsfehler von Euro in Đồng. Nach langen und nachdrücklichen Versicherungen, dass arithmetisch alles in bester Ordnung sei, freuten sie sich wie kleine Kinder und wollten sofort, vergeblich, für Kost und Logis bezahlen.)

6

Nie hatte es hier eine schönere Bühne gegeben. Das Licht der Lampions spiegelte sich im Teich und verwandelte die Zelte von Outdoor-Artikeln in ein Pagodenschloss Out of Asia. In die leiser werdenden Stimmen der Zuschauer am Ufer mischten sich die Klänge von Trommel, Laute und Mundorgel vom Wasser her. Ein Gong schaffte Stille, gespannte Stille. In seine letzten Schwingungen hinein sprach die Botschafterin Vietnams ein Grußwort. Nicht zu enthusiastisch, denn sie wusste ja noch nicht, was das hier werden sollte, wie es hier enden würde; aber auch nicht zu verhalten, denn sie spürte wie alle anderen, dass sehr viel Vietnam in der Luft lag, viel Neugier, Offenheit und Begeisterung, und sie wollte nachher nicht dastehen als eine, die nichts daraus zu machen wusste. Als sie mit ihrer gedrosselt patriotischen, gemäßigt staatstragenden kleinen Rede zu Ende war, gab sie das Wort ab an einen Privatdozenten der Südostasienwissenschaften, in dessen Sprechstunde kürzlich ein Standesbeamter mit einem Faible für die vietnamesische Schrift vorstellig geworden war. »Noch eine Frage«, hatte der gesagt, nachdem sie sich kurz über Gasthörerschaft und lang über die alte Murmelschrift *chữ nôm* unterhalten hatten, und ihm dann ein Plakat der geplanten Veranstaltung über den Tisch gereicht, Schrift und Gestaltung von ihm selbst. Ob man ihn vielleicht gewinnen könne für eine kleine Einführung in die Kunst des Wassermarionettentheaters? Der Privatdozent sah sich das Plakat, das im Schilf verdeckte Feen zeigte, lange an, prüfte die tadellose Schrift, nickte mehrere Male, während sich das Lächeln in seinem Gesicht vertiefte und sagte: »Das ist keine Frage, das ist ein Geschenk.«

Nun also stieg PD Dr. phil. Johannes Sikora auf das aus Bambus errichtete Rednerpodest und führte – so freudig und behutsam, wie man ein Geschenk auswickelt, ein unverhofftes, eines, von dem man eigentlich nicht weiß, auf welchen Wegen es einem zugekommen ist – das Publikum in die Kunst des Wassertheaters ein, in die Sagen und Mythen des alten Vietnam.

»Was mag es gewesen sein«, fragte er, »was zu einer Zeit, in die wir uns nicht mehr zurückdenken können, die Menschen in Vietnam dazu gebracht hat, ihre Puppen nicht mehr auf Bambusdrachen in den Himmel steigen zu lassen, sondern sie dem Wasser anzuvertrauen? War es das Vertrauen darauf, dass dieses Wasser, das ihre Erde fruchtbar machte, den Reis wachsen ließ, auch ihrem Spiel wohl bekäme? War es die Absicht, dieses Wasser, an dem es in der Dürre mangelte, das in der Flut die Felder verheerte, ins rechte Maß zu bringen, indem man ihm mit Schönheit und Witz huldigte? Oder war es der Wunsch, mit dem Wasser, das den Alltag bestimmt, auch die Feste zu feiern?« Fragen, die keine Antwort nach sich zogen, aber die Gedanken der Zuschauer aufs richtige Gleis setzten. Nun konnte Johannes Sikora sie auf die Szenen einstimmen, die sie gleich sehen würden: den Fisch, der sich in einen Drachen verwandelt, Gia Cát, der den Wind einholt, einen Wasserbüffelkampf, Mönche und Nonnen beim Gebet, einen Tanz der Feen. Und Kiều, die schöne junge Heldin, wie sie ihren Liebsten an der Mauer trifft, die ihr Haus von dem seinen trennt, und wie sie einander dort versprechen: *Zwei Locken ihres Haares legten sie / zusammen, teilten sie / mit einem goldnen Messer. Im / Zenit stand hoch / der Mond ...*

Es sei noch nicht so lange her, sagte er, da habe in den Städten und auf dem Land ein jeder wenigstens ein paar Verse aus dieser Dichtung gekannt und weitergegeben in jenem einfachen Wechsel von sechs und acht Silben, der aus Worten ein Lied macht. Ein Lied, das nicht nur die Münder, sondern auch die Seelen aufschließen konnte: Für das Schicksal der Kiều, die ihrem Liebsten entsagt, die sich verkauft, um die Familie zu retten, sich ausliefert, die leidet, hofft, vertraut, vergibt, verwindet, in Aufruhr gerät und Ruhe findet. – Und nicht auch für all das, was in einem selbst verborgen liegt und dadurch angerührt wird?

Der Wissenschaftler, der dort von dem improvisierten kleinen Steg vor der Enten-Insel sprach, war ein anerkannter Experte seines Fachs. Er hatte zwei Bücher geschrieben, die an Umfang und Bedeutung beinahe ein Lebenswerk ausmachten. Und war doch weit mehr ein Fragender als ein Dozent. Das war hier am Teich nicht anders als im Seminarraum. Zur Südostasienkunde hatten ihn keinerlei pragmatische Überlegungen getrieben – etwa dass ein schnell wachsender Außenhandel seine Dolmetscher brauche, wie seine Eltern damals diese bizarre Studienfachwahl vor Nachbarn und Verwandten rechtfertigten –, sondern ganz allein seine früh erwachte Leidenschaft für die ungezierte Anmut, die prächtige Rätselhaftigkeit der Kunst östlich von Indien, südlich von China. Er stand in seinem 47. Jahr und konnte über Kindesliebe, Sehnsucht, Leidenschaft und Verzicht wie ein Mann reden, der von diesen Dingen nicht nur aus Büchern wusste. Zwölf Minuten reichten ihm für das, was er sagen wollte. Dann überließ er den Puppenspielern die Bühne oder besser: den Puppen das Wasser.

Die Puppenspieler zeigten sich nicht. Sie blieben im Zelt verborgen und ließen an Stangen und Rudern Fische zu Drachen werden, Wasserbüffel miteinander kämpfen, Mönche und Nonnen sich zur Andacht begeben. Dies war soeben angekündigt worden und doch war es eine Sensation. Bevor die Feen sich zum Tanz aufreihten, öffnete sich der Vorhang für eine alte Holzpuppe, von der nur eine Handvoll Menschen wussten, dass sie, angefertigt in einer Zeit, als man Vietnam noch Indochina nannte, schon seit einem Vierteljahrhundert Prenzlbergerin war, im Verborgenen.

Sie glitt übers Wasser, träumte, spielte, liebte und litt; verwandelte sich aus Holz in Fleisch und Blut, in einen Wassergeist, in eine Gestalt, die von all diesem etwas war und nichts davon ganz. Auch die Stimme, die ihre Geschichte erzählte, war ein bisschen unwirklich. Jung und alt zugleich. Sie sprach Vietnamesisch mit einem leisen deutschen Ton darin und Deutsch mit feinem vietnamesischen Klang. Auch ließ sich nicht sagen, wann und wo diese Stimme in andere Klänge überging – in das Summen eines Saitenspiels, in einen hohen Ton, der auf Holz tanzte, schwirrend und eindringlich. Diese Musik konnte gut aus den Tiefen des Teichs kommen, in Halbtonschritten, oder zwischen den Baumwipfeln hervorwehen oder aus den Poren der Puppenkörper dringen. Schloss man die Augen, war sie überall, nicht nur im Wasser und in den Bäumen und in den Puppen, sondern auch in Kopf und Bauch und in der eigenen Kehle.

Die Klänge hatten die Feen herbeigelockt, die jetzt an Thûys Seite schwammen. Zwischen ihren Armen, auf halber Höhe ausgebreitet, spannte sich ein silbriges Gewand. Es musste aus Wassertropfen gewebt sein. Die Feen drehten sich zu den Klängen einer Flöte, ihre Arme verwandelten sich in Schmetterlingsflügel, sie tauschten ihre Plätze, wieder und wieder, Wunderkerzen sprühten Funken in ihrer rechten Hand. Wie konnte das überhaupt sein? Die Zuschauer raunten, aber sie wagten nicht zu klatschen. Geisterwesen applaudiert man nicht, während sie zaubern.

Etsuko lehnte an einer Kastanie und merkte nicht, dass Hideo sie aus etwa drei Metern Entfernung fotografierte. »Versunken« würde er dieses Porträt später nennen, auf dem eine junge Frau zu sehen war, deren Blick in ein Wasser einsank, das Schemen beherbergte, nicht von dieser Welt. Die Frau jedoch, ohne die geringsten Anzeichen von Furcht oder auch nur Unruhe, schaute, als wäre sie dort, mitten unter diesen Schattenwesen, und nicht hier, wo der Blick des Fotografen sie festgehalten hatte.

Vielleicht habe sie erst an jenem Abend wirklich verstanden, was den Dramatiker Chikamatsu Monzaemon vor dreieinhalb Jahrhunderten zu seiner Theorie des Puppenspiels bewegt habe, würde Etsuko etliche Zeit später ihrem altehrwürdigen Sensei in Tôkyô sagen, als der ihre Arbeit über »Theorien des Puppenspiels in Asien und Europa« als Dissertation in Empfang nahm. Um die halbe Welt habe sie reisen müssen, um im zitternden Spiegel eines Berliner Ententeichs die hauchdünne Linie zu erfassen, die dem Spiel

Raum gibt. Ein Tanz der Puppen zwischen Luft und Wasser, beiden Elementen zugehörig und keinem ganz, habe ihr zu verstehen gegeben, was sie im Lesesaal der Universität bloß gelernt hatte: »Was man Kunst nennt, liegt auf dem schmalen Grat zwischen Wirklichem und Erfundenem.«

Nachdem Kawashima Hideo seine andächtig entrückte Frau fotografiert hatte, schlenderte er durch die Menge mit dem Gefühl, noch nie zu einem richtigeren Zeitpunkt an einem richtigeren Ort gewesen zu sein. Für die Sonntagsausgabe der »Akahata« gelang ihm eine Fotostrecke, die zur Einladung der jungen Puppenspieler nach Tôkyô führen würde. Mit ihm waren an die hundert Journalisten, die für ihre Blätter berichten wollten, Fotos machen wollten, die es auf die Titelseite schafften oder wenigstens als Aufmacher in die Rubrik »Aus aller Welt«. Unter ihnen auch Michael Golzow. Er wiegte sich in dem Hochgefühl, als Einziger die ganze, die wahre Geschichte erzählen zu können. Von Anfang an, bis zu diesem furiosen Finale. Vom Schulhof über die Affenbrücken zum Ententeich. Eine Kiezgeschichte. Nahezu ein Roman. Obwohl er ein Mann des Bildes und kein »Schreiberling« war, wie er oft, vielleicht ein bisschen zu oft, betont hatte, schickte er dem Redakteur seiner Zeitung eine SMS: »Ich schreib's selbst ...« Postwendend kam ein einziges Fragezeichen. Seine Antwort war ein Ausrufezeichen. Als erster Zeuge dieser Bewegung hatte er nicht nur etwas zu zeigen, er hatte auch etwas zu sagen. Punkt.

Es wurde noch lange gefeiert im Friedrichshain. Sommerabschied. Ein milder Tag ging zu Ende, nun wurde es kühl. Man hüllte sich in Decken, man legte die Reste aus den Picknickkörben zu gewagten Mahlzeiten zusammen. Man machte noch eine Runde durch den Park. Man ver-

suchte, die Puppenspieler am Ärmel zu erwischen, sie festzuhalten, um ihnen zu sagen, dass es ein unvergessliches
Erlebnis gewesen war. Die Puppenspieler verstanden kein
Wort, aber sie begriffen, was man ihnen hundertfach zu verstehen geben wollte. Es war wunderbar, einfach wunderbar – wirklich!

7

Am nächsten Morgen um zehn Uhr schwammen im Ententeich wieder Enten statt Puppen. Schnatternd umkreisten sie die kleine Insel und verfolgten dabei interessiert die Wiederherstellung ihres Territoriums. Die Zelte wurden abgebaut, die Affenbrücke eingeholt. Dafür brauchte es kein schweres Gerät, nur eine Handvoll leichtfüßiger junger Männer und Frauen. Die Feststimmung verflüchtigte sich nicht so schnell. Sie ging Verbindung ein mit einer milden, aber sehr beharrlichen Herbstsonne, die die *nón lás* gerade noch rechtfertigte, die letzten Picknicks ermöglichte. Die Marionettenspieler, die sich vom UNIMA-Verteiler aus ihren Städten und Städtchen hatten locken lassen, zogen ihre Lieblingspuppen aus den Rucksäcken und improvisierten ohne Punkt und Komma an allen Ecken und Enden des Parks. Mittags trafen sie sich auf dem Kleinen Bunkerberg, blickten am Fernsehturm vorbei in die weite flache Stadt, bis an den Mauerlinienhorizont, bastelten und projektierten bei Kaffee und belegten Brötchen.

Die Adressbücher der Handys wuchsen rasant an. »Lass uns doch mal was zusammen machen«, hieß es und: »Du fährst schon morgen? Bleib doch noch einen Tag.« In Berlin schien die Sonne, im Westen regnete es. Man blieb. Die jungen Wilden aus Thác Bà mitten unter ihnen. Sie lernten ein bisschen Deutsch: Puppe, Hand, Faden, Fadenkreuz. Sie revanchierten sich mit den Namen ihrer Figuren. Tễu – Clown, Thị Màu – Dorfmädchen, Lê Lợi – großer König. Man tauschte die Puppen: »Gib doch mal her. So? Nein? Zeigst du's mir noch mal? Jetzt hab ich's.« Und dann reisten sie doch ab, einer nach dem anderen. Von Westen robbte sich das Tief heran, die Berliner Freunde brauchten ihr Wohnzimmer zurück, daheim wartete die Katze, und dann musste auch das Weihnachtsgeschäft vorbereitet werden: Hauptsaison.

Auch die Puppenspieler aus Thác Bà betteten Puppen, Stangen und Ruder in die Skitaschen zurück und räumten Lý Phongs Werkstatt. Sie mussten versprechen, im nächsten Jahr wiederzukommen. Egal wie und unter welchen Umständen. Sung brachte die Truppe im Lieferwagen zum Flughafen, schleuste sie zum Schalter der »Vietnam Airlines«, der noch mit Eröffnungs-Blumen geschmückt war, weil Direktflüge von und nach Berlin erst seit Kurzem möglich waren. Man überreichte ihm einen Schlüsselanhänger mit der Buchungshotline und eine direktflugimportierte Lotusblüte, in der noch die Wassertropfen eines zehntausend Kilometer entfernten Teiches glitzerten. Auf dem Weg zum Check-in legte Sung sie einem kleinen vietnamesischen Mädchen in die Hände, das müde auf einem riesigen Koffer saß, während seine Eltern an einem Kaffeeautomaten Münzen zusammensuchten. Sung sah die Freunde in den Gängen hinter den Schaltern verschwinden, ein letztes Mal winkend.

Er wandte sich zum Gehen, dachte kurz an die Lieferung

der Teigrohlinge, avisiert für den heutigen Vormittag, als
sich unvermittelt das Bild der Skikoffer vor das der Back-
waren schob. Die Koffer waren unbeanstandet über die
Waage gewandert. Aber gleich würden sie durchleuchtet
werden, dachte Sung, Röntgenstrahlen auf Puppenkörpern.
Ob ihnen das schadete? Würden die Augen eines Sicher-
heitsbeamten in den mehrfach umwickelten Objekten ein
Sicherheitsrisiko ausmachen? Würden sie Hunde daran
schnüffeln lassen? Würden seine Freunde aus Thác Bà in
harschem Berliner Englisch aufgefordert werden, Rede und
Antwort zu stehen? »Sprengstoff? Drogen?« Würden später
die Beamten einander erleichtert anlächeln und die Story
am Abend ihren Familien erzählen? »Und dann waren dit
nur Puppen, son bissken anjepinselt, wie se neulich inne
Zeitung abjebildet wan …«

Sung war nicht der Mann, der auf Flughafenterrassen
stieg, um Flugzeugen nachzuwinken. Das hatte er noch nie
gemacht. Aber jetzt fand er sich auf einmal dort wieder,
stand an der Brüstung, ließ die Zeit vergehen, ließ seine
Gedanken weiterlaufen, vergaß die Teigrohlinge, schaute
nicht auf die Uhr, ließ das Handy klingeln, als gäbe es nichts
Wichtigeres auf der Welt, als zu schauen, ob die Boeing 777
nach Hanoi abhob, den Bauch voller Puppen.

Als er sie schweben sah, drehte er sich um, ging zu seinem Lieferwagen, ordnete sich stadteinwärts ein – und fuhr
direkt in einen Stau. Mutwillig, konnte man sagen, denn
Sung kannte die Schleichwege in dieser Stadt und wusste
sehr genau, wie man Staus in den Morgenstunden umfahren
konnte. Aber sein Kopf brauchte Zeit. Zeit, endlich einmal
die Gedanken zu denken, die da lauerten, seit Hideo damals
in Janas Küche gesagt hatte: »Wer weiß, wo ich nächstes

Jahr sein werde.« Ein einfach hingesagter Satz für Kawashima Hideo, zwischen Kürbisregal und telefonischer Fern-
verbindung. Ein schlichter Ausdruck seiner unablässigen
Reiserei, aber für Trân Sung ein Nadelstich, der sich zu
einem Stachel ausgewachsen hatte. *Wer weiß, wo ich nächstes Jahr sein werde.* Sung schaltete in den Leerlauf, griff
nach der Dose mit den Himbeerbonbons, legte den Kopf in
den Nacken, lutschte den Puderzucker von den kleinen run-
den Buckeln, spürte die glatte fruchtige Süße auf der Zunge
und dachte an seinen Laden, an seine Mutter, an Flugzeuge,
an Hanoi, an seine Schwester, an Mây und die Kinder, an
die deutsche Schulpflicht und immer wieder daran, wie es
wäre, die Bananen morgens nicht in Kisten auszulegen,
sondern hoch in den Mast eines Bootes zu binden.

Er wollte seinen Laden schwimmen sehen. Als es hinter
ihm hupte und er so rasch anfuhr, dass ihm das halb ge-
lutschte Bonbon unsanft durch die Kehle glitt, beschloss er,
Mây zu fragen. Gleich, wenn er zu Hause ankäme. Damit
hatte er schon einmal gute Erfahrungen gemacht.

Anders als damals antwortete Mây jetzt nicht sofort, sondern sah Sung mit großen Augen an und nickte vorsichtig.
Ein Nicken, aus dem man allenfalls ein »Ja, ich habe deine
Frage verstanden« herausdeuten konnte, aber beileibe kein
»Ja, ich will«. Denn sie hatte zwei Kinder und sie hätte
eigentlich gern drei oder vier und so ein ganz untergründi-
ges Gefühl, als klopfe das dritte schon an ... Wie sollte das
gehen – so auf und davon? Sie sprach mit Etsuko in den
kurzen Pausen zwischen den Kunden an der Kasse.

»Du wirst die Sonne morgens auf dem Boot aufgehen
sehen, du wirst Zuckerrohr raspeln und rudern lernen«, sagte Etsuko, »deine Kinder werden Kokosmilch trinken und

auf den Wassern des Roten Flusses geschaukelt werden. Du brauchst sehr wenig. Wo sind eure Koffer?« Mây hob lachend die Hände, in hilfloser Abwehr.

»Wir machen hier den Laden, mit Hiền, bis ihr wieder da seid«, sagte Etsuko und wollte damit das letzte Argument zum Hierbleiben zu Fall bringen. »Der Laden ist in guten Händen, und ihr kommt wieder, denn wir bleiben nicht ewig. Habt ihr gültige Pässe?«

Wie in einem barocken Tanz, in dem die Partner im Handumdrehen weitergereicht werden, um immer neue Paare zu bilden, besprachen sich die Familien Kawashima und Trần, ohne diese Zwiesprachen geplant zu haben, aber auch ohne sie zu verheimlichen – Etsuko mit Sung, Sung mit Hiền, Etsuko mit Hideo, Hideo mit Mây, Mây mit Hiền, Hiền mit Minh, Minh mit Sung, Sung mit Hideo, Hideo mit Hiền … Am Abend saßen sie dann alle zusammen, einen großen Teller der köstlichsten Reisfrikadellen, *chả cốm,* vor sich, und behandelten den Aufbruch der Kleinfamilie Trần nach Vietnam als einen unumstößlichen Plan, für dessen Ausführung nur noch die Flugtickets, der Geldumtausch und zwei, drei Impfauffrischungen vonnöten waren.

Noch ein einziges Mal, als die restlichen Reisfrikadellen ab- und die Obstteller noch nicht aufgetragen waren, fragte Sung seine Mutter leise über die Schüsseln hinweg, ob sie nicht doch mitkommen wolle. Hiền schüttelte den Kopf. »Wir bleiben hier und warten auf euch«, sagte sie und blickte nicht Sung an, sondern Thủy, die schon einmal ein Pfand gewesen war. Sungs Augen folgten ihrem Blick.

»Ein Jahr, Mutter«, sagte Sung.

»Oder auch zwei«, antwortete Hiền, »das, was gefunden werden will, bestimmt die Zeit.«

Sung sah seine Mutter an und mit einem Mal huschte ein Lächeln der Erinnerung über sein Gesicht. »Wie viele Förmchen hast du dort versteckt?«, fragte er. Hiền hob die Hand, drauf und dran, das alte Spiel mitzuspielen. Aber dann ließ sie sie wieder sinken und lächelte.

»Wird nicht verraten«, sagte sie und drehte ihr Gesicht zur Seite, denn sie wusste, dass Liebe und Schmerz darin gerade kein Maß fanden, und dass eine solche Maßlosigkeit nicht bestimmt war für Kinder, die aus dem Haus gingen. Am Ende gingen sie nicht. Und konnten nicht wiederkommen.

8

Drei Tage vor dem ersten Advent ging der Direktor nach Schulschluss durchs Viertel, um im Auftrag seiner Frau einen Adventskranz zu kaufen. Dass er dabei mehr oder minder zielstrebig auf Sungs Laden zulief, hatte weniger mit dem beauftragten Adventskranz zu tun als mit diesen besonders kniffligen Sudoku-Blöcken, die ihm die junge Asiatin, die seit Kurzem an der Kasse saß, unterm Ladentisch bereithielt. Es war die Religionslehrerin mit dem Bürstenhaarschnitt gewesen, die ihm neulich das letzte Exemplar eines ihm bis dato unbekannten Sudoku-Blocks der Extraklasse direkt vor der Nase weggeschnappt hatte. Dass seine Weisungsbefugnis hier an ein Ende gekommen war, dass an ein »Rücken Sie das Heft wieder raus, sonst machen Sie Überstunden« nicht zu denken war, lag auf der Hand. Er meinte einen leicht unchristlichen Triumph im Lächeln seiner Lehrkraft gesehen zu haben, der ihn zusätzlich verstimmte. Die junge Frau hinter der Kasse musste vor allem die nahezu kindlich-untröstliche Enttäuschung in seinem Gesicht gesehen haben, denn bei seinem nächsten Einkauf zog sie die neueste Ausgabe des Blocks, Direktimport aus Japan, unterm Tresen hervor, zwinkerte verschwörerisch und sagte: »Alle zwei Wochen, donnerstags.«

Dass sie zu der Religionslehrerin ein Gleiches sagte, mit einer kleinen Variation: »Alle zwei Wochen, mittwochs«, wusste der Direktor nicht. Aber diese paritätische Heimlichkeit war konstitutiv für Etsukos erstes, erfolgreiches Experiment, das sie in ihrem Laden-Tagebuch »spezifische Kundenbindung« nannte.

Heute war Donnerstag. Inmitten der Adventskränze mit Kugeln, Schleifchen, Kunstschnee und Flitter gab es vor Sungs Laden (und nicht nur vor seinem) solche mit vier hölzernen Puppen, ihre umgedrehten Kegelhüte dienten als Kerzenständer. Puppen ohne Engelkräuselhaar, ohne Flügel, dafür in fein gedrechseltem Gewand, das selbst hölzern noch seidig wirkte, mit schräg gepinselten Augen. Der Direktor, der für Rauschgold noch nie viel übriggehabt hatte, fand diese neue Variante der Jahresendfigur gar nicht so schlecht. ›Warum auch nicht?‹, dachte er. Jetzt, da ohnehin in jedem Schaufenster solche Puppen standen, egal ob dort Obst und Gemüse, Schrauben oder Schuhe verkauft wurden, gehörten sie sowieso dazu. Der Direktor drehte den Kranz hin und her, um die Verarbeitung zu prüfen, und schüttelte dabei innerlich den Kopf über seinen Kiez. Vor Jahresfrist kannte man hier keinen, der diese Puppen kannte, heute kannte man keinen, der diese Puppen nicht kannte. Wann hatte das alles eigentlich begonnen? Bei diesen Raumnotprotesten?

Er schob die Erinnerungen daran schnell von sich. Eigentlich hatte es doch schon damals in der Aula angefangen, bei der Völkerverständigung für seinen Vorgesetzten, oder? Da hatte doch auch schon der Weihnachtsbaum gestanden, musste also ziemlich genau vor einem Jahr gewesen sein.

Erst vor einem Jahr? Der Direktor nahm einen Puppenkranz, trug ihn in den Laden, stellte sich in die Schlange vor der Kasse und versuchte sich in der Rekonstruktion dieses neuen Asia-Trends. Während er darüber nachsann, ob der in der Form einer Kaskade, einer Parabel oder einer Sprungfunktion zu beschreiben wäre, wurde ihm auf einmal, in unkontrollierter Nebentätigkeit seines mathematisch eingestellten Hirns, klar, dass der Laden, in dem er stand, der Laden des Sung Trần war; dass Sung Trần der schlaksige Indianer war, der immer an den Obstkisten stand und die Lieferungen annahm, den er hier jetzt aber länger nicht gesehen hatte – wie sollte er auch, denn es war ja dieser Sung Trần, der für seinen Sohn Minh, Grundschüler der 4b, vor einigen Wochen einen Antrag auf Beurlaubung gestellt hatte, für »zunächst ein Jahr«: Man wolle nach Vietnam. Und dass dieser Minh Trần tatsächlich kein anderer war als jener Schüler, der mit seiner Großmutter, die mutmaßlich die Mutter des Sung Trần war, damals mit der Puppe in die Aula gekommen war. Und nun waren hier überall diese Puppen, und die Trầns waren weg – aber hatte er die Großmutter nicht eben draußen bei den Gestecken gesehen? –, und dafür war die Frau gekommen, die die Sudoku-Hefte unterm Ladentisch für ihn bereithielt. Nur für ein Jahr?

Eigentlich war er ja weder ein Freund von Bückware (die hatte es lange genug gegeben zu Konsum- und Kaufhallenzeiten) noch von Eskapaden wie Beurlaubungen über mehr als drei Tage hinweg (das hatte es früher alles nicht gegeben). In diesem Fall hatte er sogar den Schulamtsleiter anrufen müssen, weil es in Vietnam, wie er herausfand, keine Schulpflicht gab, und wie konnte da die Ausbildung des kleinen Minh, der schließlich auch einen deutschen Pass hatte, formal sichergestellt werden? Doppelte Staatsbürgerschaft, halbe Schulpflicht? Und dann dieses »zunächst«. Wie sollte man verlässlich und verantwortlich auf eine derart vage Adverbialität reagieren? Der Schulamtsleiter hatte am Telefon alles Formale beiseitegewischt und enthusiastisch geantwortet: »Mein Gott, dann geht er eben nicht zur Schule – wie soll Völkerverständigung gelingen, wenn die Kinder nicht reisen? Lassen Sie die junge Familie doch erst mal in Ruhe ziehen. Ein Jahr um die Welt ersetzt drei Schuljahre, sage ich immer!«

Der Direktor bezweifelte, dass der Schulamtsleiter das jemals gesagt hatte, aber der Mann war ja in vielem nicht mehr wiederzuerkennen. Nicht nur hatte er inzwischen unter Einsatz aller Mittel um eine solide Renovierung gekämpft und sechs Räume des Nachbargebäudes für den Schulhort zu Verfügung gestellt (Platz für Kicker im Flur und zwei Tischtennisplatten, die hatte jetzt sogar der Brandschutz abgenickt). Er hatte sich auch persönlich für die Einrichtung einer Schulküche im Erdgeschoss eingesetzt und sich damit diejenigen in der Bezirksverwaltung zu Feinden gemacht, die an den verkochten Großkantinennudelspeisen festhalten wollten. Rechnet sich, meinten die. Schmeckt nicht, meinte der Schulamtsleiter.

Es war die erste Reaktivierung dieser Art in ganz Berlin. Man hatte darüber berichtet, sogar im Fernsehen. Beliefert und bekocht wurde diese Küche von AZUGI, jenem gründungsfrischen Verein für Anbau und Zubereitung von außergewöhnlichem Obst und Gemüse. Die AZUGIs hatten die Gunst der Stunde messerscharf erkannt und ließen sich als »Die Gabelstäbchen«, Tochterfirma eines vietnamesischen Restaurants, ins Handelsregister eintragen. Nach den

Herbstferien hatten sie angefangen, in schönem Wechsel von Pellkartoffeln und Klebereis, von Würstchen mit Kraut und Hühnchen mit Curry, dazu allerhand Buntem und Frischem, die hungrigen Mäuler der Grundschule zu versorgen. Ihren Tofu brachten die Gabelstäbchen, wer weiß wie, in so würzig-herzhafte Verfassung, dass sogar der Direktor, ein Bauernsohn aus dem Brandenburgischen, der von Haus aus für alle Spielarten des Vegetarismus nur Spott übrighatte, kräftig zulangte. Da würde er sich jetzt gern für eine längere Vertragslaufzeit mit den Gabelstäbchen einsetzen.

Überhaupt, hatte er nicht eigentlich überall seine Hände im Spiel gehabt? War er am Ende nicht sogar eine Art Initiator der Bewegung gewesen? Wenn er es recht bedachte, hatte es doch wirklich damals angefangen mit dem Aulafest zu den »Dingen der Welt« – oder vielleicht doch noch früher, irgendwo anders?

Weil der Direktor zwar gut dastehen wollte bei Ämtern und Senat, letztlich aber viel weniger von persönlicher Eitelkeit besessen war als von Fragen mathematisch-naturwissenschaftlicher Kniffeleien, verfolgte er, während er langsam in der Schlange aufrückte und Hiên ihm nebenher schon einmal den Kranz in weißes Seidenpapier einschlug, nicht seinen Anteil an den Dingen, die sich hier Bahn gebrochen hatten, sondern fing an zu überlegen, ob sich dieses Bahnbrechen mehr nach dem Schmetterlings- oder dem Schneeballeffekt vollzogen hatte. Und wie immer dachte der Direktor die Gedanken dann nicht mehr ganz zu Ende. Allerdings war ein Ende auch nicht abzusehen.

***

HINWEISE

Viele nützliche Anregungen und Informationen habe ich aus folgenden Publikationen gewonnen:

Charlotte Baumann: *Aus allen Quellen trinken. Die Identitätssuche der Kinder ehemaliger vietnamesischer Vertragsarbeiter in Deutschland.* (Diplomarbeit) Universität Passau (http://dienhong. de/wp-content/uploads/2011/03/Diplomarbeit-Baumann.pdf)

Ilona Schleicher (Hg.): *Die DDR und Vietnam. Berichte – Erinnerungen – Fakten. Teil I und II.* Schriften zur internationalen Politik des Verbandes für Internationale Politik und Völkerrecht e.V. (Hefte 34 und 35), Berlin 2011.

Mary McCarthy: *Vietnam Report,* München/Zürich 1967.

Mary McCarthy: *Hanoi 1968,* München/Zürich 1968.

Die Reiskugel. Sagen und Göttergeschichten, Märchen, Fabeln und Schwänke aus Vietnam. Aus dem Vietnamesischen übersetzt und herausgegeben von Hans Nevermann, Eisenach 1952.

Françoise Corrèze (Hg.): *Mein Drachen ist so satt von Wind. Gedichte und Zeichnungen von Kindern aus Vietnam,* Berlin 1973.

Nguyễn Huy Hồng: *Die Kunst des Wassermarionettentheaters von Thai Binh.* Aus dem Vietnamesischen übersetzt von Susanne Borchers. Zentralhaus-Publikation, Leipzig 1985.

Nguyễn Huy Hồng und Trần Trung Chính: *Traditionelles vietnamesisches Wassermarionetten-Theater.* Aus dem Vietnamesischen übersetzt von Nguyễn Thị Tâm Tình. Hanoi, Thế Giới Verlag 2001.

Die Zitate stammen aus folgenden Quellen:

Motto

Heinrich von Kleist: »Über das Marionettentheater«. In *Über das Marionettentheater und andere Prosa.* Stuttgart 1998 [1810], S. 88.

Chikamatsu Monzaemon: *Chikamatsu Jôruri-shû, Bd. 2* (= Nihon koten bungaku taikei, Bd. 50, Tôkyô 1952), S. 358 f. (Das Zitat pointiert die insbesondere am japanischen Puppenspiel »Jôruri« entwickelte Kunstauffassung des Dramatikers Chikamatsu Monzaemon (1653–1754).)

S. 21: Nguyên Du: *Das Mädchen Kiêu.* Übertragen von Irene und Franz Faber, Berlin 1964 (Originaltitel: *Truyên Thuý Kiều* (1820), S. 10, 13). »Trăm năm« sind die Eingangsworte der Dichtung. Wörtlich übertragen bedeuten sie: »hundert Jahre«.

S. 122: Nguyên Du: *Das Mädchen Kiêu,* S. 54.

S. 156: *Bummi* (Kinderzeitschrift in der DDR) Heft 19 (1966).

S. 226 f.: Nguyên Du: *Das Mädchen Kiêu,* S. 289.

S. 230: Joachim Masannek: *Die Wilden Fußballkerle,* München 2002.

S. 235: Nguyên Du: *Das Mädchen Kiêu,* S. 52.

S. 238: Chikamatsu Monzaemon: *Chikamatsu Jôruri-shû, Bd. 2,* S. 358 f.

Nguyễn Thị Lan Hương und Aaron Hasche haben die vietnamesischen Sprachpassagen, Sabine und Matthias Petsch die berlinischen (Prenzlberger Prägung) redigiert. Ich danke ihnen herzlich dafür.

Nachbemerkung

Am Prenzlauer Berg in Berlin gibt es viele vietnamesische Läden. In ihrer Vielfalt und ihrer Besonderheit haben sie mich inspiriert. *Sungs Laden,* seine Geschichte und seine Inhaber sind jedoch, wie alle anderen Personen des Romans (mit Ausnahme des Übersetzers von *Thúy Kièu)* ebenso frei erfunden wie die gesamte Handlung des Romans.

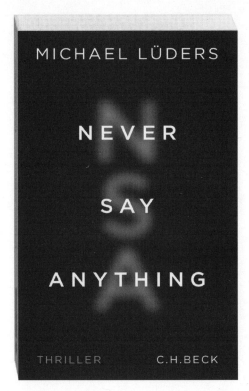

3. Auflage. 2016. 367 Seiten. Klappenbroschur
ISBN 978-3-406-68892-8

„Michael Lüders hat einen spannenden Thriller über den Drohnenkrieg und die Unterdrückung der Wahrheit geschrieben."
Knut Cordsen, Bayerischer Rundfunk

„Sein Buch ist ein Roman, doch seine Fiktion wirkt so real, dass seinen Lesern der Atem stockt."
Annemarie Stoltenberg, Kölner Stadt-Anzeiger

»Elisabeth Kabatek ist wieder eine umwerfende Komödie gelungen, mit Herz und Charme – superlustig!«
Für Sie

Elisabeth Kabatek

Kleine Verbrechen erhalten die Freundschaft

Roman

Eine Witwe aus der Stuttgarter Halbhöhenlage mit ungeahnten Potenzialen. Ein Familienvater in der Midlife-Crisis. Eine junge Referendarin, die tablettenabhängig ist: Sie hauen ab und suchen nicht weniger als den Sinn des Lebens. Zufällig kreuzen sich ihre Wege, und sie setzen ihre Reise gemeinsam fort. Die Geldbeschaffungsmaßnahmen sind reichlich unkonventionell. Dann nimmt noch ein verrückter Kommissar die Verfolgung auf. Die ungeplante Reise quer durch Deutschland fordert immer mehr Konsequenzen – kleine Verbrechen inklusive …

Erscheint im Januar 2017